김몽(金蒙) 판타지 장편 소설

5

선영아, 둔갑해

둔갑 팬더 5

김몽 판타지 장편 소설

초판 1쇄 찍은 날 § 2002년 12월 18일
초판 1쇄 펴낸 날 § 2002년 12월 28일

지은이 § 김몽
펴낸이 § 서경석

편집장 § 문혜영
편집책임 § 박영주
편집 § 장상수 · 권민정 · 김희정 · 이종민
마케팅 § 정필 · 강양원 · 이선구 · 김규진

펴낸곳 § 도서출판 청어람
등록번호 § 제1081-1-89호
등록일자 § 1999. 5. 31
어람번호 § 제1-0331호

주소 § 경기도 부천시 원미구 심곡1동 350-1 남성B/D 3F (우) 420-011
전화 § 032-656-4452 팩스 § 032-656-4453
http://www.chungeoram.com
E-mail § eoram99@chollian.net

값 7,500원

ISBN 89-5505-500-5 (SET)
ISBN 89-5505-562-5 04810

제1장

진진과 봉근의 귀향

　진진은 대나무 아래서 혼자 오가피주를 마시며 무료함을 달래고 있었다. 봉근 가족이 여행에서 돌아왔지만 심심한 건 마찬가지였다. 봉근은 돌아오자마자 고기잡이에 나섰고, 제인과 토마스 씨는 집을 비운 동안 쌓인 먼지를 털어내고, 거미줄을 떼어내고, 세간살이들을 닦고 정리하느라 하루의 대부분을 보내고 있었다. 제인은 대청소를 도와주지 않고 빈둥거리는 진진에게 따가운 눈총을 주었지만 진진은 뒷머리만 긁적거리면서 나가 버렸다. 그녀는 먼지털이를 더욱 신경질적으로 흔들었다.

　"어이구, 식충이가 따로 없네. 남의 집에 살면서 그동안 어째 청소한 번 안 했을꼬, 어이구, 더러워라. 이 시커먼 먼지 좀 봐. 이런 먼지 구덩이에서 뒹굴며 지냈단 말이야? 아무리 우리 남편 친구라지만 정말 지저분하고 게으른 사람이야."

"애야, 그만 좀 해라. 진진 씨 귀에 들리겠다. 저 양반이 그래도 점 잖지 않니?"

마음씨 좋은 토마스 씨가 딸의 불평을 듣고 진진을 옹호하자 제인이 앙칼지게 대답했다.

"점잖다구요? 그게 아니라 능글맞은 거예요. 놀구 먹는 주제에 남의 땅에다 대나무를 잔뜩 심어놓질 않나, 역겨운 냄새 풀풀 나는 이상한 술들을 담가 먹질 않나. 그뿐인 줄 아세요? 제가 텃밭에 심어놓은 야채를 쑥쑥 뽑아다가 자기 맘대로 먹어치우지요, 어떨 때는 혼자 중얼중얼 이상한 주문 같은 걸 외우지요. 정말 돌아버리겠어요."

제인이 얼굴을 붉혀가며 열을 내자 토마스 씨도 더 이상 반박하지 않고 조용히 듣고만 있었다. 사실 진진의 행동거지가 식객이 지켜야 할 도를 넘어서고 있는 건 사실이었다. 한마디 해주고 싶어도 사위 체면을 생각해 지금까지 참아왔던 것이다.

진진은 풀밭 위에 벌렁 누워 하늘에 떠가는 조각구름을 세는 중이었다.

"일억팔천구백육십칠만 오천사백서른여덟 개, 일억팔천구백육십칠만 오천사백서른아홉 개……."

그때 어디선가 들려오는 날카로운 짐승의 비명 소리. 진진은 본능적으로 위협을 느끼고 벌떡 일어섰다. 그는 게으르고 느려 터진 진진의 이미지를 불식시키기라도 하려는 듯 놀라운 속도로 달려갔다. 어찌나 빠른지 뛰어가는 건지 굴러가는 건지 구별이 안 될 정도였다.

"깨애액― 깨애액―"

"이놈이 어딜 기어들어 와! 이놈! 여기가 어디라고! 감자라도 훔쳐 먹으려고 왔냐?"

제인은 기다란 빗자루를 들고 야생 너구리 한 마리를 흠씬 두들겨 패고 있었다. 너구리는 이상하게도 도망갈 생각을 하지 않고 제인의 매를 그대로 맞고 있었다. 진진은 달려들어 제인의 빗자루를 잡았다.

"웅~ 제수씨~ 왜 이러세요. 이 불쌍한 미물이 무슨 죄가 있다고……."

"엥? 이거 놔요! 가뜩이나 없는 살림에 너구리한테 나누어 줄 식량은 없다구요!"

"웅~ 제발 저를 봐서라도 때리지 마세요. 제가 먼 데 가서 놓아주고 올 테니까……."

진진은 얼른 너구리를 품에 안고서 판잣집에서 나왔다. 등 뒤에서 빗자루를 들고 씩씩대는 제인의 거친 숨소리가 들려왔다. 진진은 빙그레 웃으며 너구리를 바라보았다.

"웅~ 누구 마누라 아니랄까 봐 한성질 하시네~ 그렇지?"

진진은 갑자기 웃음을 거두고 너구리를 뚫어져라 쳐다보았다. 야생 너구리는 진진을 보면서 눈물을 철철 흘리고 있었던 것이다.

"웅? 너구리가 눈물을 흘려? 내가 구해줘서 감동했나?"

진진은 너구리를 들어 올려 얼굴을 자세히 들여다보더니 순간 눈을 크게 떴다.

"설마… 너는……."

너구리는 진진의 품에서 빠져나가더니 재주를 팔딱팔딱 넘었다. 그러자 머리가 하얗게 센 노파가 눈물을 글썽이며 서 있었다. 진진은 입을 다물지 못했다.

"넌… 소청!"

"진진!"

진진과 소청은 손을 맞잡고 뱅글뱅글 돌면서 재회의 기쁨을 만끽했다. 두 다리를 양쪽으로 벌리며 덩실덩실 춤을 추던 진진이 의아한 표정으로 물었다.

"그런데 소청아, 너 어떻게 여기까지 찾아온 거니?"

"쿵~ 말하자면 무척 길어. 들어볼래?"

"응."

진진과 소청은 대나무 밑에 사이좋게 앉아서 이야기를 나누었다. 소청은 진진이 따라주는 오가피주를 홀짝거리며 지난 시간을 회상하는 얼굴이었다.

"그러니까 네가 갑자기 사라지고 나서 한 달쯤 지났을 때였어. 하도 적적해서 혼자 열심히 빨래를 하고 있는데 웬 꼬마가 찾아왔더라고. 앵벌이 꼬마인가 싶어서 '껌이라도 팔아주랴' 했더니 '너구리 아줌마, 팬더 아저씨 보고 싶져?' 그러는 거야. 난 깜짝 놀랐지."

"응~ 곤이였구나. 최곤. 그 녀석 둔갑 동물들을 투시해 보는 초능력이 있어."

"그렇다더군. 그래서 꼬마를 붙들고 한참을 이야기했더니 사실대로 다 말해 주는 거야. 너랑 봉근이랑 전부 철로변에서 휙 하고 사라졌다고. 믿을 수가 없었지만 꼬마를 따라갔어. 철길 위에는 아무것도 없었는데 꼬마가 문이 열렸네 어쩌네 하면서 흥분하는 거야. 호기심에 철길 위로 올라갔더니 금세 주위 환경이 변해 있었지. 난생처음 보는 마을에 와 있는 거야. 사람들도 전부 코 큰 서양 놈들이고, 말도 통하지 않고 처음엔 애먹었어. 하지만 차차 익숙해지더군. 분명 내가 태어나고 자란 세상은 아니었지만 사람 사는 데는 다 비슷하거든."

진진은 오가피주를 홀짝거리며 고개를 끄덕거렸다.

"웅~ 근데 여기는 어떻게 찾아온 거니? 쉽지 않았을 텐데."

"쿵~ 쉽지 않았지. 일단 가이센 말을 배우는 데 몇 달 걸렸어. 한국어보다 훨씬 쉽더군. 그런 다음 여기저기 돌아다니면서 사람들한테 이야기를 들었는데, 놀랍게도 봉근에 관한 소식을 들었던 거야."

"봉근이에 관한 소식을?"

"웅. 그 녀석 이쪽 세계에서도 수없이 사고를 치고 다녔더군. 로이렌 지방에 갔더니 봉근이 거의 전설적인 인물이 되어 있었어. 오크와 맨손으로 싸워 이기고, 식인기사를 물리치고 영주의 딸과 결혼했다가 첫날밤에 줄행랑을 놓은 일까지…… 정말 괴상한 녀석이야. 그래서 난 봉근을 추적하기로 결심했지. 녀석을 별로 좋아하진 않지만 어쩌겠어, 이 생경한 세상에서 아는 인간이라고는 봉근뿐인데. 녀석에 관한 소식을 다시 들은 건 난쟁이 도시 드라이텐에서야. 잠자는 공주에게 성추행을 했다가 감옥에 갇혔더군. 봉근다운 행동이었어. 난장이들한테 물어보니 탈옥해서 정체 불명의 마법사와 함께 사라졌다더군. 그 후로는 한동안 봉근의 소식을 듣지 못했는데, 결정적인 사건이 발생했어. 가이센 왕국 전체를 발칵 뒤집어놓은 일 말이야."

진진은 걱정스러운 얼굴이 되었다.

"가이센이 발칵 뒤집혔다구? 도대체 봉근이 무슨 짓을 한 거지?"

"살인."

"허걱~ 살인?"

진진은 양쪽 뺨을 손바닥으로 감싸며 경악했다. 봉근이 우악스럽긴 해도 무고한 사람을 죽일 스타일은 아니었기 때문이다.

소청은 오가피주를 단숨에 들이킨 뒤에 설명했다.

"그 이름도 유명한 '구려 무 장수 피살 사건' 못 들어봤니?"

"웅~ 여기 어부들이 무 장수들이랑 싸워서 제인을 구해왔다는 이야기는 들었어. 근데 사람이 죽었단 말이야?"

"봉근이 녀석이 말 안 했나 보구나. 구려에서 남아도는 무를 주체하지 못해 왕이 무 판매 원정대를 여기저기에 보냈나 봐. 그중 한 무리가 가이센에 들어왔는데, 원정대를 이끄는 대장이 봉근의 박치기를 받고 죽어버렸대. 그 사람은 구려에서도 꽤 유명한 상인이라 구려왕이 노발대발했다나 봐. 외교 관계가 악화될 조짐을 보이자 가이센 국왕도 봉근의 체포를 약속하고 나섰어. 지금 읍내에 가면 봉근의 몽타주가 좌악 깔렸다구."

"우왕~ 거참 큰일이네."

"그렇지? 근데 봉근의 입장이 곤란해진 건 무 장수 피살 사건 때문만은 아니야."

"그래? 그럼 뭐 때문이지?"

"봉근이 저지른 강도 및 폭행죄 때문이야."

"가, 강도 폭행!"

진진은 소청이 쏟아내는 충격적인 소식들에 정신을 못 차리고 있었다.

"여기서 얼마 떨어지지 않은 곳에 말투 어눌하고 능글맞은 남자가 운영하는 물레방아가 있거든. 거기에 얼마 전 삼인조 강도가 들었대. 주인하고 종업원들을 대가리박기시키고 소시지 배달부를 폭행했다더군. 인상착의가 봉근과 일치하자 치안 경비단에서 냉큼 국왕에게 보고했고, 이를 들은 가이센 국왕은 화가 머리끝까지 났다는 거야. 자기 백성을 폭행하고 강도질했는데 어떤 국왕이 화를 안 내겠어? 이제 봉근은 큰일 났어."

"웅~ 거참 큰일이네. 봉근이가 이쪽 세계로 와서 더 포악해진 것 같아. 고향 땅으로 돌아가야겠는걸. 하지만 다시 돌아갈 방법이 막막하니……."

걱정하는 진진의 어깨를 두드리는 소청의 눈이 반짝하고 빛났다.

"방법이 없는 건 아니야."

"웅? 무슨 좋은 수가 있는 거야?"

"내가 이쪽 세계로 들어올 때 가져온 게 있거든."

소청은 발딱 일어서더니 너구리로 변해 후닥닥 뛰어갔다. 잠시 후 너구리는 입에 비닐 스포츠백을 물고 진진의 앞에 나타났다. 진진은 금세 얼굴이 환해졌다.

"와아~ 이건 내 마법 도구 가방이잖아?"

"쿵~ 어때, 나 잘했지?"

진진은 너구리의 머리를 쓰다듬어 준 뒤 가방을 열었다. 진진은 한참을 뒤적거리더니 부드러운 대나무 살을 하나 꺼냈다. 손가락 마디 굵기로 잘라진 대나무 살은 매우 부드럽게 휘어졌다. 진진은 그것을 한껏 구부려 둥그런 원을 만들었다. 그는 소청을 향해 물었다.

"웅~ 출구는 만들어뒀니?"

"쿵~ 물론이지. 봉근이 집 안방에다 만들어놨지."

"웅~ 너같이 똘똘한 친구를 둬서 다행이다."

"쿵쿵! 그걸 이제 깨달았니?"

봉근은 사위가 어둑어둑해진 뒤에야 집으로 돌아왔다. 그는 소청을 발견하고 무척 놀라는 표정이었으나 반가운 얼굴은 아니었다. 한국에 있을 때도 그다지 사이가 좋지 못했기 때문이다. 그는 고향으로 돌아가자는 진진의 권유에 화들짝 놀랐다.

"엑? 한국으로 돌아가자고?"

"웅~ 넌 지금 아주 곤란한 지경에 처했다구. 돌아가지 않으면 감옥 살이를 하게 될 거야."

"근데 어떻게 돌아간다는 말이야? 난 기차에 뛰어들었다가 여기로 오게 됐는데."

"웅~ 바로 이거야."

진진은 훌라후프처럼 생긴 둥근 대나무 살을 들어 보였다.

"엑? 뭐냐, 그게?"

"죽문(竹門)이라는 거지. 영어로는 뱀부게이트. 혹은 팬더게이트라 고도 부르지."

"그게 뭐 하는 건데? 곰탱이들 허릿살 빼는 거냐?"

진진은 죽문의 일부분을 땅에다 파묻어 수직으로 세웠다.

"교통수단이 없었던 고대의 팬더들은 죽문을 통해 먼 곳을 왕래하곤 했어. 죽문은 두 개가 한 조를 이루는데, 한쪽이 입구라면 한쪽은 출구 에 해당하지. 소청이가 출구를 한국에 있는 우리 집 안방에다 만들어 놓았다니까 여기로 들어가기만 하면 돼."

고향으로 돌아갈 수 있다는 말에 봉근은 이내 고심하는 눈치였다.

"하지만 우리 마누라하고 장인어른은 어쩌지? 한국으로 데려가면 적 응 못할 게 뻔해. 만일 여기 남겠다고 하면 나 역시 남을 수밖에……."

"웅~ 바보 같은 소리. 어서 가지 않으면 치안 경비단원들이 널 잡 으러 올 거야. 제인이나 너의 장인도 무사하지 못할걸?"

그때 쿵쿵쿵 하고 누군가 문을 두들겼다. 봉근은 꺼림칙한 표정으로 문을 열어주었다. 은빛 금속제 가방을 든 금발의 청년이 엄숙한 표정 으로 서 있었다.

"댁은 누구슈?"

"……."

청년은 봉근의 질문에 답하는 대신 금속제 가방에서 하얀 그릇을 꺼냈다. 그릇에는 까만 액체가 담겨 있고 쏟아지지 않도록 랩으로 씌워져 있었다. 청년은 랩을 벗겨내며 봉근에게 내밀었다.

"제인 추 씨에게 드려야 합니다."

봉근은 제인이 있는 부엌을 향해 크게 소리쳤다.

"여보! 자장면 시켰어?"

"아니~ 그게 뭔데?"

제인의 낭랑한 대답이 들려왔다. 봉근은 고개를 갸웃거렸다.

청년은 그릇을 한쪽 손에 든 채 한 손으로 족자를 폈다. 그리고는 큰 소리로 족자의 내용을 낭독했다.

"볼컨 추의 아내 제인 추는 들어라! 그대는 남편과 더불어 양민을 폭행하고 강도 짓을 저질렀으므로 가이센 국왕의 명으로 사약을 내리노라!"

"뭐, 뭐야, 사약?!"

봉근은 얼굴색이 붉으락푸르락하더니 청년이 들고 있는 약사발을 앞발차기로 깨버렸다.

"야, 이 자식아! 우리 마누라가 무슨 장희빈이냐! 뭔 놈의 사약이냐, 사약이!"

청년은 봉근의 돌출 행동에 놀라는 기색 없이 차분히 허리춤의 칼을 빼 들었다.

"죄인 볼컨 추는 들어라! 국왕께서는 너의 포악함을 고려하여 직접 참수할 것을 명하셨다! 네놈이 구려 무 장수들을 학살하는 바람에 국왕 폐하의 '땡볕정책'이 위기에 처했어! 오늘 네 녀석의 목을 베어 구려와의 긴장 상태를 해소해야겠다!"

순간 와장창 소리가 함께 청년이 앞으로 픽 쓰러졌다. 뒤에는 깨진 도자기 술병을 든 진진이 서 있었다.

"웅~ 아까운 술병 하나 깨먹었네."

"진진!"

"웅~ 큰일 났어, 봉근. 밖에 병사들이 좌악 깔렸어. 아무래도 빨리 죽문에 들어가야겠어."

"끄응······."

봉근의 얼굴에 고심하는 빛이 역력했다. 소청은 이미 죽문 앞에 서서 그들을 재촉하고 있었다.

"진진! 추봉근! 어서 빨리 와! 뭘 꾸물거려!"

소청은 죽문 앞에서 팔짝팔짝 뛰다가 와장창 하고 유리를 깨고 들어온 물체에 뒤통수를 맞아 앞으로 푹 고꾸라졌다. 그녀는 뒤통수를 쓱쓱 문지르며 일어섰다.

"크엑··· 뭐야, 이게?"

그녀의 손에 들린 것은 붉은빛이 도는 거대한 프랑크 소시지였다. 소청은 박살난 창문을 열어젖히고 소리를 바락바락 질렀다.

"언 넘이 쏘세지 던졌어! 냠냠짭짭······. 니들 너구리한테 디지게 맞아볼 터! 냠냠쩝쩝······."

소청을 따라 창문 밖을 내다본 봉근과 진진은 온통 번쩍거리는 반사광에 눈이 부셔 고개를 돌렸다.

"크윽··· 철가방들이 떼로 몰려왔잖아? 야, 이놈들아! 아직도 혼이 덜 난 거냐!"

소시지 배달부 한 명이 앞으로 나서며 은빛 배달 가방을 머리 위로 흔들었다.

"큰 머리! 우린 네놈이 방앗간에서 저지른 만행을 잊지 않고 있다! 우리 소배협(소시지 배달부 협의회)은 네놈을 끝까지 응징하기로 결의했다! 그리고 거기 소시지 씹는 할망구! 거기 독 들었어!"

"우엑……."

소청은 우물거리던 프랑크 소시지를 게워내며 바닥에 엎어졌다. 입에서 거품이 부글거리고 눈이 허옇게 뒤집혔다. 진진이 얼른 소청의 맥을 짚었다.

"흠… 큰일이네. 독이 심장에 들어갔나 봐. 일단 소청이부터 보내야겠다."

진진은 소청의 몸을 번쩍 들어 죽문 속에 던졌다. 놀랍게도 소청의 육신은 감쪽같이 사라지고 없었다. 진진은 한쪽 발을 죽문에 집어넣으며 봉근을 불렀다.

"봉근아— 어서 와! 철가방들뿐 아니라 치안 경비단원들이 사방을 포위했어!"

진진은 애타게 봉근을 불렀지만 그는 아내와 실랑이를 벌이고 있었다.

"여보, 나와 함께 한국에 가서 삽시다. 이계 여인이라고 사람들 시선이 곱진 않겠지만 사랑에는 차원 경계가 없다는 말이 있지 않소."

하지만 제인은 눈물을 주룩주룩 흘리며 고개를 내저었다.

"저는 가이센의 딸. 살아도 가이센에서 살고 죽어도 가이센에서 죽어요. 제 고향 땅에서 죽도록 해주세요……."

"제인……."

봉근 역시 닭똥 같은 눈물을 뚝뚝 흘렸다. 진진이 하품을 하면서 죽문에서 기다렸다.

"적당히들 좀 해라…… 응……."

제인은 봉근의 팔짱을 끼더니 벽에 붙은 십자가 앞에 꿇어앉았다.

"여보… 우리 마지막으로 신 앞에서 약속해요. 우리가 헤어지더라도 서로에 대한 신의를 지킬 것을. 서로에 대한 사랑을 잊지 않을 것을……."

"알았소."

봉근도 짧은 다리를 접어서 무릎을 꿇었다. 제인은 조용히 봉근에게 질문했다.

"신랑 볼컨은 고향으로 돌아가서도 아내 제인을 잊지 않고 평생 수절할 것을 맹세합니까?"

"여보, 그건 좀 무리한 요구 같은데… 이 혈기 왕성한… 우욱!"

제인은 궁시렁대는 볼컨의 옆구리를 팔꿈치로 강하게 가격했다.

"잔소리 말고 시키는 대로 해요."

"알았소… 끄윽……."

봉근은 일그러진 입에서 걸쭉한 침을 흘리며 고개를 끄덕거렸다. 제인의 질문은 계속됐다.

"신랑 볼컨은 아무리 젊고 아름다운 여인이 유혹해도 아내 제인을 생각하며 독수공방할 것을 맹세합니까?"

"……."

봉근은 말없이 고개를 끄덕였다. 어차피 지키지 못할 약속이었다. 제인은 슬픈 얼굴로 자리에서 일어섰다.

"그럼 이제 가세요. 가서 행복하세요."

"알았소……."

진진은 다행이라는 표정을 짓더니 먼저 죽문 안으로 사라졌다. 봉근도 진진을 따라 죽문으로 들어가려는데 제인이 그를 불러 세웠다.

"볼컨, 잠깐만!"

"응."

"마지막인데… 내 맘대로 불러도 돼?"

"그럼."

"웃지 마."

"…응."

제인은 잠시 망설이더니 격정을 이기지 못해 울먹이듯이 외쳤다.

"영감!"

봉근은 돌아서서 제인에게 다가오더니 조용히 말했다.

"가버리지 말까?"

제인은 한동안 처절하게 울다가 봉근의 가슴을 밀쳤다.

"가그라… 문디자슥……."

"크응……."

봉근은 옷소매에 코를 풀고는 뒤돌아 죽문을 향해 냅다 뛰었다. 눈물에 계속 뺨을 타고 흘러내렸다.

"안녕… 제인……."

죽문이 하얗게 빛나면서 봉근의 짜리몽땅한 육체를 감쌌다. 제인은 눈이 부셔 눈을 감았다. 그녀의 남편은 빛 속으로 사라졌다.

제2장
다시 만난 형제

죽문에서 튕겨져 나온 봉근은 머리를 장롱에다 박고 뒤로 넘어졌다.

"아이구, 머리야."

아픈 이마를 문지르다 보니 눈에 익은 방 안의 모습이 눈에 들어왔다. 햇빛이 잘 들어오지 않는 서울의 반지하 투 룸. 오랫동안 비워졌던 집 안은 거미줄이 여기저기 처지고 을씨년스러운 느낌마저 들었다. 하지만 봉근은 왠지 포근한 기분이었다.

"드디어 돌아왔구나… 고향에……."

대한민국 열혈청년 추봉근이 드디어 조국의 품에 컴백한 것이다. 그는 벅찬 감동에 들떠 조국의 위대한 가인이 노래했던 명곡을 흥얼거렸다. 무릎을 바짝바짝 들어 올리고 고개를 끄덕거리며 춤을 췄다.

"유 머스트 컴백 홈~ 떠나는 마음보다는 따뜻한~ 유 머스트 컴백 홈~ 거칠은 인생 속에~"

"응~ 제발 조용히 좀 해줘. 소청이가 아프단 말이야."

진진의 하소연이었다. 봉근은 진진의 말에 힙합 댄스를 멈추고 소청을 들여다보았다. 방바닥에 길게 누워 숨을 색색거리는 소청은 이마에 땀이 송골송골 맺혀 있었다. 진진은 의식이 없는 소청의 맥박을 짚으며 심각한 표정을 지었다.

"독이 혈관을 타고 빠르게 퍼지고 있어. 빨리 손을 써야겠는걸."

진진은 비닐 스포츠백을 뒤져서 조그만 유리병을 꺼냈다. 유리병에는 부서진 나뭇잎 같은 것이 가득 들어 있었다. 진진은 비슷한 병을 하나 더 꺼내더니 부엌으로 가서 두 약재를 냄비에 넣고 섞었다. 그리고는 냄비에 물을 붓고 가스렌지에 올려놓아 약을 달이기 시작했다. 봉근은 춤추며 노래 불렀던 것이 괜스레 미안해져 소청을 간호하는 진진에게 물었다.

"내가 뭐 도와줄 건 없냐?"

"응~ 옆에 있으면 방해만 되니까 마루에 나가서 TV나 보구 있어."

"쩝… 알았다……."

봉근은 머쓱해져 소청이 누워 있는 방에서 나왔다. 소파에 벌렁 누워 리모컨으로 TV를 켰다. 도대체 몇 년 만에 보는 TV인가. 드라마, 쇼, 퀴즈, 만화 등 흥미진진하지 않은 것이 없었다. 심지어 광고마저도 봉근을 감동시켰다.

"아아… 현대 문명의 위대함이여……."

봉근은 수상기 앞으로 바싹 다가가 화면에 가득한 장나라 얼굴에 뺨을 부볐다. 장나라가 불쾌한 얼굴로 화면 속에서 말했다.

─대갈통 치워유~ 이게 웬 돌이래유~

봉근이 아랑곳하지 않고 계속 뺨을 부비자 연예인 얼굴이 사라지고 뉴스 앵커의 모습이 나타났다.

—시청자 여러분 안녕하십니까? 오늘은 막싸움 브이를 타고 조국을 수호하는 로봇 파일럿 추봉걸 씨를 만나보겠습니다. 그는 육군 공병 부대 출신으로 자신의 친형인 추봉근 씨의 뒤를 이어 막싸움 브이를 타고 있습니다. 어서 오십시오, 추봉걸 씨.

—아뷰우~ 안녕하세요! 대한민국 열혈총각 추봉걸입니다!

—하하… 총각임을 강조하시는군요.

—그럼요! 제가 얼른 장가를 가야 하걸랑요!

봉근은 수상기에서 후닥닥 뒤로 물러서며 입을 딱 벌렸다.

"보, 봉걸아! 씨름 선수 말고 내 동생 봉걸아!"

앵커보다 두 배는 커 보이는 큰 바위 얼굴의 주인공은 바로 자신의 친동생이 아닌가. 그는 TV 화면에 클로즈업된 동생의 얼굴을 쓰다듬으며 울먹였다.

"봉걸아… 니 아직도 장가 못 간나… 이 등신아……."

소청의 탕약을 살펴보러 나온 진진은 질질 우는 봉건을 보고 빙그레 웃었다.

"웅~ 걱정 마. 소청이는 해독약 먹으면 금방 나을 거야. 안 죽을 테니 울지 마."

하지만 봉근의 울음소리는 그치지 않았다. 이제 봉근은 밍밍, 모레아, 루즈, 제인 등 수많은 이성을 섭렵하고 결혼을 세 번씩이나 올린 바람둥이였지만 노총각이 된 동생의 모습에서 자신의 과거 모습을 발견했던 것이다. 진진은 봉근과 소청의 꽁했던 관계 뒤에 서로에 대한 아낌과 배려가 숨어 있었던 거라고 오해하며 흐뭇한 얼굴로 고개를 끄덕거렸다.

여의도의 한 조용한 커피숍에서 재회한 형제는 너무도 놀라고 반가워 서로 얼굴만 쳐다보았다.

"혀… 형!"

"봉걸아!"

"형!"

"봉걸아! 아우~ 이 자식아!"

봉근은 동생에게 달려들어 그의 이마를 들이받았다. 봉걸은 형의 묵직한 박치기를 받고 뒤로 휘청거리더니 의자를 붙잡고 와당탕 쓰러졌다. 그는 아픈 이마를 쓱쓱 문지르더니 큰 소리를 지르며 봉근에게 달려들었다.

"혀어엉—"

우지끈 하는 소리와 함께 봉근은 눈앞에 별이 번쩍였다. 봉근은 테이블 위로 엎어졌다가 커피숍 바닥에 굴렀다. 그는 앞머리에 혹이 났지만 환한 얼굴로 일어났다.

"자식, 많이 세졌구나!"

"형두 변함없는데!"

남들이 보기엔 무지막지하고 우악스러운 폭력 행위였지만 형제는 박치기를 통해 서로의 우애를 확인하고 자신의 건재함을 알렸던 것이다. 하지만 이를 지켜본 주위의 손님들은 겁먹은 얼굴로 슬금슬금 가게에서 빠져나가고 있었다.

"우악! 쟤네들 뭐야?"

"조폭인가 봐… 대가리 딥따 크다."

"가자가자, 머리 깨질라……"

봉걸은 품에서 로봇 면허를 자랑스럽게 꺼내 보였다.

"형! 나 막싸움 브이 파일럿됐어!"

"그래그래, TV에서 다 봤다. 나 없이 조국이 무사할까 항상 걱정이 었는데 내 아우가 형 몫까지 당당히 해주고 있었구나… 자식……."

"형, 근데 도대체 어떻게 된 거야? 그동안 연락 한 번 안 하고. 집에도 여러 번 찾아가 봤는데 형은 보이지도 않고 빈집일 때가 많더군. 그러더니 어느 날부터는 진진인가 하는 세입자도 안 보이던데. 난 형이 형수님따라 저세상으로 가버린 줄 알았다니까. 어떻게 그 오랜 세월 동안 유일한 혈육에게 전화 한 번 안 했어?"

"휴우… 이야기하자면 길어. 그러니까 내가 이 세상에서 사라진 게… 밍밍의 장례식 때였구나."

봉근은 길게 한숨을 내쉬며 그동안의 자초지종을 이야기했다. 밍밍의 죽음으로 충격을 받아 기차에 뛰어들었지만 죽지 못하고 다른 세계로 순간 이동 되었던 일, 괴물들과 싸워서 영웅이 되었던 일, 누명을 쓰고 감옥에 갇혔던 일, 침몰하는 배에서 살아났던 일, 용궁에서 제인을 구하고 그녀와 결혼했던 일, 서커스단에서 진진과 재회했던 일…… 봉근의 파란만장한 모험담을 듣고 있는 봉걸의 얼굴에는 불신과 의혹이 가득했다.

"못 믿겠는데……. 형, 그게 정말이우?"

"정말이지. 대한민국 열혈청년 추봉근이 거짓말하는 거 봤냐?!"

"대한민국 열혈총각 추봉걸은 못 믿겠는걸."

"아우~ 답답해! 어떻게 설명해야 믿어줄꼬!"

봉근은 커다란 주먹으로 자신의 가슴을 쾅쾅 때렸다. 커피잔이 그 충격으로 들썩거렸다. 봉걸은 어두운 얼굴로 봉근을 한참 동안 쳐다보더니 천천히 입을 뗐다.

"형."

"응? 왜? 못 믿겠다 이거지?"

"그게 아니라… 형이 해준 이야기보다 더 까무라칠 일이 있는데."

"뭔데?"

봉걸은 고개를 약간 숙이고 입가에 손을 대며 자못 은밀한 분위기를 조성했다.

"형이 겪은 모든 일들은 사실이 아니야."

"엥? 무슨 소리야?"

"그리고… 지금 형이 보고, 듣고, 느끼는 이 모든 것들이 사실이 아니야."

점점 알 수 없는 소리만 늘어놓는 봉걸이었다.

"사실이 아니면 뭐지? 꿈인가?"

"비슷한 거지… 가상 현실이야."

"가상 현실? 설마……."

"우리들은 그걸 '매트릭스 시스템'이라고 부르지."

"매트리스? 마루 운동 할 때 쓰는 거냐?"

"매트리스가 아니고 매트릭스라니까. 지금 우리 인간들은 기계가 만든 거대한 가상 현실 속에 갇혀 살고 있는 거야."

"그럴 리가……."

"생각해 봐. 동물들이 둔갑을 하고, 다른 세계로 순간 이동을 하고, 사도가 침공하고, 돌연변이 팬더가 전 세계의 안보를 위협하고 있는 이런 상황이… 현실성이 있다고 생각해?"

봉걸의 말은 충격적이었다. 그에 따르면 봉근은 지금 잠들어 있으며, 목 뒤쪽에 연결된 케이블을 통해 가상 현실 시스템이 제공하는 꿈을 꾸고 있다는 것이다. 인간이 만들어낸 인공 지능 시스템은 거꾸로 인간을 지배하기 시작했으며, 그들이 생존하기 위해 인간의 육체를 건전지로 사용하고 있다는 것이다.

"말도 안 돼! 그럴 리가 없어!"

봉근은 벌떡 일어나 소리쳤다. 봉걸은 봉근을 향해 양쪽 손바닥을 폈다.

"형… 진실을 알고 싶어? 아니면 지금처럼 파란만장한 모험을 계속하고 싶어? 자, 선택해."

봉걸의 양 손바닥 위에는 각기 다른 색깔의 알약이 놓여 있었다.

"지금처럼 계속 모험을 하고 미녀들을 사귀고 싶으면 파란색 약을 삼켜. 하지만 고통스러운 진실을 알고 싶다면 붉은색 약을 삼키라구. 선택권은 형한테 있어."

봉근은 고뇌하기 시작했다. 그는 물론 진실을 알고 싶었다. 거짓이나 가식은 참을 수 없는 단순 솔직 추봉근이 아닌가. 하지만 두려웠다. 그가 가슴 깊이 사랑했던 미스 송, 밍밍, 루즈, 제인 같은 여인들이 실제 존재하지 않았던 가상의 인물들일지 모른다는 사실이 두려웠던 것이다. 하지만 그는 눈을 감고 사탕을 빨기보다는 눈 뜨고 뺨을 맞는 쪽을 택하기로 했다. 봉근의 입속으로 붉은색 알약이 들어갔다. 진실을 추구하는 자에게 내려지는 형벌인가. 그는 창자가 뒤틀리는 듯한 고통을 느꼈다. 아랫배를 움켜쥐고 괴로워하는 봉근. 그는 동생의 옷소매를 잡아당기며 하소연했다.

"크윽…… 배가 너무… 아파……."

봉걸은 차분한 얼굴에 미소를 띠며 형에게 말했다.

"당연히 아플 거야. 형이 먹은 건…… 설사약이니까."

"……?"

설사약과 매트릭스와 고통스러운 진실과의 복잡한 관계를 파악하기 위해 둔한 머리를 굴리던 봉근은 도저히 그 수수께끼를 풀 수 없어 동생에게 물었다.

"도대체… 무슨 소리야?"

"형… 방금 내가 말한 것들……."

"응… 빨리 말해. 쌀 거 같아……."

"전부 뻥이야."

"……."

봉근의 얼굴 색깔이 선홍색에서 검붉은색으로 변하고 있었다. 그는 돌연 괴성을 지르며 동생에게 박치기를 날렸다. 봉걸은 요란한 소리를 내며 수미터나 날아갔다. 커피숍 유리 테이블이 산산조각나고 의자 다리가 부러졌다. 바닥에는 엎어진 커피잔과 흩어진 설탕 가루가 어지러이 널렸다. 봉근은 한참을 씩씩거리더니 아랫배를 움켜쥐고 화장실로 달려갔다. 형제는 평소에 잘 다투었으며 동생은 장난이 심했다. 봉근은 일을 치르고 화장실에서 나오며 벽면에 붙은 작은 달력을 보았다. 그리고 허탈하게 중얼거렸다.

"우띠… 오늘 만우절이네……."

봉걸은 아직도 정신을 잃은 채 바닥에 널브러져 있었다.

진경립 소장은 봉걸의 전화를 받은 후로 계속 안절부절못하고 있었다. 자리에 진득하게 앉아서 기다리지 못하고 사무실 내를 왔다 갔다 하거나 커피를 블랙으로 몇 잔째 들이켰다. 이를 지켜보던 고선진 연구원이 차분한 목소리로 말했다.

"소장님, 무척 기대되시나 보군요."

"당연하지! 추봉근 파일럿이 돌아온다고 하지 않았나! 그동안 우리가 그를 얼마나 기다렸던가! 물론 그의 동생이 잘해주고는 있지만 다시 사도가 침략했을 때 봉근만큼 잘해줄지 걱정이었네."

봉근이 행방불명되고 오랜 세월이 흘렀다. 진경립 소장은 머리가 희끗희끗한 초로의 노인이 되어 있었고 고선진 연구원은 중년에 접어들었다. 파일럿이 사라진 뒤 광천 기지는 몇 번이나 폐쇄될 위기에 처했지만 추봉걸을 새로운 파일럿으로 영입하면서 간신히 명맥을 유지할 수 있었다. 다행히 응묘 왕국은 내분에 휩싸여 더 이상 한국을 침공하지 않았다. 하지만 그들은 언제라도 세력을 팽창할 수 있는 집단이었고, 가공할 파괴력을 지닌 사도 역시 다시 나타나지 말란 법은 없었다.

"소장님, 추봉근입니다! 추봉근이 왔습니다!"

연구원 한 명이 소장실 출입문을 열어젖히며 상기된 표정으로 말했다.

"오오! 어서 안으로 모시게."

머리 큰 두 명의 남자가 이제 중령이 된 박말자와 함께 들어왔다. 봉근이 건빵 크기의 앞 이빨을 드러내며 활짝 웃었다.

"오랜만입니다, 소장님, 고 연구원님."

"잘 오셨소, 추 병장. 진심으로 환영합니다."

소장은 봉근의 두 손을 꼭 부여잡고 오랫동안 놓아주지 않았다. 고선진 연구원이 금테 안경을 추켜올리며 약간 냉소적인 표정을 지었다.

"추 병장, 전시에 그렇게 말도 없이 사라져서야 되나? 일선 부대였다면 탈영에 해당하니 자네는 영창감이야."

"죄송합니다. 하지만 일부러 사라진 게 아닙니다. 전 초자연적인 현상으로 인해……."

봉근은 자초지종을 이야기하려다 입을 다물었다. 어차피 믿어주지도 않을 것이 뻔했다.

"아무튼 죄송합니다. 본의 아니게 폐를 끼쳤습니다."

진 소장은 너털웃음을 지으며 봉근의 잘못을 덮어주었다.

"괜찮네, 괜찮아. 고 연구원, 자네는 왜 오랜만에 나타난 사람에게 면박을 주고 그러나? 허허허… 이렇게 돌아왔으니 어떤가, 다시 막싸움 브이를 타는 것이?"

"에, 그래야지요. 대한민국 열혈청년 추봉근이 조국을 지켜야지요!"

"허허허… 잘됐네, 잘됐어. 이제 나도 한시름 놓았네."

진경립 소장은 얼굴에 미소가 가득했지만 고선진 연구원은 약간 심려스러운 표정이었다.

"자네가 때마침 돌아와 줘서 나도 다행스럽게 생각하네. 요즘 웅묘왕국 쪽이 심상치 않아. 자네가 없는 동안 앙꼬르와 칠현들은 내란을 진압하느라 한반도는 덕분에 평안했다네. 그런데 최근 들어 웅묘 왕국 군의 도발이 부쩍 늘었어. 조만간 또 사도가 출현할 거라는 소문이야."

"걱정 마십시오! 우리 추씨 형제가 든든하게 지켜 드리겠습니다!"

봉근과 봉걸은 동시에 목에 핏대를 세우며 외쳤다. 진경립 소장은 만면에 웃음을 띠며 두 형제의 손을 잡아끌었다.

"자아, 가세나. 막싸움 브이를 보러 가세나."

추씨 형제는 진 소장, 고 연구원을 따라 로봇 격납고로 향했다. 그동안 봉걸을 훈련시킨 박말자 중령이 그 뒤를 따랐다. 봉근은 가슴이 두 방망이질 쳤다. 초절정 바이오메카닉스 막싸움 브이! 밍밍과 더불어 사도와 사투를 벌이던 시절이 떠올랐다. 격납고 문이 요란한 소리를 내며 좌우로 열리자 봉근은 놀라서 감탄사를 터뜨렸다.

"아, 이럴 수가! 막싸움 브이가 두 대잖아요?!"

쭉 뻗은 몸통에 은색으로 빛나는 로봇이 두 대가 격납고에 당당하게 버티고 섰는데, 한 대는 약간 키가 작고 허리가 잘록했다. 진 소장이 봉근의 어깨 옆에 서며 이야기를 했다.

"그렇네. 봉걸 군은 자네만큼 신경이 튼튼하지 못해서 막싸움 브이의 싱크로를 견뎌내지 못했어. 그래서 밍밍이 타던 불여우 엑스를 개조해서 막싸움 브이 '걸' 호를 만들었지."

고선진 연구원이 진 소장의 말에 받아 설명했다.

"추 병장이 타던 막싸움 브이도 몇 가지 업그레이드를 했다네. 이제 원래 자네가 타던 로봇은 막싸움 브이 '근 호라네.'"

박말자 중령이 두 형제의 등 뒤에서 씩씩한 목소리로 명령했다.

"추봉근! 추봉걸! 각자의 막싸움 브이에 탑승하라! 시험 운행을 실시한다!"

"옙!"

두 형제는 우렁차게 대답하고 막싸움 브이 '근 호와 '걸' 호를 향해 달려갔다. 봉근은 손톱을 세우고 로봇의 정강이 부분에 매달렸다. 오랜 세월이 흘렀지만 막싸움 브이 몸체에 기어오르는 법은 잊지 않았다. 타지 못하면 싸울 수 없다. 박말자 중령이 항상 강조했던 부분이었다. 하지만 봉걸은 로봇에 기어오르지 않고 껄껄 웃고 있었다.

"형~ 뭐 하는 짓이야? 형이 무슨 스파이더맨이야? 아직도 그런 한심한 탑승법을 고수한단 말이야?"

"무슨 소리야? 막싸움 브이는 조종석까지 기어올라 가야 돼! 너 암벽 등반 훈련 안 받았냐?"

고선진 연구원은 봉근의 질문에 대신 대답해 주었다.

"세월이 많이 흘렀네. 막싸움 브이의 탑승 방법도 기술적 진보를 거듭했지. 이제 더 이상 파일럿은 로봇의 몸체에 바짝 붙어 힘들게 기어오르지 않아도 된다네."

봉근은 그 말을 듣고 무척 기뻤다. 과거 봉근이 가장 힘들어했던 것은 전투에 대한 공포도 아니요, 싱크로나이제이션의 고통도 아닌 '조종석에 이르는 험난한 여로' 였기 때문이다. 고선진 연구원은 금테 안경을 추켜올리며 설명을 계속했다.

"처음에는 중력빔을 생각했다네. 파일럿에게 빔을 쏘아서 주변의 공간을 무중력 상태로 만든 다음 조종석까지 끌어 올리는 거지. 하지만 이 방법은 에너지 소비가 너무 심해서 기각됐네. 그 다음 고려한 방법이 마징거 제트의 비행 조종석이지. 파일럿은 지상에서 제비호와 같은 소형 비행체에 탑승하여 머리 꼭대기까지 날아올라 가는 거야. 하지만 이 방법은 정교한 비행 기술을 필요로 하고 두부에 착지할 때 위험 부담이 커서 역시 기각됐어. 그 다음은 다리 부근에 조종석을 만드는 거였어. 탑승은 간단했지만 로봇이 걸어갈 때 조종사가 심한 멀미를 느껴 포기했지. 결국 우리가 채택한 방법은 이거야."

고선진 연구원이 손을 들어 딱딱! 하고 박수를 치자 노란 작업복을 입은 사람들이 우르르 몰려들어 와 로봇의 몸체에 나무로 만든 기다란 도구를 걸쳤다. 고선진 연구원은 막싸움 브이 궁극의 탑승 기술을 말해 주었다.

"사다리라네."

"사, 사다리……."

봉근은 어이가 없어 다리가 휘청거렸다.

"형! 나 먼저 올라갈게!"

봉걸은 신이 나서 사다리를 타고 올라가더니 금세 걸호의 조종석에 들어갔다.

"기다려! 나도 간다!"

봉근은 고선진 연구원의 얼굴을 쳐다보며 물었다.

"나는 왜 사다리 안 줘요?"

고선진 연구원은 턱 부근에 손을 올리고 차분하게 말을 이어갔다.

"근호는 걸호보다 신장이 커서 사다리가 짧았어. 전혀 새로운 탑승 방법이 필요했지. 우리 연구팀은 6개월에 걸친 연구 끝에 최첨단 무선 조종 테크놀로지를 이용한 탑승 방법을 개발했어."

그는 하얀 가운의 주머니에 손을 넣더니 까만 직사각형의 리모컨을 꺼냈다.

"원격 조종 장치라네. 앞으로 탑승 전에는 이 리모컨의 파란 단추를 누르게."

고선진 연구원이 단추를 누르자 막싸움 브이 근호의 입 부근에서 차라락 하는 소리와 함께 누런 색깔의 물체가 튀어나왔다. 봉근은 자신의 눈앞에서 흔들리는 끈을 잡고 허탈하게 웃었다.

"밧줄……."

"맨손으로 기어오르는 것보단 훨씬 수월할 거야."

"아주 놀라운 기술적 진보입니다……."

"나도 그렇게 생각하네."

"크윽……."

봉근은 밧줄을 잡고 로봇을 기어오르면서 잠시 실존적 고민에 빠졌다.

'나는 조종사인가 아니면 산악인인가……'

오랜만에 해보는 등반이라 땀이 줄줄 흐르고 숨이 가빴지만 그럭저럭 조종석에 당도할 수 있었다. 봉근이 길게 숨을 내쉬고 조종간을 잡으려는데, 시트 아래쪽에서 뜨거운 증기가 숏아올랐다.

"우왁! 뜨거워! 뭐야! 사람 살려! 불이야!"

당황한 봉근을 진정시키려는 듯 시트 뒤의 스피커에서 박말자 중령의 목소리가 들려왔다.

―안심해라, 추봉근. 조종석까지 올라오느라 지친 파일럿의 피로를 풀어주는 증기탕 시스템이다.

"즈, 증기탕? 거참, 만족스러운 시스템이군요. 아가씨는 안 나오나요?"

봉근은 다음 순간 또 한 번 당황해야 했다. 의자가 정신없이 진동하기 시작했다.

"우아아아익! 뭐야! 고장인가 봐요! 막싸움 브이가 폭주한다!"

박말자 중령은 여전히 차분한 목소리로 봉근을 진정시켰다.

―안심해라. 고성능 모터를 이용한 전신 마사지다. 파일럿은 무엇보다 근육의 긴장을 풀어줘야 돼.

"아아… 시원해라……"

의자의 진동이 멎자 캐노피가 열리면서 증기가 슈욱 하고 빠져나가고 차가운 공기가 후욱 하고 들어오자 말할 수 없이 상쾌한 느낌이었다. 봉근은 옆쪽을 쳐다보았다. 걸호의 캐노피가 열리면서 김이 무럭무럭 새어 나왔다. 김이 걷히고 나타난 봉걸은 팬티만 입은 채였는데 목에는 커다란 타월 한 장을 둘렀다. 그가 봉근을 향해 손을 흔들었다.

"형! 시원하지? 난 이 맛에 조종사한다니까!"

"그래… 세상 참 좋아졌다. 예전에는 조종석에 앉아 있으면 내 땀 냄새와 발 냄새에 질식될 지경이었는데……."

박말자 중령은 추씨 형제에게 그만 내려오라고 명령했다. 봉근은 아쉬운 마음이었지만 순순히 밧줄을 타고 주르륵 내려왔다. 박말자 중령은 아주 만족스런 얼굴이었다.

"오늘 훈련은 여기까지다. 추봉근은 첫날이니까 싱크로까지 들어가서 고생할 필요는 없겠지. 내일부터는 본격적으로 전투 훈련을 할 테니 둘 다 푹 쉬고 오도록."

"옙!"

봉근과 봉걸은 중령에게 경례를 붙여 인사하고는 해산했다. 봉근은 광천 기지 기숙사에서 생활하고 있는 동생에게 인사를 하고 집으로 향했다. 그의 가슴속에는 뿌듯한 행복감이 느껴졌다. 오랜 방황 끝에 다시 찾은 그의 제자리. 막싸움 브이를 몰면서 조국을 지킨다! 사람은 자신의 일을 할 때 가장 행복하다는 누군가의 말이 떠올랐다. 거리의 전광판에서는 하리수가 행복한 표정을 지으며 냉장고 선전을 하고 있었다.

─여자라서 행복해요.

씬(The Sign)

남편은 또 곤드레만드레가 되어 새벽에 귀가했다. 그는 만취되어 집에 돌아오면 얌전히 그냥 자는 법이 없다. 접시나 그릇을 깨먹거나 가구를 부수고 아내에게 폭언을 일삼았다. 수걸리는 그런 남편에게 대거리하는 데에도 지쳐 있었다. 한국 남자들이 이런 줄 알았으면 결혼하는 것이 아니었는데. 그녀는 속으로 백 번 넘게 후회했지만 부질없는 짓이었다. 남편의 술 취한 목소리가 쩌렁쩌렁 울렸다.

"야, 이년아! 되국 년이 한국엔 뭐 하러 왔어?! 응! 뭣 때문에 나랑 결혼해서 내 신세를 망쳐! 응!"

그녀는 귀를 막고 화장실로 도망쳤다. 커다란 거울 속에 초라한 주부로 전락한 중국 최고의 엘리트 요원이 있었다. 그녀는 갑자기 가슴에 통증을 느꼈다. 요즘 들어 밤만 되면 젖이 아프다. 손으로 만져 보니 딱딱한 몽우리가 느껴졌다. 그녀는 공포를 느꼈다.

'헉… 설마 유방암? 아냐, 그럴 리가…….'

잠시 후 남편은 잠잠해졌지만 수걸리는 새로운 걱정거리에 잠을 이룰 수 없었다.

하얀 얼굴에 금테 안경을 쓴 의사는 수걸리를 진찰한 뒤에 빙그레 웃었다.

"안심하세요. 암은 아닙니다."

"암이 아니라구요? 아… 다행이네요……."

"이건… 좀 희귀한 질환입니다."

의사는 간호원을 시켜 포터블 카세트를 가져오게 했다.

"젖을 꺼내보세요."

"네?"

수걸리는 블라우스를 여미다가 의사의 말에 고개를 들고 의아한 표정을 지었다.

"젖을 다시 꺼내세요."

"아, 네……."

그녀가 다시 가슴을 풀어헤치자 의사는 포터블 카세트의 재생 버튼을 눌렀다. 경쾌한 라틴 리듬의 댄스 음악이 흘러나왔다. 절로 어깨를 들썩이게 하는, 그런 흥거운 음악이었다. 의사는 싱긋 웃으며 그녀의 가슴을 가리켰다.

"아앗! 이럴 수가!"

그녀는 자신도 모르게 비명을 질렀다. 하얀 유방이 실룩거리며 저 혼자 춤을 추고 있는 것이 아닌가! 왼쪽으로 오른쪽으로 솟아났다 가 라앉았다 한 바퀴 꼬였다 풀었다… 자유자재로 움직이는 것이 마치 괴물 같았다.

"서, 선생님! 이게 도대체 어찌 된 일인가요?"

그녀는 경악했지만 의사는 빙글빙글 웃을 뿐이었다.

"글쎄요… 젖이 미쳤나 보죠."

의사는 카세트를 끈 뒤에 차트에 무언가를 기록하며 그녀에게 말했다.

"이건 결혼 생활로 인한 스트레스가 가슴 부위의 근육과 신경 계통에 영향을 주어 발생하는 질환입니다."

"아… 병명이 뭔가요?"

"이름이 좀 길어요."

"뭔데요?"

"결혼은 미친 젖이다."

"아… 정말 이상한 병명이군요…….."

"일단 안정을 취하시는 게 중요합니다. 결혼 생활이 힘들다면 잠시 별거를 하시는 것도 도움이 됩니다."

집에 돌아온 그녀는 당장 짐을 쌌다. 장롱 속에는 말다 요원과 함께 한국에 입국할 때 들고 왔던 커다란 여행 가방이 그대로 있었다. 더 이상 한국에 있을 이유가 없었다. 남편은 결혼 후 술 주정과 폭언 이외에는 자신에게 해준 게 아무것도 없었다. 이상한 질병만 안겨주었을 뿐이다. 마침 휴무라 집에 있었던 남편은 의아한 표정으로 물었다.

"왜 그래, 당신? 지금 어디 가?"

"중국으로 돌아가요."

"도, 돌아간다구? 무슨 소리야? 이제 중국이란 나라는 없어졌어! 웅묘 왕국으로 간단 말이야?"

"그래요. 당신과는 더 이상 같이 살 수 없어요."

"헤어지잔 말이야? 도대체 이유가 뭐야!'

그녀는 여행 가방을 끌고 밖으로 나오면서 현관 앞에 선 남편을 향해 소리쳤다.

"결혼은 미친 짓이야!'

남편은 멍한 얼굴로 문 앞에 서서 아내의 뒷모습을 보며 중얼거렸다.

"저년이 진짜 미쳤나……."

웅묘 왕국 간쑤성의 깊은 산속에 위치한 작은 사찰 액파사(厄破寺). 이곳은 혜만이라 불리는 기이한 승려로 인해 신도들이나 관광객들에게 꽤 유명해진 곳이다. 혜만은 수많은 신도들과 구경꾼들의 시선을 받으며 법당 한가운데 가부좌를 틀고 앉았다. 그의 이마에는 굵은 철사가 둘러져 있고, 머리 꼭대기에는 역시 철사로 만든 안테나가 하늘을 향해 있다. 혜만은 한쪽 손가락을 들어 하늘을 가리키고, 다른 쪽 손가락은 땅을 가리켰다.

"천상천하 유아독존. 띠띠지지— 치리리리— 띠띠지지— 치리리리—"

궁금증을 참지 못한 신도 한 명이 혜만에게 물었다.

"스님, 지금 뭐 하시는 겁니까?'

"흠… 지금 외계인과 교신 중이오. 파장이 잡힐 듯하오만……."

그는 자못 진지한 표정이었다. 잠시 후 혜만은 들었던 손을 내리며 아쉬운 한숨을 쉬었다.

"휴… 부처님의 가르침을 우주에 전파하려고 했는데… 쉽지 않구나……."

"스님, 석가모니께서도 외계인이었다는 말씀이 정말인가요?"

혜만은 자신의 독특한 주장으로 인해 교단 내에서 비난의 표적이 되고 있었다. 하지만 그는 원로들의 거센 반발에도 불구하고 자신의 주장을 굽히지 않았다.

"물론이오. 저 늘어진 귀와 기다란 팔, 거대한 머리와 미간의 백호를 보시오. 저게 인간의 형상이오? 그는 지구에서 1,500광년 떨어진 오리온 성운에서 우주를 건너온 이성인이오. 석가모니께서 보리수 나무 밑에서 깨달음을 얻었다는 건 정수리에 내려온 UFO의 광선을 받고 자신의 존재를 깨달은 걸 말하는 거요."

"아아… 그렇군요……."

혜만은 이단에 가까운 설법에도 불구하고 액파사 주지로부터 철저한 보호를 받고 있었는데, 그 이유는 혜만의 존재로 인해 액파사는 상당한 수입을 올리고 있었기 때문이다. 그를 보러 오는 신도들과 관광객들은 재물로 사찰의 곳간을 넘치도록 채웠다. 약삭빠른 주지는 '괴승 혜만'이라는 캐릭터 상품까지 개발하여 짭짤한 수입을 올리고 있었다.

"스님, 웬 보살이 찾아왔는데요."

동자승 한 놈이 천진한 얼굴을 내밀며 혜만에게 고했다.

"잉? 여자가 찾아왔다고? 어서 모셔라."

그는 철사 안테나를 머리에서 벗고는 반질반질한 머리통에 침을 바르려다 그만두었다.

"이런이런… 속세에서의 습관이 아직도… 허허……."

그를 찾아온 사람은 단정한 정장 차림에 이지적인 얼굴을 한 30대

여성이었다. 그녀는 혜만을 보자마자 엷은 미소를 띠며 인사를 건넸다.

"오랜만이에요, 말다. 많이 변했군요."

"수, 수걸리……."

혜만은 잠시 당황하여 할 말을 잊었다. 그는 여자에게 등을 돌리며 목메는 소리로 말했다.

"속세에서의 이름을 부르지 마시오… 난 이제 불법에 귀의한 승려라오……."

하지만 그녀는 다시 혜만의 앞으로 걸어와서는 눈빛을 마주쳤다.

"승복이 잘 어울리네요, 말다."

"수걸리… 제발… 날 가만 내버려 두시오."

"왜죠? 진진을 놓친 실패의 기억이 아직도 당신을 괴롭히나요? 정신 차려요, 조말다. 당신은 중국 최고의 엘리트 공안이었어요. 미제사건 담당 수사관 조말다."

말다는 괴로운 과거를 잊고 싶다는 표정이었다. 그는 말을 돌려 수걸리에게 되물었다.

"당신은… 한국 남자와 결혼한 걸로 알고 있는데……."

수걸리의 얼굴에 잠시 우울한 빛이 스쳤다.

"말다, 그 일에 대해서는 묻지 말아줘요. 나 이혼했어요."

"거참 안됐군……."

"그건 그렇고, 저 복직했어요. 다시 미제사건을 담당하게 됐구요."

"거참 잘됐군……."

"말다, 남의 일처럼 중얼거리지 말아요. 나, 당신이 복직하도록 설득하러 왔어요."

말다는 애써 수걸리를 외면하며 머리에 다시 철사 안테나를 둘렀다.

"천상천하 유아독존. 띠띠지지― 치리리리―"

"말다! 날 피하려 해도 소용없어요! 은폐된 진실을 추구하던 예전의 당신으로 돌아와요! 이런 건 당신에게 어울리지 않아요!"

"화엄선종 화엄선종 화엄선종 화엄선종……."

"계속 딴전 피울 거예요? 외계인에게 납치된 말자 씨가 궁금하지도 않아요? 당신이 그랬잖아요! '말자는 저 너머에 있다'고… 흑흑 흑……."

"화엄선종 화엄선종 화엄선종 화엄선종……."

수걸리가 설득에 지쳐 눈물을 흘리며 주저앉자 말다는 그녀를 부축해 일으켰다.

"울지 마요, 수걸리. 내 동생은 외계인이 아니라 팬더에게 납치되었소. 그리고 저 너머에 있는 건 말자가 아니라 진실이오."

"흑흑… 어쨌든 돌아와 줘요, 말다. 나 새로운 사건을 맡았어요. 외계인과 관련된 거예요. 당신도 흥미있어할 거예요."

"휴… 생각 좀 해봅시다……."

말다는 뒷짐을 지고 서산에 지는 붉은 해를 쳐다보았다. 그는 수걸리에게 무슨 말을 하려다 멈칫했다. 액파사 주차장에 세워진 차 안에서 익숙한 얼굴을 발견했기 때문이다. 대머리 부국장은 중이 되어버린 자신의 옛 부하 직원을 지켜보며 담배를 피우고 있었다.

운남성에서 옥수수 농사를 짓고 사는 농부 말갑순은 입을 딱 벌린 채로 자신의 옥수수 밭을 지켜보고 있었다. 그의 품에는 겁에 질린 어린 딸이 안겨 있고 옆에는 당돌해 보이는 아들이 껌을 씹고 서 있다.

그들이 놀라서 서 있는 이유는 옥수수 밭에 새겨진 거대한 형상 때문이다. 옥수수대가 일정한 방향으로 꺾여 누워 있었는데, 전체적으로 알 수 없는 기하학적 형상을 만들고 있었다. 그것은 대체로 다음과 같은 형태였다.

$$\Psi \varDelta ◎ ◇ \Gamma \in \bullet \sqsubset \sqsupset$$

농부는 양손으로 볼을 감싸며 절망적인 목소리로 중얼거렸다.

"이럴 수가! 요즘도 이런 하릴없는 놈들이 있다니……."

아들은 농부에게 태연한 목소리로 말했다.

"아빠, 이건 미스테리 써클이에요."

소년은 TV 시청을 많이 해서 나이에 비해 박식했다.

"미스테리… 써클?"

말갑순은 소리를 버럭 질렀다.

"도대체 어떤 써클이야! 말해! 이런 불량 써클은 니네 학교에서 몰아내야 돼!"

"아빠… 그 써클이 아니에요……."

"시끄러! 너두 공부는 안 하고 이런 불량 써클에 들면 쇠스랑에 찍혀 죽을 줄 알아!"

"아이 씨, 짜증나……."

아들은 씹던 껌을 뱉어버리고 옥수수 밭에서 나가 버렸다. 농부는 화가 풀리지 않아 씩씩거리면서 오두막집으로 돌아왔다. 집에서는 손님이 기다리고 있었다. 그들은 말쑥하게 차려입은 젊은 남녀였는데 한눈에 봐도 공무원이었다.

"안녕하세요, 말갑순 씨. 전 미제사건 담당 수사관 조말다라고 합니다. 이쪽은 수걸리."

"안녕하세요."

말갑순은 약간 겁에 질린 눈으로 고개를 숙였다. 그는 공안들에게 잘못 보이면 농사고 뭐고 끝장이라는 걸 잘 알고 있었다. 농부는 비굴한 웃음을 지으며 공안에게 말했다.

"저희는 옥수수만 키웁니다. 절대로 대마 같은 건 재배하지 않습니다."

"하하하… 알고 있습니다, 말갑순 씨. 우리가 온 건 요즘 운남성 일대에 빈번하게 발생하는 미스테리 써클 때문입니다."

말갑순은 안도의 한숨을 내쉬었다.

"제가 어떻게 도와드릴까요?"

"아, 우리는 이 일대에 잠복하면서 미스테리 써클의 정체를 밝혀낼 겁니다. 그때까지 이 오두막집에 머물도록 해주십시오."

"예… 좋을 대로 하십시오……."

수걸리는 어느새 오두막집에서 여장을 풀고 있었다. 제멋대로 남의 집에 쳐들어와 집을 비워달라는 뻔뻔함에도 불구하고 농부는 그저 굽신거릴 뿐이었다. 말다는 씁쓸함과 우쭐함이 뒤섞인 묘한 감정에 사로잡혔다. 운남성까지 하루 종일 덜컹거리며 밤새도록 차로 달려온 말다는 피로가 엄습했다. 농부가 일하러 나가자 말다는 나무 침대에 몸을 던졌다. 순식간에 수마가 덮쳐 와 눈을 감았다.

말다 요원은 누군가 살며시 어깨를 흔드는 바람에 잠에서 깨어났다. 수걸리가 겁에 질린 표정으로 침대가에 앉아 있었다.

"끄응… 지금 몇 시지?"

"아직 밤중이에요, 말다."

"수걸리도 피곤할 텐데 그만 자는 게 어때요? 난 내일 새벽까지 내리 잘 거예요."

"말다, 옥수수 밭 쪽에서 이상한 소리가 들려요. 사각사각거리는……."

말다는 자세를 고쳐 앉았다.

"음… 외계인일지도 모르겠는데."

"허억! 어쩌죠, 말다? 야구방망이로 때려잡을까요?"

"음… 일단 오늘은 피곤하니까 그냥 놔둡시다. 오늘만 날이 아니니."

"하지만……."

말다는 수걸리의 뒷말은 들어보지도 않고 침대 위로 다시 쓰러졌다. 이내 코를 골기 시작하는 말다. 수걸리는 고개를 저었다.

"쯧쯧… 저렇게 잠이 많아서 어떻게 수도 생활을 했는지 몰라."

밖에서는 여전히 사각거리는 정체 불명의 소음이 들려왔다. 그녀는 리볼버 권총을 살며시 꺼내 들었다가 다시 집어넣었다. 아무래도 오늘 밤은 무리였다. 가슴이 다시 미친 듯이 춤을 추기 시작했기 때문이다.

"으윽… 결혼은 미친 짓이야……."

그녀는 남편을 원망하여 억지로 잠을 청했다. 사각거리는 소리는 그녀가 간신히 잠에 빠져들기 전까지 멈추지 않았다.

말다는 눈가를 간지럽히는 따스한 햇볕과 수걸리의 날카로운 목소리에 잠이 깼다. 그는 부스스한 얼굴로 자리에서 일어나 수걸리의 외

침이 들려오는 옥수수 밭으로 비척비척 걸어갔다. 수걸리는 펄쩍펄쩍 뛰어오르며 소리치고 있었다.

"말다! 어서 와요! 이걸 좀 봐요!"

"도대체 무슨 일이요, 수걸리? 왜 아침부터 닭 모가지 비트는 소리를 내는 거요?"

"새로운 미스테리 써클이에요……."

말다는 수걸리가 서 있는 자리에 우뚝 하고 서버렸다. 빽빽한 옥수수 밭이 한순간에 사라지며 거대한 도형이 눈앞에 나타났다. 그는 메모지를 꺼내 도형을 그대로 메모했다.

□●◎*E*◑∪⊃■◐

수걸리는 호기심 가득한 얼굴로 그에게 물었다.

"이게 도대체 무슨 의미일까요, 말다?"

"글쎄… 일단 여기서 발견되는 미스테리 써클은 모두 암호학자에게 보내고 있소. 그들이 풀어내야 할 과제이긴 하지만… 내가 추측하기에 이건 일종의 이정표 같은 거요."

"이정표?"

"UFO를 위한 항법 지도라고나 할까… 길을 잃지 않도록 도와주는 모종의 표시라고 생각되오."

"일리있는 말이군요."

하지만 수걸리는 다음날부터 말다의 가설을 의심하게 되었다. 같은 옥수수 밭에서 계속 다른 종류의 미스테리 써클이 연속적으로 발생했기 때문이다.

〈세 번째〉

○ ζ● σωH ◆ θ =

〈네 번째〉

◎◇△◐▦＋π Γ E

〈다섯 번째〉

σωH θ ‡ ▽⊙○▦

〈여섯 번째〉

⊃◑⊂● ∧∩∀▷π

〈일곱 번째〉

Ψ▦● Δ Γ◎E Π ζ

수걸리가 말다에게 따져 물었다.

"말다, 이게 항법용 지도라면 같은 장소에 계속 나타날 이유는 없잖아요? 아무래도 말갑순 씨의 옥수수 밭에 뭔가가 있는 것 같아요."

"흠… 오늘 밤 잠복해서 누구 짓인지 밝혀냅시다."

"항상 그랬는데 당신이 먼저 잠들었잖아요."

"오늘은 졸지 않겠소. 절대로!"

그날 밤. 낮잠을 충분히 자둔 말다와 수걸리는 초롱초롱한 눈으로 옥수수 밭을 지켰다. 오른손에 은빛 리볼버 권총을 꼭 쥔 두 사람은 어떤 괴물이 나타나더라도 당황하지 않겠다고 단단히 다짐했다. 너무도 긴장한 수걸리는 가슴이 출렁거리는 것도 몰랐다.

사각사각사각……

바람 한 점 없는 옥수수 밭에서 이상한 소리가 들려오자 수걸리와 말다는 서로 얼굴을 쳐다보며 나지막하게 소리쳤다.

"나타났군!"

"말다, 왼쪽으로 돌아요. 난 오른쪽으로 돌면서 놈을 잡을게요."

"그렇게 합시다. 자, 갑니다!"

두 사람은 각자의 방향으로 힘차게 뛰었다. 사각거리던 정체 불명의 생물도 후닥닥 뛰어가는 소리를 냈다. 옥수수 밭을 헤치며 달리던 수걸리는 자신의 앞에서 도망치는 초록색 괴생명체를 목격했다. 옥수수 줄기와 잎에 가려 제대로 보이지는 않았지만 분명 인간은 아니었다.

"아! 찾았어요, 말다! 제가 잡을게요!"

수걸리는 오른쪽 팔뚝이 옥수수 열매에 부딪치는 바람에 쥐고 있던 권총을 놓쳐 버렸다.

"아… 이런!"

그녀는 괴생명체를 놓치지 않기 위해 무기를 포기하고 계속 달렸다.

"크엑!"

괴생명체가 돌부리에 걸려 넘어졌다. 초록색 등과 둔부가 수걸리의 눈에 들어왔다. 권총을 잃어버린 그녀는 갑자기 눈앞에 나타난 외계인의 모습을 보고 공포에 질렸다. 그녀는 완력에는 자신이 없었지만 양손을 모아 힘껏 내질렀다.

"크오오오오오오—"

외계인의 비명이 하늘 높이 울려 퍼졌다. 옥수수 밭에서 놀란 새들이 푸드덕 날아올랐다. 괴성을 듣고 달려온 말다는 망연한 표정으로 옥수수 밭에 주저앉아 있는 수걸리를 안아 일으켰다.

"어떻게 된 거요?"

말다가 걱정스런 얼굴로 물었다.

"내가 외계인을 공격했어요… 그놈은 치명상을 입고 도망쳤어요……. 아… 너무 징그럽게 생긴 생물이었어요. 온몸이 온통 초록색이고 머리는 아주 커요."

"음… 수걸리, 어서 오두막으로 돌아갑시다. 당신 너무 놀라서 좀 쉬어야겠소."

다리가 풀려 비틀거리는 수걸리를 부축하고 오두막에 돌아온 말다 요원. 그는 수걸리의 검지손가락에 누렇고 *끈끈한* 액체가 묻어 있는 것을 발견했다.

"이건… 외계인의 피인가?"

수걸리는 미간을 찡그리며 고개를 저었다.

"피라기보다는… 외계인의 체액이라고 하는 게……."

"흠… 당신, 외계인에게 큰 부상을 입혔군."

호기심이 왕성한 말다 요원은 수걸리의 손가락에 코를 가까이 대고 냄새를 맡아보았다. 상당히 역한 냄새였다. 그는 수걸리의 손가락을 입에 넣고 외계인의 체액을 빨아 먹었다. 맛을 보면서 성분을 분석해 보려는 것이다.

"쩝쩝… 썩은 죽 맛이군. 정말 역겨워……. 단백질이 많이 포함된 것 같은데……."

수걸리는 말다가 자신의 검지손가락을 쪽쪽 빨아 먹자 상당히 당황했다. 그녀는 하얗게 질린 얼굴로 말다에게 말했다.

"말다 씨… 나 고백할 게 있어요……."

"음… 말해 보시오, 수걸리."

그녀는 한참을 망설인 끝에 양쪽 손가락을 모아 쥐며 입을 열었다.

"사실 아까… 외계인한테 똥침 먹였어요."

"또, 똥침?"

"똥꼬 깊숙이……."

"쿠웩!"

말다는 부엌 바닥에 엎드려 저녁에 먹은 만두와 점심에 먹은 국수를 모두 토해냈다. 그는 한 시간에 걸쳐 계속 토악질을 해댔고, 수걸리는 미안한 마음에 정성껏 등을 두드려 주었다. 자신이 먹은 모든 음식물을 공개한 말다는 탈진하여 쓰러졌다. 수걸리는 기진맥진한 말다를 부축해 침대에 누이고는 그에게 먹일 미음을 끓였다.

다음날, 수걸리가 끓여준 미음을 떠먹고 원기를 회복한 말다 요원은 아침부터 오두막집 앞에서 새끼를 꼬고 있었다. 깔끔한 멋쟁이 말다가 시커먼 작업복을 입고 땅바닥에 주저앉아 새끼줄을 만드는 모습은 수걸리에게도 생소했다.

"말다, 무슨 일이에요? 안 하던 짓을 하고… 혹시 어제 외계인 똥꼬 물 먹고 충격받았어요?"

"수, 수걸리!"

말다가 불쾌한 얼굴로 소리치자 수걸리는 어깨를 으쓱해 보였다. 말다는 새끼 꼬는 작업을 계속하며 말했다.

"올가미를 만드는 거요. 놈이 도망치다가 걸려들도록……."

수걸리는 가볍게 한숨을 내쉬었다.

"말다, 외계인이 무슨 멧돼지도 아니고 그런 조악한 올가미에 걸리겠어요?"

"음… 아니오, 분명 도움이… 응?"

말다와 수걸리는 집 안에서 들려오는 날카로운 비명 소리에 대화를 중단했다. 말다는 꼬던 새끼줄을 팽개치고 용수철처럼 튕겨져 일어났다. 수걸리도 한 마리 흑표범처럼 날렵하게 집 안으로 뛰어들었다. 두 사람은 눈앞의 광경에 충격을 받아 입을 벌렸다. 온몸이 초록색이고 사지가 긴 외계 생명체가 마녀처럼 긴 손톱으로 위협하며 농부의 아들을 인질로 잡고 있었다. 말다와 수걸리는 농부의 아들이 다칠까 봐 선불리 덤벼들지 못하고 외계 생명체의 주위를 맴돌았다. 수걸리가 조용히 말다에게 말했다.

"말다… 힘껏 휘둘러요……."

"응?"

말다는 뜬금없는 소리에 의아해하다가 식탁 위의 커다란 나무 주걱을 보고 이내 고개를 끄덕였다. 말갑순 씨의 아내가 아침에 밥을 푸고 나서 올려둔 것이다. 인질로 잡힌 소년의 여동생이 다시 비명을 질렀다. 외계인의 시선이 소녀에게 향하는 순간 말다는 식탁 위의 밥주걱을 들어 힘껏 휘둘렀다.

철썩—

외계인은 뺨을 정통으로 얻어맞고 휘청거렸다. 농부의 아들은 그 틈을 타서 외계인의 손에서 벗어났다. 집 밖으로 달아나는 소년. 말다는 밥주걱을 들고 외계인을 위협했다. 외계인은 뺨에 붙은 밥알을 뜯어 먹으며 말했다.

"게르르륵… 배고파…… 이쪽도 때려줘……."

"이놈이 우리 말을 할 줄 아네?"

말다는 신기해하며 또 한 번 밥주걱을 휘둘렀다.

철썩—

외계인은 아파하기는커녕 뺨에 묻은 밥알을 뜯어 먹기에 바빴다. 무척 배가 고팠던 모양이다. 말다는 약간 당황했다. 녀석이 보기보다 맷집도 좋고 체구가 컸기 때문이다. 외계인이 마음먹고 달려들기라도 하면 자신쯤은 아무것도 아니지 싶었다. 말다가 도주를 염두에 두고 있는데 외계인이 고개를 들어 천장을 쳐다보며 괴성을 질렀다.

"크웨에에에에에엑—"

말다는 깜짝 놀라 뒤로 주춤 물러섰다. 외계인은 울트라맨을 연상시키는 커다란 눈에서 굵은 눈물방울을 뚝뚝 흘리며 앞으로 푹 고꾸라졌다. 쓰러진 외계인의 뒤쪽에서는 수걸리가 양손을 모아 외계인의 엉덩이에 밀착시킨 자세로 서 있었다.

"수걸리!"

"말다, 괜찮아요?"

말다는 수걸리에게 다가서며 물었다.

"수걸리… 지금 또 똥침 먹인 거요?"

"네, 손가락이 욱신거리네요…….."

말다는 이 여자가 혹시 이런 짓을 하면서 쾌감을 느끼는 부류는 아닐까 속으로 생각했다.

"그런데 수걸리, 왜 그 자세로 계속 서 있는 거요?"

그녀는 약간 울먹이는 얼굴로 대답했다.

"흑… 안 빠져…….."

외계인이 게룩거리며 몹시 고통스러워했다.

외계 생명체를 사로잡는 데 성공한 말다와 수걸리는 즉각 심문에 들어갔다. 외계인은 사지가 묶인 채로 미제사건 담당 수사관들이 묻는데 대답해야만 했다.

"너! 옥수수 밭에 만드는 이상한 표시가 뭐 하는 건지 당장 말해!"

"게르르륵…… 꼭 말해야 돼요?"

"당연하지! 혹시 지구 침공을 획책하는 암호가 아냐?"

"게르르륵… 아니에요…… 그건… 문자 메시지예요."

말다와 수걸리는 뜻밖이라는 얼굴로 서로 마주 보았다.

"문자 메시지? 어디로 보내는 거냐?"

"게르르륵… 지상에 있는 이들은 비행접시에서 말썽을 부리다 추방된 말썽꾼들이에요. 게르륵… 통신기기도 압수당하기 때문에 경작지에 새기는 문자 메세지가 친구들과 소통할 수 있는 유일한 수단이에요. 우리가 밤새워 옥수수를 꺾어서 메시지를 보내면 비행접시에서 광선을 쏘아서 답장을 새겨놓지요."

말다는 약간 의심쩍은 얼굴이었다.

"흠… 믿기 어려운데? 그럼 이게 무슨 뜻인지 전부 해석해 봐!"

그는 그동안 미스테리 써클을 스케치해 놓았던 메모장을 내밀었다. 외계인은 수걸리가 준 만년필로 해석을 달아놓았다. 거대한 위용을 자랑하는 미스테리 써클은 뜻밖에도 매우 소박하고 따뜻한 메시지들을 담고 있었다.

$\Psi \Delta \circledcirc \diamond \Gamma \in \bullet \sqsubseteq \sqsupseteq$

(자갸, 밥 먹었어?)

$\boxplus \bullet \circledcirc E \leftmoon \cup \supset \blacksquare \circ$

(ㅋㅋㅋ~ 너무 우껴)

○ ζ● $\sigma\omega H$ ◆ θ ＝

(지구인들 정말 짱나)

◎◇△◐▓┼πΓE

(자갸, 뽀뽀하구 시포)

$\sigma\omega H$ θ ‡ ▽⊙○▓

(집에 가구 시퍼. 아흑~)

⊃◑⊂●∧∩∀▷π

(비행접시 새루 뽑았어?)

Ψ▨●$\varDelta\Gamma$◎$E\Pi\zeta$

(진짜 부럽당. 아후~)

외계인에게서 메모장을 돌려받은 말다는 손을 부들부들 떨었다. 그의 얼굴은 충격과 당혹감으로 심하게 일그러졌다.

"이, 이런 하찮은 메시지들을 보내기 위해 그 많은 옥수수를 꺾었단 말인가……."

말다 요원은 외계인에게 달려들어 그의 초록색 목을 졸랐다. 저 너머에 거대한 진실이 있다고 믿고 있는 말다로서는 허탈감을 견딜 수 없었다.

"이 우주에서 날아온 날건달 외계인 놈아! 이런 허접한 문자 메시지 보내려고 밤새도록……."

"게르르륵! 게르륵! 숨 막혀요…… 이것 좀 놔요……."

놀란 수걸리가 말다의 손을 잡아당겼다.

"놔주세요, 말다. 그러다 죽겠어요."

간신히 풀려난 초록색 외계인은 게륵게륵 하는 소리를 내면서 숨을 헐떡였다. 수걸리는 그런 외계인이 안쓰럽게 느껴져 물어보았다.

"밤새도록 옥수수 꺾으려면 힘들 텐데 왜 그런 짓을 하죠?"

"게르르륵… 재밌잖아요. 그리고 힘드는 건 제가 서툴러서 그래요. 요즘 젊은 애들은 분당 500에서 600콘까지 치는 애들도 있어요."

"콘?"

"콘(Corn). 1분에 500개에서 600개의 옥수수 줄기를 꺾는단 소리죠. 걔들이 문자 보낼 때는 거의 날아다닌다니까요. 우리는 젊은 애들보고 C세대(옥수수 세대)라고 불러요."

"아아… 그렇군요."

수걸리가 외계인과 이야기를 나누는 동안 말다는 성질을 죽이며 담배를 피웠다. 외계인은 말다의 눈치를 슬슬 보면서 옥수수 밭 속으로 사라지려 했다. 수걸리는 외계인을 불러 세우고는 무언가를 건넸다.

"받아요. 샘숭 애니콜이에요."

"게르르륵― 이걸 왜 저에게……."

외계인은 핸드폰과 수걸리의 얼굴을 번갈아 쳐다보았다. 수걸리는 정답게 웃으며 말했다.

"앞으로는 힘들게 옥수수 꺾지 말고 이걸로 보내요. 훨씬 간편할 거예요."

"게르르륵… 고마워요……. 게르르륵… 나중에 우리 행성에 돌아가면 꼭 초대할게요."

"후후, 잠자고 있을 때 광선으로 납치하려구?"

"게르륵… 어떻게 알았지……?"

외계인은 지구인들과 헤어진 뒤 옥수수 밭 깊숙한 곳에서 핸드폰을 꺼내 들었다. 미국 쪽에 파견 나가 있는 아빠에게 전화를 걸기 위해서다. 신호음이 몇 번 울리자 아빠가 전화를 받았다. 그가 징징 울면서 방금 일어났던 일을 하소연하자 아빠가 믿음직스러운 목소리로 아들을 위로했다.

—이티야, 약해지면 안 돼.

그는 핸드폰을 귀에 댄 채로 눈물을 글썽였다. 이티에게 힘을 주는 소리가 있다. 샘승 애니콜.

간접 조명이 되어 있는 어두운 집무실. 대머리 부국장은 고급 중역 의자에 몸을 파묻은 채 방금 올라온 보고서를 읽고 있었다.

"흠, 결국 말다와 수걸리가 사건을 해결했군."

보고서를 전달했던 푸른 양복의 부하 직원이 그에게 물었다.

"미스테리 써클이 문자 메시지라는 건 우리가 다 파악하고 있던 사실 아닙니까? 무엇 때문에 그걸 조사시키러 요원을 두 명씩이나 파견하셨나요?"

부국장은 안경을 추켜올리며 근엄한 얼굴로 대답했다.

"말다 요원과 수걸리 요원은 그동안 푹 쉬었기 때문에 감각이 무뎌졌을 거야. 훈련도 시키고 테스트도 해볼 겸 보냈던 거지. 이제 예전의 유능한 요원들로 돌아왔으니 진짜 임무를 부여해야지."

"진짜…… 임무라면……?"

부국장은 싱긋 웃으며 튼튼한 이빨을 내보였다.

"진진이를 찾는 일이지."

"부국장님, 설마……."

그는 고개를 끄덕였다.

"그래. 지난번에는 대웅 선생의 명령으로 일을 추진했다가 실패했지. 하지만 이번엔 목적이 달라. 앙꼬르에게 빼앗긴 조국을 되찾기 위해서다."

"이이제이(以夷制夷)로군요."

"그래, 팬더의 힘을 빌어 팬더를 제압하는 거야. 진진 정도의 마법력과 힘이 있으면 앙꼬르와 대등하게 싸울 수 있을 거야."

부국장과 부하 직원 사이에 잠시 침묵이 흘렀다. 부하는 무언가 생각난 듯 옆구리에 끼고 있던 파일을 넘겨주었다.

"부국장님, 암호학자가 운남성의 마지막 미스테리 써클을 해독했습니다. 읽어보시죠."

"오, 그래."

부국장은 파일을 펼치고 눈을 가느다랗게 떴다. 서류 맨 아랫단에는 외계인의 메시지와 해독 결과가 달려 있었다.

∈ ⏝⊏⊒◎◇∪■●T⊙T

(나 오늘 똥침 먹었어 ToT)

제4장

감도는 전운

말다와 수걸리는 카푸치노를 홀짝거리는 진진을 유심히 쳐다보다가 서로의 얼굴을 마주 보는 행동을 몇 번째 반복했다. 그들은 눈빛으로 감쪽같은 둔갑술에 대한 놀라움을 교환하는 중이었다. 호기심이 극에 달한 말다가 인간으로 둔갑한 팬더를 관찰하는 동안 수걸리는 이들이 서울 시내에 자리 잡은 고급 호텔 커피숍에서 진진과 마주 앉은 이유를 설명하기 시작했다.

"진진 씨, 이건 제가 중화인민공화국 전체를 대표해서 정식으로 부탁드리는 거예요. 웅묘 왕국의 통치자를 제거해 주세요."

"웅~ 웅묘 왕국의 공직자 분들께서 실정법상 최고 통수권자를 없애달라는 부탁을 한다니요. 웅~ 약간 혼란스럽군요."

"후… 그래요. 물론 저희들은 웅묘 왕국의 공무원들이지만 마음속으로는 인정하지 않고 있어요. 그건 다른 인민들도 마찬가지죠. 중화인들의 애국심은 예나 지금이나 변함없어요. 다만 앙꼬르의 마성(魔性)에 눌려 충성하는 척할 뿐이죠."

말다 역시 파트너의 말을 거들었다.

"저는 개인적으로 미래 인류의 생존을 위협할 가상적 1호는 외계인들이라고 생각합니다. 그들은 이미 강대국 지도자들의 상당수를 포섭해 놓은 상태죠. 우리 공안들 중에도 외계인이 많습니다. 심지어 중국에서 인기있는 안재옥이나 김남주 같은 한국 연예인들도 외계인이라는 말이 있습니다. 하지만 지금 그들의 위협은 가시적으로 드러난 게 없지요. 당장은 인민들의 삶을 피폐하게 몰고 가는 팬더 마왕 앙꼬르를 거꾸러뜨려야 합니다. 물론 그게 잃어버린 조국을 되찾는 길이기도 하구요."

"웅~ 김남주는 외계인 맞아요. 데뷔 전후의 사진을 보면 알 수 있지요. 그렇게 변신할 수 있는 지구인은 없어요."

수걸리는 까만 서류 가방에서 노란 서류 봉투를 꺼냈다.

"진진 씨께서 우리 혁명에 동참해 주시면 수복 후 다음과 같은 혜택을 드릴 거예요. 이건 지금 팬더 마왕을 피해 미국에 도피 중인 공산당 총서기께서 비공식적으로 약속하는 겁니다."

진진은 수걸리가 넘겨주는 서류를 읽어보았다. 진진은 약간 뚱한 표정을 지었다. 보통 사람이라면 눈이 번쩍 뜨일 만한 조건들이었지만 낙천적인 둔갑 팬더에게는 시큰둥한 일이었다.

중국 최고의 여배우 궁리와 데이트 열 번.
전인대 위원 임명.
상하이 고급 아파트 한 채.

롤스로이스 1대와 전속 운전 기사.
국영기업체 임원 임명.
죽을 때까지 고액의 연금 지급.

하지만 진진의 구미를 끄는 조항들도 있었다.

마오타이 주 삼십 병.
야들야들한 죽순 오십 개.
탄력 좋은 그물 침대.
한국산 대나무로 만든 효자손.
맥반석 찜질방 평생 무료 이용권.

진진이 고개를 끄덕이며 수락의 뜻을 내비치자 환하게 웃으며 서류 파일 하나를 넘겨주었다.

"참, 진진 씨가 팬더 마왕을 제압하면 한국 정부에서도 크게 사례를 하겠다고 약속했어요. 오늘 아침에 대한민국 국정원에서 저희들에게 보내온 자료예요."

진진은 수걸리에게 파일을 받아 들고 주욱 읽어보았다. 하지만 고개를 절레절레 내젓는 진진. 한국 정부에서 약속한 혜택들은 전혀 진진의 관심을 끌지 못했다. 둔갑 팬더의 삶과는 너무나 무관한 조건들이었기 때문이다.

강남 아파트 1순위 청약 자격.
대대손손 자녀 병역 면제.

주말 골프장 무조건 부킹 가능.

신사동 보스 나이트클럽 전용 룸.

진진은 말다와 수걸리가 넘겨준 서류들을 챙겨서 비닐 스포츠백에 집어넣고는 커피잔에 묻어 있는 달콤한 거품을 혀로 싹싹 핥았다.

"웅~ 이렇게 굳이 부탁하시지 않아도 어차피 제가 할 일입니다. 앙 꼬르와 저는 피할 수 없는 숙적(宿敵)…… 천문을 읽으면서 결전의 때를 기다렸지요."

말다는 심각한 표정으로 고개를 끄덕거렸다. 수걸리는 진진의 말이 끝나기 무섭게 후닥닥 일어나 여자 화장실로 냅다 뛰었다. 젖가슴이 요동 치고 있었기 때문이다. 불행한 결혼 생활이 가져다 준 불치병이 었다.

집에 돌아온 봉근은 거실 소파에 버티고 앉아 있는 도도하고 아름다운 여성에 놀라 펄쩍 뛰었다. 화려한 보라색 실크 차이나드레스를 입고 있는 여성은 봉근을 보자 가볍게 다리를 꼬았다. 옆으로 터진 드레스 사이로 내비치는 쭉 뻗은 다리가 봉근의 가슴을 두 방망이질 치게 만들었다. 봉근은 호기심을 참지 못하고 소리쳤다.

"아앗! 아름답고, 우아하고, 섹시하고, 청초하고, 기품있고, 이지적이면서, 쭉쭉빵빵한 이름 모를 여인이여! 당신은 누구신가요?"

그녀는 긴 다리를 반대 방향으로 꼬면서 피식 웃었다.

"후훗, 글쎄요? 누군지 한번 맞춰보세요. 당신이 알고 있는 사람일 수도 있어요."

"으음……."

봉근은 고개를 가로저었다. 이런 미인이라면 자신이 기억 못할 리가
없었다.

"혹시 암웨이 사업하시는 분인가요?"

"후훗, 아닌데요."

"정수기 팔러 오셨어요? 웅진 코디 아가씨?"

"아뇨."

"으음… 그럼 보험 팔러 오셨어요?"

그녀는 귀엽게 도리도리 고개를 저었다.

"끄응… 빨간펜 선생님?"

"아니요… 애두 안 키우시면서……."

"출장 마사지?"

"아, 아닌데요……."

"우렁 각시?"

"그런 게 있을 리 없잖아요……."

그녀는 차이나드레스의 단추를 몇 개 풀어놓으며 살포시 웃었다.

"이러면 알아보시겠나요?"

그녀는 하얗고 섬세한 손가락으로 자신의 관자놀이를 스치면서 속
삭이듯 중얼거렸다.

"태을구고천존 좌백령 둔갑대법 옵하바사……."

봉근은 두 눈알이 튀어나올 정도로 크게 눈을 치떴다. 그녀의 계란
형 얼굴이 찐빵처럼 부풀어 올랐다. 늘씬늘씬한 팔다리는 십 센티 이
상 오그라들고 잘록한 허리는 경계가 허물어지며 히프와 가슴을 밋밋
하게 이었다. 그는 자신의 눈앞에 앉아 있는 뚱뚱한 중국 처녀를 알아
보고 신음처럼 내뱉었다.

"너, 너는… 구렁이 처녀 메이린……?"

"후후, 오랜만이야, 추봉근."

봉근은 흘렸던 침을 닦고 자세를 고쳐 앉았다. 그의 각진 얼굴에 씁쓸한 미소가 떠올랐다.

"넌 용이 되었다고 들었는데……."

"그래, 난 비와 바람을 주재하고 악인을 벌하는 용신이다."

"맞아! 넌 나에게 불을 뿜어서 팬더로 만들었잖아! 그때 내가 얼마나 고생한 줄 알아?!"

"후훗, 인간으로 돌아온 뒤에 기억을 못할 텐데."

"시꺼! 진진한테 들어서 다 알고 있어! 여긴 뭐 하러 왔냐?"

봉근은 메이린에 대한 감정이 좋지 못했다. 그녀는 다시 아름답고 날씬한 여인의 모습으로 돌아가더니 까만 깃털 부채를 꺼내 살살 바람을 일으켰다.

"여긴 무척 덥고 공기가 습하군. 반지하라서 그런가?"

"말 돌리지 마. 내 집에서 뭐 하는 건지 어서 말해."

그때 외출 나갔던 진진이 스포츠백을 둘러메고 나타났다. 신발을 벗어두고 마루에 올라온 진진은 봉근을 타이르는 말투로 설명했다.

"메이린은 날 도와주러 일부러 인간 세상에 강림한 거야."

"널 도와준다고? 아우~ 궁금하고 답답해! 무슨 소리야?"

"봉근아… 나… 떠나……."

"떠, 떠난다구? 무슨 소리야! 다시 만난 지 얼마나 되었다고!"

"웅~ 아쉽지만 할 수 없어. 이건 내가 할 일이니까."

"할 일? 설마 그 초울트라싸이코변태엽기팬더랑 싸우러 가는 거야?"

"웅~ 앙꼬르와는 어차피 결판을 내야 해. 위험하더라도. 그래서……."

"나도 같이 간다! 진진이 가는 길에 대한민국 열혈청년 추봉근도 따라간다!"

"웅~ 안 돼. 어차피 방해만 될 거야. 그리고 넌 여기서 네 조국을 지켜야지."

진진이 우물거리며 무슨 말을 하려는데 부엌에서 소청이 고개를 내밀며 특유의 쇳소리를 냈다.

"큉큉! 자, 어서 저녁들 먹어! 밥 먹으면서 이야기하자고!"

진진은 뒷머리를 긁적이며 식탁에 앉았다. 봉근은 더 이상 채근하지 않고 소청이 끓여내 온 전복죽을 받았다. 커다란 수저로 죽을 입 안에 허겁지겁 퍼 넣는 봉근.

"한 그릇 더!"

대여섯 수저 만에 한 그릇을 비운 봉근은 빈 그릇을 소청에게 내밀었다.

"킁~ 천천히 먹어."

그는 소청이 가득 퍼서 내민 전복죽을 입에 대고 냉수 마시듯이 후르륵 마셔 버렸다.

"한 그릇 더!"

내리 여섯 그릇을 비워 버린 봉근은 임신한 여자처럼 부풀어 오른 배를 끌어안고 밖으로 뛰쳐나갔다. 열려진 현관문에서 찬바람이 들어왔다. 진진은 약간 어두워진 얼굴로 현관문을 닫았다.

"웅~ 봉근이 녀석은 기분이 안 좋으면 폭식하는 습관이 있어."

"킁큉… 그래도 그렇지 메이린 먹을 것도 안 남겨놓으냐."

소청이 주걱으로 냄비를 긁으면서 투덜대자 메이린은 조용히 웃으며 소청이 내미는 죽그릇을 사양했다.

"난 괜찮아. 더 이상 지상의 음식물은 먹지 않으니까."

두 주먹을 불끈 쥐고 골목으로 뛰쳐나온 봉근은 마침 주차되어 있던 중국요리 배달부의 스쿠터를 훔쳐 타고 힘껏 스로틀을 당겼다. 빠다다다다 하는 2기통 엔진 소리가 골목에 울려 퍼졌다. 봉근은 최대한 속력을 내면서 4차선 도로로 빠져나왔다. 차 없는 한적한 도로에서 전속력으로 질주하는 봉근. 강한 바람에 눈물이 씻겨 뒤로 날아갔다. 그는 고개를 뒤로 젖히고 팔을 한껏 벌렸다. 바람과 속도에 온몸을 내맡기자 슬픔도 어느 정도 가시는 것 같았다. 옆에서 달리는 아반떼 승용차 뒷자석의 꼬마가 운전자에게 말했다.

"아빠, 쟤 정우성 흉내 낸다……."

운전자는 대갈통 큰 청년이 스쿠터 위에서 쇼하는 걸 보자 너털 웃었다.

"자슥… 꼴값 떤다……."

식사를 끝낸 진진은 메이린과 머리를 맞대고 앙꼬르를 제압할 전략을 짜고 있었다. 그때 현관문이 열리며 봉근이 나타났다. 이마가 피투성이가 되어 있고 얼굴에 여기저기 생채기가 났으며 블루진 재킷이 너덜너덜해졌다. 놀란 소청이 만신창이가 된 봉근을 붙잡고 물었다.

"캥! 도대체 어떻게 된 거야? 누구랑 싸우기라도 했냐?"

"스쿠터 타다가 넘어졌어."

봉근은 시큰둥하게 대답하곤 진진의 앞자리에 털썩 주저앉았다. 그는 많이 울었는지 눈이 벌겋게 충혈되어 있었다. 진진의 통통한 손 위에 넓적한 자신의 손을 덥썩 올려놓는 봉근.

"친구야! 꼭 가야 되겠냐?"

진진은 동그란 얼굴을 가만히 끄덕였다. 스포츠백을 끌어당기더니 안에서 조그만 상자를 꺼냈다. 그는 커다란 봉근의 손에 상자를 쥐어 주었다.

"웅~ 봉근아, 열어봐. 내 이별 선물이다."

"이게 뭐냐?"

봉근은 고급스런 천으로 싸인 보석함을 닮은 상자를 열어젖혔다. 안에는 우황청심환 같은 환약(丸藥)이 자리 잡고 있었다.

"웅~ 그건 갈홍이라는 신선이 만든 단약(丹藥)이다. 그 약을 먹으면 상처도 감쪽같이 아물고 질병에 걸려도 금세 낫는단다. 혹시 나중에 막싸움 브이 타다가 다치면 꼭 복용하도록 해."

"후… 고맙다, 친구야. 난 너에게 줄 게 아무것도 없구나……."

봉근은 단약을 주머니에 집어넣고 방으로 들어가 버렸다. 서운함과 아쉬움이 너무 커 친구의 얼굴을 계속 보고 있을 수 없었던 것이다. 소청은 눈을 가늘게 뜨며 진진에게 물었다.

"킁! 니 와 그랬노?"

"뭘."

"단약 말이다. 그 귀한 걸 와 글마에게 줬노."

"친구 아이가."

"친구?"

소청은 괜히 둘의 우정에 질투심이 일었다.

"그럼 내는? 내는 니 시다바리가?"

진진은 눈을 빨갛게 해서 대드는 소청의 목에 걸린 신분증을 읽어보았다. 김몽이 발급한 등장 인물 신분증이었다.

이름: 소청.

나이: 미상.

정체: 둔갑한 너구리.

역할: 진진의 시다바리.

진진은 빙그레 웃으며 소청의 눈앞에 신분증을 내밀었다.

"니 시다바리 맞네."

"캥……"

메이린은 찻잔을 조용히 내려놓고 진진에게 일렀다.

"이제 가야겠어. 천시(天時)를 놓치면 일을 그르치게 되니까."

"웅~ 그래. 봉근에게 인사 좀 하고."

하지만 봉근은 방문을 걸어 잠그고 울고 있었다. 화통한 그답지 않은 반응이었다.

"웅~ 봉근아, 문 좀 열어봐~ 이제 헤어지면 언제 다시 만날지 몰라~"

"가그라! 그냥 가란 말이다! 크흑흑흑……."

봉근은 이마를 책상에 박으며 처절하게 울부짖고 있었다. 위급한 순간마다 봉근을 도와주고 그에게 새로운 인생을 열어주었던 진진. 이제 그 친구는 오랜 우정을 뒤로하고 생사를 알 수 없는 여행길에 오르는 것이다.

"캥! 진진아! 어서 나와! 메이린이 날아오르기 직전이야!"

소청이 닦달하는 소리에 진진은 마지못해 현관문을 빠져나왔다. 메이린은 어느새 거대한 청룡의 모습으로 변해 좁은 골목을 꽉 채우고 있었다. 용의 비늘 사이로 서늘한 바람이 뿜어져 나오면서 먼지를 일으켰다. 채찍처럼 튼튼하고 긴 수염이 파도처럼 물결쳤다. 소청은 너구리로 변해 용의 등짝에 폴짝 올라탔다. 진진도 천천히 자신의 몸을 메이린의 등 위에 실었다. 용은 여의주를 꽉 물더니 발톱으로 땅을 박차고 공중으로 치솟았다. 슈라라락 소리와 함께 봉근의 집 주위를 한 바퀴 도는 청룡. 창문으로 이 광경을 지켜보고 있던 봉근은 가슴이 저며왔다. 그는 방문을 박차고 나와 진진을 마중하러 뛰어나왔다. 하지만 이미 메이린은 로켓처럼 단숨에 창공으로 날아올라 작은 점이 되어버렸다. 봉근은 진진이 사라진 허공을 향해 우렁차게 외쳤다.

"친구야아아아아아아아아아—"

머리 큰 사내의 쩌렁쩌렁한 목소리에 동네 유리창이 모조리 박살나고 날아가던 비둘기 떼가 기절해 후두두 떨어졌다. 봉근은 언제까지고 그 자리에 서서 멍하니 창공을 응시했다.

"꾸에에에엑~"

웅묘 왕국의 최고수반인 팬더 마왕 앙꼬르는 땀을 삘삘 흘리며 침대에서 몸을 일으켰다. 머리맡에 설치된 스피커에 빨간 불이 들어오면서 경호원의 목소리가 흘러나왔다.

"마왕님, 괜찮으십니까?"

"크르르… 괜찮다. 안 좋은 꿈을 꿨다."

"알겠습니다."

앙꼬르는 욕실로 들어가 세면대에서 얼굴을 씻었다. 세면대 거울에 비친 팬더 마왕의 얼굴은 왠지 초췌했다. 그는 염력으로 타월을 이동시켰으나 손이 느려 날아오는 타월을 잡지 못했다. 타월이 얼굴을 가렸다. 그는 신경질을 내며 이빨을 드러냈다. 팬더 마왕의 공격적인 염파에 거울이 산산조각났다. 그는 거실로 나와서 전화기의 호출 버튼을 눌렀다. 굵은 남자 목소리가 들렸다.

"경호실장입니다."

"내 방으로 좀 와봐."

"예, 마왕님."

잠시 후 검은 실크 양복을 맵시나게 입은 훤칠한 키의 남자가 앙꼬르의 집무실로 들어왔다. 남자의 이름은 여상으로, 병법과 무예에 뛰어날 뿐 아니라 도교의 주술에도 능해 앙꼬르가 자신의 신변을 지키기 위해 중용한 자였다. 여상은 뒷짐을 진 채로 서 있었고 마왕은 위스키가 든 술잔을 기울이며 말했다.

"요즘 계속 악몽에 시달린다. 진진이란 팬더와 천하를 놓고 힘을 겨루는 꿈인데… 나보다 강했어……."

"걱정 마십시오, 마왕님. 아방궁 근처에 얼씬도 못하게 하겠습니다."

"아냐… 그 녀석과 나는 일전을 치러야 해. 최강의 팬더 두 마리가 격돌하는 아마게돈…… 그건 이미 성서에도 예정되어 있는 최후의 전쟁이다. 다만 놈이 나에게 도달하기 전에 충분히 힘을 빼놓아야 된다. 그게 네가 할 일이야."

"알겠습니다. 그렇지 않아도 전군에 경계령을 내려놓고 있습니다."

앙꼬르는 위스키를 단숨에 들이켰다.

"현대 무기와 군대만으로는 진진을 막을 수 없어. 주술사들을 모아라. 마법에 강한 자들을 배치해."

"걱정 마십시오. 제가 아는 최강의 술자들이 곳곳에 대기하고 있습니다."

"공산당 녀석들은 어찌하고 있는가?"

몰락한 중국의 세력은 지하에 숨어서 반격의 기회를 노리고 있었다. 그들은 앙꼬르의 힘이 약해지는 때를 기다리고 있는 것이다. 웅묘 왕국 비밀 경찰에게 붙잡혀 처형되는 자들도 있었지만, 그들의 레지스탕스 조직은 점차 교묘해지고 비대해지고 있었다.

"팬더의 아마게돈이 임박했다는 소문이 떠돌고 있습니다. 모두들 진진의 승리를 확신하고 있어요. 이건… 진진이 레지스탕스 조직원들에게 써서 보냈다는 출사표입니다."

여상은 팩스 용지 한 장을 마왕에게 건넸다. 진진의 출사표를 들여다본 마왕은 주둥이를 가늘게 떨었다. 다소 선동적인 문구였다.

나가자! 싸우자! 이기자! 오~ 필승 팬더곰!

앙꼬르는 경호실장을 내보낸 뒤 탁자 위의 리모컨을 들어 스위치를 조작했다. 위잉~ 하고 모터 돌아가는 소리가 들리더니 한쪽 벽면이 서서히 들어 올려졌다. 놀랍게도 벽 뒤에는 통유리가 홍콩의 전경을 보여주고 있었다. 하늘이 온통 핏빛이었다. 결전의 날이 시시각각 다가오고 있었다.

제5장

이드라의 감방

용신 메이린은 진진과 소청을 태우고 놀라운 속도로 비행하고 있었는데, 그 빠르기가 주작을 능가했다. 진진은 엄청난 속도에 놀라면서 떨어지지 않도록 메이린의 배를 꼭 끌어안았다. 그들은 순식간에 서해 바다를 지나고 동중국해를 지나 남중국해에 다다랐다. 메이린은 날아가는 속도 자체도 빨랐지만 공간을 축약하는 능력이 있었다. 멀리 바다로 돌출한 구룡반도와 홍콩섬이 보였다. 소청이 진진에게 고개를 돌리며 소리쳤다.

"다 왔어! 마왕의 소굴이야!"

"웅… 알고 있어……."

용신이 고도를 낮추기 시작했다. 소청과 진진은 시퍼런 바닷물이 가깝게 보이자 겁이 나서 용의 몸체에 더욱 바싹 붙었다. 메이린의 비늘이 넓게 벌어지며 바람이 아래쪽으로 뿜어져 나왔다. 착륙하려는 것이다. 화려한 홍콩 시내가 한눈에 들어왔다. 지면을 향해 곤두박질치던 메이린은 갑자기 방향을 바꾸더니 하늘로 솟구쳐 올라갔다. 진진과 소청은 급작스런 방향 전환에 균형을 잃고 떨어질 뻔했다.

"아이구야! 왜 그래, 메이린!"

"미사일이야!"

"뭐?"

진진은 놀라서 뒤를 쳐다보았다. 불을 뿜으면서 거리를 좁혀오는 비행체는 분명 지대공 미사일이었다. 소청이 화를 내며 투덜거렸다.

"저것들이 감히 용신에게 미사일을 쏴?! 죽고 싶어 환장했나!"

"웅~ 열받지 말아, 소청. 저건 '열 추적 미사일'이야."

진진이 소청에게 경고하는 순간 열추적 지대공 미사일이 유효 거리 내에 진입했다. 목표에 충분히 타격을 입힐 수 있는 거리까지 다가온 미사일은 스스로 자폭해 버렸다. 굉음과 함께 불꽃이 용신과 두 마리 둔갑 동물을 휩쓸었다.

"꾸에에에엑~"

진진은 뜨거운 바람에 휩쓸려 허공에 떨어졌다. 육중한 팬더의 몸체가 빠르게 하강하고 있었다. 고개를 흔들어 정신을 차린 진진은 급하게 주문을 외웠다. 사지를 펼치며 외치는 진진.

"팬더 글라이딩!"

다리 사이에 막이 형성되면서 공기 저항을 만들었다. 진진의 하강 속도가 느려지면서 공기의 흐름을 읽을 수 있는 수준까지 다다랐다. 날다람쥐처럼 변한 팬더는 다리를 슬쩍슬쩍 움직이면서 행글라이더처럼 비행했다. 점차 땅이 가까워졌다. 진진은 도심 한가운데에 위치한 널찍한 구룡 공원에 사뿐히 착지했다. 평소에는 도심의 일상에서 벗어나 휴식을 즐기려는 홍콩인들로 붐비는 공원인데 이상하게도 쥐새끼 한 마리 보이지 않았고 정적만이 감돌았다. 진진은 궁둥이를 툭툭 털고 사방을 둘러보았다.

"웅~ 거참 조용하네. 근데 메이린과 소청은 무사했을까……?"

미사일을 맞고도 터럭 하나 다치치 않은 진진은 그야말로 운이 억세게 좋았다. 하지만 너무 경황이 없어 메이린과 소청이 추락하는 방향도 확인하지 못한 것이 후회되었다. 메이린은 최강의 용신이므로 무사하리라 믿었지만 소청의 경우가 약간 걱정되었다. 진진은 이런저런 생각을 하며 발걸음을 옮기고 있었는데 눈앞에 난데없이 나타난 우산 장수를 보고 적이 놀랐다. 비닐 우산을 잔뜩 짊어진 우산 장수는 공원을 가로질러 진진에게 곧바로 걸어오고 있었다.

"웅~ 구름 한 점 없는 맑은 날씨에 웬 우산 장수지?"

사람 하나 없이 적막한 공원에 나타난 우산 장수라 더욱 의심스러웠다.

"우산 사려~ 우산 사려~"

그는 진진을 스쳐 지나가며 형식적으로 호객하는 소리를 내더니 갑자기 우산들 속에서 섬뜩한 회칼을 빼 들고 진진의 복부를 찔렀다.

"꾸엑……."

진진이 비명 한번 지르지 못하고 자리에 주저앉자 우산 장수는 연속적으로 복부를 공격했다. 진진은 우산 장수의 칼침 공격을 계속 받더니 오른손으로 자신의 배를 움켜쥐고 중얼거렸다.

"고마 해라… 마니 묵으따 아이가……."

우산 장수는 사시미와 진진의 복부를 번갈아 쳐다보며 뒷걸음질쳤다. 진진은 빙그레 웃으며 자신의 뱃살을 주물럭거렸다.

"배 나와서 창피한데 왜 자꾸 쿡쿡 찌르노."

"크윽… 이게 어떻게 된 일이지?"

우산 장수는 힘없이 휘청거리는 회칼을 보고 당혹스러운 표정을 지었다. 날카롭게 날이 서 있던 사시미는 흐물거리는 종이칼로 변해 있었다.

"흐엑… 칼이 종이로 변했어!"

진진은 빙글빙글 웃으며 우산 장수에게 다가와 이마를 손가락으로 퉁겼다.

"너두 종이 인형이잖아."

"크에에에에에에엑!"

우산 장수는 순식간에 얼굴이 허물어져 내리면서 얄팍한 종이짝으로 변했다. 팔랑거리며 쓰러진 종이 인형을 집어 든 진진은 고개를 찬찬히 저었다.

"시키가미[式神]로구나……."

스타일로 봐서 종이 인형에 정령 같은 것을 소환해 움직이게 하는 일본계 음양사의 주술이었다. 술자가 누구인지는 알 수 없었지만 자신을 노리고 있는 만큼 방심할 수는 없었다. 상대는 계속 공격해 올 것이 뻔했다. 진진은 구멍이 날 뻔했던 뱃살을 문지르며 천천히 이동했다. 공원 전체에 이상스러운 요기(妖氣)가 서려 있었다.

"웅~ 왠지 기분 나쁘네. 요괴라도 불쑥 튀어나올 것 같은 분위기야."

구룡 공원이 이렇게 적막해진 데에는 다 이유가 있을 것이다. 음산한 주술사에게 장악당한 지역은 생기를 잃고 사람들을 쫓아내게 된다.

진진은 발목에 따끔한 통증을 느껴 소리를 질렀다.

"아이고야! 뭐지?"

밑을 내려다보니 손바닥만한 사마귀 한 마리가 세모진 머리를 들이 대곤 진진의 발목을 물어뜯고 있다. 진진은 발로 툭 차서 사마귀를 떼어냈다.

"거참 사마귀 한번 크구나. 약간 섬뜩한데."

그러자 사마귀는 꺄르륵 하는 이상한 소리를 내면서 신기하게도 말을 하는 것이었다.

"꺄르륵 꺄륵… 이만큼 커지면 더 무섭겠지? 꺄륵꺄륵……."

사마귀이 몸이 점점 길어지고 있었다. 무덤가에 잡풀 자라듯 쑥쑥 크는 초록색 곤충은 이내 신장에서 진진을 압도해 버렸다. 겁먹은 진진이 한 발짝 뒤로 물러서자 사마귀는 거대한 낫처럼 생긴 앞다리를 휘두르며 공격해 들어왔다.

"웅~ 이놈의 벌레가 왜 이려~"

진진은 계속 뒷걸음질을 치고 사마귀는 도망치는 팬더를 따라오며 주위의 나뭇가지와 풀들을 싹둑싹둑 잘라 버렸다. 사마귀를 피해 계속 도망치던 진진은 커다란 나무를 등지고 섰다.

"꺄륵꺄륵… 넌 오늘 죽었다… 꺄륵꺄륵……."

사마귀는 세모진 머리를 흔들며 소름 끼치는 소리를 냈다. 진진은 듬직한 자신의 배를 두드리더니 하품을 했다.

"웅~ 슬슬 졸리는데. 잠 오기 전에 빨리 해치워야겠다."

"꺄륵? 졸려? 꺄르르륵……."

진진의 불룩한 배가 쑤욱 들어갔다. 검은 머리칼은 금발로 변하고, 퉁퉁하고 둥실한 몸매는 날렵하고 왜소한 체구로 변해갔다. 둥글둥글하고 인상 좋은 얼굴은 어느새 핸섬하고 귀여운 이미지의 소년이 되어 있었다. 소년은 손목을 갈고리처럼 구부리고 하체를 앞뒤로 벌려서 자세를 낮췄다. 사마귀가 앞다리를 내밀면서 공격하자 소년은 영악한 미소를 뿌리며 앞으로 홱 파고들었다. 뒤이어 한쪽 다리를 비질하듯 회전시켜 사마귀의 다리를 걸었다.

"꺄르르륵!"

사마귀는 균형을 잃고 넘어지고 말았다. 소년은 몸을 공중에서 몸을 회전시키면서 낙하했다. 가속도가 붙은 소년의 다리는 넘어진 사마귀를 사정없이 찍었다.

"께르르르륵―"

사마귀가 죽는소리를 해댔다. 날카로운 앞다리를 휘두르며 소년을 물러나게 한 사마귀는 자세를 가다듬고 다시 공격을 해왔다. 하지만 소년이 한 수 위였다. 휘익― 휘익― 하고 무시무시한 소리를 내며 휘두르는 앞다리를 요리조리 피하면서 바짝 다가서더니 풀쩍 뛰어 사마귀의 명치께에 올라섰다. 양쪽 손을 교차시키며 마치 목을 따는 듯한 동작을 취하는 소년.

"차앗―"

소년의 교차되었던 양쪽 팔이 활짝 펴졌다. 그 순간 사마귀의 세모진 머리가 툭 떨어지며 공원 바닥에 뒹굴었다. 목이 떨어진 사마귀의 몸통은 허공을 더듬다가 풀썩하고 쓰러졌다. 몸통을 잃어버린 사마귀의 머리가 소년을 노려보며 물었다.

"당랑권법의 고수로구나. 도대체 누구로 둔갑한 거냐?"

"웅~ 리온 라팔이라고 하면 알겠느냐?"

진진은 둔갑을 풀고 다시 흑발의 뚱보총각으로 돌아왔다. 죽은 곤충은 사마귀 모양의 하얀 종이 접기로 변해 있었다. 진진은 목이 떨어진 조그만 종이 사마귀를 집어 들었다.

"웅… 역시 또 시키가미가…… 술자를 빨리 찾아내야 할 텐데……."

진진은 시키가미를 부리는 술자가 마왕이 살고 있는 아방궁을 지키는 경호원들 중의 하나라는 걸 알고 있었다. 시키가미의 술자를 꺾기 전에는 앙꼬르를 만날 수 없다는 이야기였다.

메이린과 소청은 운 좋게도 아방궁 빌딩 근처에 떨어져 손쉽게 마왕의 아지트에 접근할 수 있었다. 아직 청룡의 모습으로 남아 있는 메이린의 커다란 이빨에서 검붉은 선혈이 뚝뚝 떨어졌다. 빌딩 근처를 순찰하던 경비원 몇 명을 씹어 먹은 것이다. 메이린의 옆에 바짝 붙어 선 소청은 아방궁을 보고 고개를 갸웃거렸다.

"이 건물… 이상하다……."

"뭐가?"

"입구가 없어."

용신은 고개를 들어 번뜩이는 눈빛으로 건물 전체를 훑었다. 너구리의 말대로 거대한 수십 층 인텔리전트 빌딩에 드나드는 입구는커녕 창문조차 보이지 않는다. 건물 전체가 회색 콘크리트 벽이었다. 용신의 거대한 수염이 물결치기 시작했다. 날카로운 이빨을 드러내며 으르렁거리는 메이린.

"이건 아방궁의 실제 모습이 아니야. 이건… 우리들의 출입을 봉쇄하려는 마법 방호벽이다!"

"캥? 마법… 방호벽?"

"이 건물 안에 강력한 마법사가 있어. 하지만 이 청룡이 깨뜨려 주지!"

메이린의 커다란 몸체가 더욱 거대하게 부풀어 오르기 시작했다. 충분한 크기에 도달했다고 생각되자 메이린은 비늘 사이로 바람을 내뿜었다.

"간다!"

소청을 바닥에 남겨두고 솟구쳐 오른 용신은 거대하고 기다란 몸체로 벽뿐인 건물을 아래층부터 옥상까지 친친 휘감았다. 소청은 순간 용신이 내지르는 어마어마한 소리에 귀를 막았다. 처음에는 고통에 못 이겨 내지르는 비명 소린 줄 알았으나 이내 그것이 힘을 모으기 위한 기합 소리임을 알았다. 메이린의 몸체가 온 힘을 다해 조여들자 콘크리트 벽에 금이 가기 시작했다.

쩌억!

큰 소리와 함께 대각선으로 굵은 금이 가자 아방궁은 형편없이 바스러지기 시작했다. 메이린이 몸을 틀 때마다 마치 과자처럼 우수수 부서져 내리는 건물. 소청은 마왕의 본거지가 이토록 허무하게 부서지는 줄 알았다. 하지만 놀라운 일은 그 다음이었다. 분명 요란한 소리와 함께 부서져 내렸던 콘크리트의 잔해는 온데간데없고 찬란하게 빛나는 반투명 유리로 뒤덮인 최신식 건물이 위용을 드러낸 것이다. 물론 1층에는 빙글빙글 돌아가는 회전문 수십여 개가 나란히 서서 방문자를 기다렸다. 메이린은 몸체를 점점 줄이더니 인간 여자의 모습으로 둔갑했다. 소청이 궁금한 얼굴로 물었다.

"네가 깨뜨린 것은 실체가 아니었니?"

"마법이라니까. 마법 방호벽."

메이린과 소청은 회전문을 통해 아방궁 안으로 들어갔다. 중무장한 경비병 수십 명이 달려들 것으로 예상했으나 널찍한 홀에는 아무도 없었다. 메이린은 주위를 둘러보며 신경을 곤두세웠다.

"이상하군. 안에는 지키는 이가 아무도 없다니……."

"청룡 같은 강력한 침입자에게는 평범한 경비원들이 아무런 소용이 없지. 그래서 모두 철수시킨 거야."

메이린과 소청은 등 뒤에서 들려오는 남자 목소리에 동시에 멈춰 섰다. 서서히 뒤를 돌아보았다. 검정 양복을 차려입은 핸섬한 남자가 팔짱을 낀 채 둘을 노려보고 있었다. 짙은 눈썹에 각진 턱이 강렬한 인상을 주었다. 사내의 등 뒤로는 스테인레스 셔터가 천천히 내려오는 중이었다. 소청이 검은 옷을 입은 사내에게 물었다.

"우리를 가두려는 건가?"

"글쎄… 그 말은 절반만 맞았어. 이 안에서 죽이려는 거니까."

사내가 손가락을 딱 하고 튕기자 소청과 메이린은 몸이 둥실 떠올랐다.

"어라?"

두 사람이 마치 무중력 상태의 우주인들처럼 공중에 떠 있는 동안 사내는 실실 웃으면서 다가왔다.

"난 중력의 방향을 내 마음대로 바꿀 수 있거든."

사내는 품속에서 번쩍이는 비수를 꺼냈다. 메이린은 그 순간 사내를 똑바로 쳐다보며 말했다.

"그건 나도 마찬가지야."

"우와아아아악!"

사내의 몸이 갑자기 자석에 끌리기라도 한 것처럼 한쪽 벽면에 날아가 충돌했다. 충돌한 부위가 달 표면처럼 움푹 들어가 버렸다. 사내는 정신을 잃은 건지 죽어버린 건지 벽에 붙어서 주룩주룩 미끄러져 내렸다. 부서진 벽의 파편들이 후두두 떨어졌다. 메이린과 소청은 사뿐히 땅에 내려왔다. 소청이 쪼르르 달려가 널브러진 사내의 몸뚱어리를 뒤집었다. 곧 이어 그녀의 비명 소리가 들렸다.

"히에엑! 녹아내리고 있어!"

사내의 얼굴이 부글부글 끓더니 마치 비누 거품처럼 바닥으로 녹아내렸다. 잠시 후 바닥에 남아 있는 것은 그가 입었던 까만 양복뿐이었다. 메이린이 소청의 어깨를 감싸 안으며 조용히 말했다.

"역시 이놈은 본체가 아니었어. 어디 숨어 있는 걸까?"

메이린의 물음에 대답이라도 하듯 사내의 목소리가 들려왔다.

─크하하하하! 역시 대단하시군! 이거 정말 재밌는 게임이 되겠는걸!

천장에 설치된 모니터에 방금 녹아버린 남자의 얼굴이 나타났다. 메이린은 모니터를 응시하며 사내에게 물었다.

"도대체 넌 누구냐? 마왕의 부하인가?"

─쿠쿠쿡… 난 앙꼬르의 신변을 보호하는 경호실장이다. 실장이라는 표현을 쓰자니 좀 쑥스럽군. 사실 그냥 보디가드야.

소청이 발끈해서 소리쳤다.

"내 빤스 이름도 보디가드야!"

─크크크… 한국 브랜드에는 관심없다, 너구리 할망구.

메이린은 냉정한 모습으로 모니터 속의 경호실장에게 말했다.

"쥐새끼처럼 숨어 있지 말고 당당하게 모습을 나타내라, 앙꼬르의 개야."

─크윽……!

경호실장은 메이린의 모멸적인 말에 입술을 깨물었지만 이내 굳었던 얼굴을 풀면서 호탕하게 웃었다.

—크하하하! 역시 용신답구나! 내 분신을 파괴했으니 그에 대한 답례를 해주겠다. 천지개벽을 보여주마. 크하하하하!

앙꼬르의 경호실장은 기분 나쁜 웃음소리를 남기고 모니터에서 사라졌다. 메이린이 까맣게 변한 모니터를 응시하고 있는데 소청이 자지러지는 소리를 질렀다.

"왜 그래?"

메이린이 의아한 목소리로 묻자 소청이 손가락을 들어 한쪽 벽면을 가리켰다.

"저, 저건?"

메이린 역시 얼굴이 하얗게 되면서 소청이 가리킨 방향에 시선을 고정시켰다. 괴이한 일이었다. 번쩍거리는 대리석 벽면 위에 귀여운 잡종견의 머리가 붙어 있었다. 아마도 좁은 구멍 사이로 호기심 많은 강아지가 고개를 내민 듯했다.

"이럴 수가! 저건 개벽이잖아?!"

소청이 반가운 얼굴을 하면서 개의 머리에 다가갔다.

"개벽?"

디씨인사이드 마니아인 소청은 수많은 폐인들을 감동시킨 개벽이를 잘 알고 있었다. 그러나 천상 관료인 용신이 개벽 따위를 알 리가 없다. 소청은 개벽이의 머리를 쓰다듬어 주었다. 잡종견은 소청의 손을 핥기도 하고 고개를 흔들기도 하면서 귀여움을 과시했다. 메이린은 자신의 턱을 쓰다듬으면서 심각한 얼굴로 자문했다.

"도대체 어떻게 이 단단한 대리석을 뚫고 머리를 내민 거지?"

"글쎄… 원래 구멍이 나 있었던 게 아닐까? 외장재만 번드르르하지 사실은 부실 공사였을지도 몰라."

소청은 빌딩 벽면에 머리를 내민 개벽이를 밖으로 빼주려고 머리를 살짝 잡아당겼다.

깨갱!

참혹한 사태가 발생했다. 소청이 가볍게 당겼음에도 개벽이의 머리가 어이없이 투둑 바닥으로 떨어져 버린 것이다. 소청과 메이린은 바닥에 뒹구는 개머리를 보고 기겁을 했다.

"어떻게 해! 내가 개벽이를 죽게 했어!"

소청이 머리를 감싸 쥐고 절규하자 메이린이 그녀를 진정시켰다.

"잘 봐. 개머리가 살아 있어."

놀랍게도 개벽이의 머리는 바닥에 뒹굴뒹굴 구르면서 소청에게 다가왔다. 머리를 똑바로 바닥에 붙인 개벽이는 이빨을 드러내고 소청을 향해 으르렁거렸다. 눈에서는 퍼런 불빛을 쏟아내며 흰자위를 뒤집는 것이 광견을 방불케 했다. 소청이 황당한 얼굴로 개머리를 응시하는데 개의 아가리가 악어처럼 벌어지면서 혀가 뱀처럼 널름거리더니 소청을 향해 달려들었다.

"조심해!"

메이린은 소청의 목을 노리고 날아든 개의 혀를 오른손으로 꽉 움켜잡았다. 개의 혓바닥은 날카로운 바늘 같은 돌기가 무수히 솟아 있어 메이린의 손바닥을 찔렀지만 용신은 개의치 않고 주문을 외웠다.

"복날은 간다. 변견아, 썩 물러나라. 오바사 마하프라 사바사……."

캐갱!

메이린의 손을 타고 붉은 기운이 혀를 타고 머리에 전해지자 개벽이는 엄청난 불꽃과 함께 소멸해 버렸다. 메이린은 어안이 벙벙해져 있는 소청을 안심시켰다.

"아까 그놈은 네가 알고 있는 개벽이가 아니라 건신(犬神)이야. 땅에 파묻고 굶긴 다음에 목을 베어 죽여 개의 원혼을 만든 거지. 잔혹한 주술이야."

"흑… 너무 잔인해. 왜 불쌍한 개들에게 그런 짓을 하는 거지?"

"인간들은 원래 잔인해. 자신의 적에게 저주를 걸기 위해 아무 상관도 없는 개들을 죽이지. 프랑스의 동물 애호가 브리지드 바르도 씨는 개를 죽여 저주를 하는 건신(犬神), 고양이를 죽여 저주를 거는 묘귀(猫鬼) 등의 잔인함을 격렬하게 비난했어. 그녀는 불쌍한 개들과 고양이를 죽이지 말고 인형에 못을 박아 저주하라고 권유했어. 자신도 해봤는데 훨씬 효과가 좋다면서."

"아, 기억난다. 예전에 바르도의 인형 저주를 받아 영양탕집 주인 수백 명이 몰살당했잖아."

"그래, 덕분에 인간들은 구육(狗肉) 먹기가 아주 힘들었지."

소청과 메이린은 대화를 나누다가 땡 하는 소리에 고개를 동시에 옆으로 돌렸다. 양쪽 벽에 네 대씩 설치된 대형 승강기들 중 하나가 1층에 도착하면서 소리를 낸 것이다. 승강기의 문이 스르륵 열리자 내부에는 아무도 없는 것이 보였다. 마치 두 사람에게 탑승을 권하는 듯했다.

"함정이 아닐까?"

소청이 묻자 메이린이 고개를 끄덕였다.

"어차피 가서 깨뜨려야 할 상대야. 가자구."

용신과 둔갑 너구리는 마음을 다잡고 승강기에 몸을 실었다. 층수를 선택하지 않았는데도 승강기는 저절로 움직이기 시작했다. 단 몇 초만에 23층을 가뿐하게 올라온 승강기는 두 침입자를 토해냈다. 널찍한 공간에 푹신한 카펫이 깔려 있어 왠지 편안한 느낌을 주는 곳이었다.

"초고속 승강기군."

승강기의 신속함에 감탄한 너구리가 중얼거렸다. 메이린은 정면을 응시하며 살며시 소청의 손을 잡아 경계의 뜻을 알렸다. 소청은 미간을 찌푸리며 메이린의 시선을 따라갔다.

"킁? 뭐지, 저 지저분하게 생긴 아저씨는?"

"글쎄… 뭔지 모를 사악한 기운이 느껴져."

한쪽 귀퉁이에 쭈그리고 앉아 있는 남자는 고개를 들어 둘을 처다봤다. 게슴츠레한 눈에 깎다 만 수염, 부스스한 얼굴에 낡은 청바지가 부랑자를 연상케 하는 몰골이었다. 그는 머리를 긁적이며 자리에서 일어나더니 둘을 향해 천천히 다가왔다.

"너희들이 인간으로 둔갑한 청룡과 너구리냐? 안됐지만 오늘 임자 만난 줄 알아라."

남자는 머리에서 비듬을 털어내며 싱긋 웃었다. 소청이 얼굴을 잔뜩 찡그리며 말했다.

"이봐, 더러운 아저씨. 우리한테 한 발자국이라도 더 다가오면 가루비누에 깔려 죽게 만들 거야."

"쿠쿠쿡… 니들 내가 누군지 알고 까부는 거냐?"

"당신이 누군데?"

더러운 남자는 뻣뻣한 고개를 돌리며 시건방진 말투로 대답했다.

"내가 바로 그 이름도 유명한 히드라다."

"히드라?"

메이린과 소청은 고개를 갸웃거리자 남자는 입을 오물거리며 침을 모았다. 그는 흡 하고 숨을 들이쉬더니 메이린을 향해 타액을 발사했다.

"퉤엣!"

"까아악!"

남자가 침을 뱉자 메이린이 비명을 질렀다. 그녀는 고통스러운 얼굴로 한쪽 팔을 움켜잡고 바닥에 주저앉았다. 소청은 얼굴이 파랗게 질려서 그녀를 부축했다.

"왜, 왜 그래, 메이린?"

"파, 팔이……."

기괴한 일이었다. 그녀의 팔뚝이 썩어 들어가며 징그러운 피고름이 바닥으로 뚝뚝 떨어지고 있었다. 메이린은 신음을 삼키며 자신에게 침을 뱉은 남자를 노려봤다.

"저 녀석… 침이 맹독성이야. 조심해."

"거참 볼수록 더러운 녀석일세. 야, 이놈아! 감이 어디다 침을 뱉는 거야!"

남자는 소청의 고함에도 아랑곳하지 않고 재차 공격을 감행했다.

"퉤에―"

이번에는 지저분한 타액이 소청을 향해 곧장 날아왔다.

"아싸!"

소청은 노파의 모습답지 않게 유연한 허리 놀림으로 침 공격을 피했다. 히드라의 침은 대리석 벽면에 충돌하면서 벽에 커다란 구멍을 내었다. 구멍난 자리에서 매캐한 연기가 피어올랐다. 가공할 위력의 침 뱉기였다. 팔에 부상을 입은 메이린은 뒤로 빠지면서 기둥 뒤에 숨어 버리고 소청이 남자를 향해 달려갔다. 남자는 달려오는 소청을 향해 속사포처럼 타액을 날렸다.

"에퉤퉤퉤퉤퉤―"

소청은 벽을 타고 달리며 침을 피했고 그녀가 지나간 자리마다 기관 총을 쏘아댄 것처럼 벽에 숭숭 구멍이 뚫리고 있었다. 기둥 뒤에서 살펴보던 메이린은 비록 자신의 팔뚝을 녹아들게 한 자였지만 그가 가진 특이한 능력에 경탄해 마지않았다.

"인간 분무기로군."

소청은 벽을 박차고 히드라의 머리 위로 점프하더니 그의 얼굴을 향해 침을 뱉었다.

"퉤야―"

남자의 얼굴 위로 철썩 하고 하얀 거품 떨어지는 소리가 났다.

"크윽! 이건… 너구리 침!"

그는 소청의 침이 떨어진 자리를 손으로 벅벅 긁으며 당황해했다. 금세 버짐이 피고 얼굴 각질이 껍질처럼 벗겨졌다. 소청은 득의양양하게 이슬람 경전의 가르침을 전했다.

"눈에는 눈, 침에는 침!"

"크아아악! 가만두지 않겠다, 너구리 할망구!"

히드라는 독기 오른 얼굴로 목을 쭈욱 빼면서 이 세상에서 가장 더러운 소리를 냈다.

"카아아아아아악― 카아아아악― 카아악―"

메이린이 새파랗게 질린 얼굴로 소청에게 다가왔다.

"저 녀석…… 지금 가래를 게워내고 있잖아?"

"아, 드러……. 더 이상 욕지기나서 못 봐주겠네……."

"조심해, 소청아. 우리 둘을 완전히 녹여 버릴 작정인가 봐."

히드라는 어찌나 많은 가래를 입속에 모았는지 양쪽 볼이 풍선 부는 것처럼 불룩해졌다. 그는 소름 끼치는 미소를 지으며 소청과 메이린을 향해 입을 오물거렸다.

"녀석이 침을 뱉으려 해!"

"그렇게는 안 되지!"

소청은 주머니에서 조그만 알약을 꺼내 삼키더니 번개처럼 놈에게 달려들었다. 그 동작이 어찌나 재빠른지 용신 메이린의 눈에도 제대로 보이지 않을 정도였다. 소청은 순식간에 히드라의 주둥이를 붙잡고 다른 손으로 놈의 불룩한 볼을 꾸욱 눌렀다.

"크읍… 큽……. 흡… 꿀떡꿀떡……."

히드라는 어쩔 줄 모르고 괴로워하더니 결국 자신이 게워 올린 가래침을 다시 꿀꺽꿀꺽 식도로 넘기고 있었다. 소청은 히드라가 자신의 침을 모두 삼키고 나자 주둥이를 놔주었다. 그는 바닥에 엎드리더니 배를 잡고 데굴데굴 굴렀다.

"으악… 내 침을 삼켜 버렸다. 큰일이다… 아아, 속 쓰려! 아아… 속 쓰려… 내 위장이 다 녹아버리고 말 거야… 아악……!"

소청은 고통스러워하는 남자를 싸늘한 얼굴로 내려다보고 있었다.

"이 녀석 어떻게 할까? 우릴 해치려 했으니 없애 버릴까?"

메이린은 소청의 질문에 가만히 고개를 저었다.

"놔둬. 어차피 위궤양으로 죽게 될 거야. 근데 아까 네가 삼킨 알약이 뭐였니? 그걸 먹으니 엄청 빨리 움직이더라."

"콩… 소드락이야. 나가들이 몸을 빠르게 할 때 먹는 거야."

"소드락?"

"응. '눈물을 마시는 곰'에 보면 자세히 나와 있어. 다친 곳은 괜찮니?"

"그럼. 용신이 이 정도에 당할 수야 없지."

메이린은 주머니에서 여의주를 꺼내더니 한 손에 쥐고 상처 부위에 살살 문질렀다. 여의주에서 아름다운 하얀 빛이 쏟아져 나오더니 상처 부위를 포근하게 감쌌다. 썩어 문드러지고 피고름이 줄줄 흐르던 팔뚝에서 새살이 돋기 시작하더니 이내 흉터 하나 없이 깨끗하게 치유되었다.

"히야— 대단하구나. 역시 용신의 도력은 대단해."

"후후, 근데 이번만큼은 너구리의 신세를 톡톡히 졌는데?"

"킁~ 나도 화나면 무섭다구. 그런데 진진이는 뭐 하는 거지? 설마 지금까지 아방궁을 찾지 못한 건 아닐 테고."

메이린은 여의주를 들어 올려 조용히 구슬의 중앙을 응시했다. 그녀는 무언가를 보았는지 고개를 끄덕였다.

"진진도 우리처럼 방해자를 만났어. 시간이 좀 걸릴 거야."

"킁~ 빨리 왔으면. 이놈들 마법력이 보통이 아니야. 우리 둘이서는 힘들겠어."

"후후, 용신이 옆에 있는데도 불안하니?"

"응? 아니, 뭐 그런 건 아니고… 헤헤……."

소청은 실수했다 싶어 멋쩍게 웃었다. 메이린도 빙그레 웃다가 이내 차가운 얼굴로 돌아왔다. 모니터에 아방궁 경호실장의 얼굴이 떠올랐기 때문이다. 의기양양하기만 하던 실장의 얼굴은 묘하게 일그러지며 둔갑 너구리와 용신을 쏘아보고 있었다. 소청은 왠지 모를 섬뜩한 한기를 느꼈다.

제16장

그들의 마법 대결

수정 구슬 속의 둔갑 팬더는 자신이 보낸 종이 사마귀를 밟고 서서 태연히 웃고 있었다. 세이메이는 머리에 열이 올라 손톱으로 구슬을 긁었다.

"카악! 재수없는 자식……."

일본 최고의 주술사 세이메이는 웅묘 왕국을 위해서 일하는 용병이었다. 그는 자신의 신묘한 술법과 지식을 이용해서 앙꼬르와 측근들의 신변을 보호하고 정적들을 제거하는 일을 해왔다. 그가 자주 쓰는 술법은 종이 인형을 통해 정령을 소환하는 시키가미[式神]였는데, 방금 가장 강력한 시키가미 두 가지가 진진에 의해서 깨진 것이다. 세이메이는 진진의 졸린 듯한 표정 뒤에 숨겨진 강대한 힘에 두려움을 느꼈지만 이내 자신의 주술이 깨졌다는 모욕감과 분한 마음에 휩싸였다. 그는 하얗고 앳된 소년 같은 얼굴을 하고 있었지만 시키가미를 이용해

수도 없이 인명을 해친 잔인한 주술사였다.

"크크크… 좋다. 이렇게 된 바에야 아예 군대를 보내주마!"

세이메이는 바닥에 퍼질러 앉아서 종이 접기를 시작했다. 종이 병사를 하나씩 하나씩 접어가는 그의 손끝에 살기가 어른거렸다. 세이메이는 종이 병사를 십여 개쯤 접었을 때 고개를 들고 한숨을 내쉬었다.

"젠장! 어느 세월에 사단 병력을 만들지!"

그의 앞에는 A4용지 수십 박스가 쌓여 있었다.

진진은 벌써 몇 시간째 구룡 공원 내에서 길을 못 찾아 헤메고 있었다. 방향을 바꾸지 않고 똑바로 걸어도 어느새 출발했던 자리로 돌아오곤 하는 것이다. 그는 무언가 알 수 없는 힘이 자신을 공원에서 나가지 못하도록 붙잡아두고 있다는 걸 깨달았다.

"웅~ 결국 주술자를 찾아 깨뜨려야 나갈 수 있다는 뜻인가……."

진진이 혼자 중얼거린 말에 누군가 낭랑한 소리로 대답했다.

"그래! 이 세이메이님을 꺾기 전에는 공원에서 한 발짝도 나갈 수 없을 것이다!"

진진의 눈앞에 나타난 술자는 얼굴이 동그랗고 하얀 소년이었다. 입고 있는 옷은 하얀 도복이었는데 태극와 팔괘 문양이 가슴과 소매에 수놓아져 있었다.

"웅~ 너였니? 생각보다 어리구나."

진진은 꼬마 녀석이 어떻게 그런 잔인한 술법을 구사하는지 의아한 표정이었다.

"어리다구? 쿠켈겔겔… 난 올해로 천팔십오 세가 된다! 나이를 먹지 않는 음양도를 깨쳤기 때문이지! 그나저나 그 많은 병사들을 어떻게 당해낼 셈인가, 진진?!"

세이메이의 말을 멍하니 듣고만 있던 진진은 정신을 차리고 주위를 둘러보더니 놀라서 뒤로 넘어졌다.

"꾸에엑— 뭐야, 이것들은?"

갑옷과 투구로 무장한 고대의 병사들이 어느새 구룡 공원을 가득 메우고 있었던 것이다. 손에 커다란 창이나 칼을 들고 진진을 향해 저벅저벅 걸어오는 병사들에게서는 인간의 것이라고는 할 수 없는 이상한 기운이 느껴졌다. 진진은 자신이 완전히 포위되었다는 사실을 깨닫고 가볍게 한숨을 내쉬며 세이메이를 쳐다보았다.

"웅~ 얘네들도 종이로 만든 거니? 이거 다 접느라 힘들었겠다."

"말도 마. 종이에 손 베여서 흘린 피가 한 대접은 될 거야. 쿠쿠쿡. 근데 이 난관을 어떻게 헤쳐 나갈 셈인가, 진진! 이 많은 병사들과 일일이 싸울 수도 없을 텐데! 쿠쿠쿡! 널 없애 버리고 앙꼬르 마왕에게 큰 상을 받을 테다!"

진진은 태연하게 웃으며 둔갑 주문을 외웠다.

"종이들의 천적으로 둔갑하라. 옴살라 둘레둘레 마부르카……."

세이메이는 눈을 부비고 다시 한 번 정면을 응시했다. 분명 조금 전까지만 해도 둥그런 얼굴에 밤색 셔츠를 입은 진진이 서 있었는데, 눈앞에는 머리가 하얀 노인이 등에는 커다란 바구니를 이고 손에는 기다란 쇠집게를 들고 부실한 이빨을 드러내며 웃고 있었다. 세이메이가 병사들을 멈추게 한 뒤 노인에게 물었다.

"넌 누구냐? 진진이 둔갑한 또 다른 모습인가?"

"웅~ 그래. 난 헌 종이들의 천적 넝마주이다."

"넝마주이! 넝마주이! 넝마주이!"

종이 병사들이 공포에 질린 얼굴로 떠들었다. 하지만 세이메이는 콧방귀를 뀌었다.

"헹! 등 굽은 노인이 수천의 병사들에게 대적할 수 있을까? 어서 공격해라!"

하지만 쇠집게를 길게 내밀며 선제공격을 한 것은 노인이었다. 장창을 들었던 병사는 넝마주이 노인의 쇠집게가 갑옷에 닿자마자 피시식 소리를 내며 오그라들더니 꼬깃꼬깃 접힌 하얀 종이로 변해 버렸다. 노인은 집게로 접힌 종이를 집어 등 뒤에 바구니 속으로 휙 던져 넣었다.

"넝마주이! 넝마주이! 넝마주이!"

병사들은 공황 상태에 빠졌다. 서로 얼굴을 마주 보고 어쩔 줄 몰라 하더니 병기들을 내던지고 등을 돌려 도망치기 시작했다. 약이 오른 세이메이가 얼굴이 석류 열매처럼 빨개져서 소리쳤다.

"이놈들아! 뭐 하는 거야! 어서 저 노인네를 단칼에 찍어 죽이지 못하겠어!"

하지만 병사들을 단숨에 쓸어 담고 있는 것은 넝마주이 노인이었다. 그는 도망치는 병사들을 부지런히 쫓아가면서 기다란 집게로 등판을 쿡 찍어서 등에 진 커다란 대바구니에 홀랑홀랑 잘도 집어넣었다. 노인은 '종이 줍기'가 무척 즐거운 모양이었다.

"어허~ 헌 종이가 왜 이리 많누… 공원 너저분해지게."

세이메이는 자신과 진진의 압도적인 실력 차이를 절감하고 땅바닥에 무릎을 꿇었다. 고개를 푹 숙인 채 분한 눈물을 뚝뚝 흘리는데 넝마주이 노인의 발끝이 보였다. 노인은 등에 진 대바구니를 내려놓았다. 바구니에는 어느새 세이메이가 만든 종이 병사들로 그득 차 있었다.

"이거 다 접느라고 얼마나 힘들었누. 욕봤다."

"크윽… 내가 졌다……. 아방궁으로 가는 길을 열어주겠다. 하지만 네가 이겼다고는 생각 마라. 경호실장 여상은 나보다 열 배는 강한 놈이니까."

세이메이가 말을 마치자 공원 입구가 보였다. 진진은 둥그런 얼굴의 총각 모습으로 둔갑을 되돌린 뒤에 입구를 향해 걸어갔다. 앙꼬르가 기다리고 있을 아방궁 빌딩이 하늘 높이 솟아 있었다.

메이린과 소청은 모니터 속의 실장 얼굴을 바라보다가 스륵 하는 소리에 뒤를 돌아보았다. 금빛으로 번쩍거리는 화려한 승강기 출입문이 저절로 열리는 소리였다. 메이린은 주저없이 승강기 쪽으로 걸어갔다. 소청도 약간 쭈뼛거리더니 그녀의 뒤를 따랐다. 승강기는 다시 몇 층을 올라가더니 출입문을 열었다. 예상대로 1층에서 나타났던 검은 양복 차림의 경호실장 여상이 서 있었다. 소청이 쿵쿵거리며 메이린에게 물었다.

"이 녀석 이번엔 진짜일까?"

메이린은 조용히 고개를 끄덕였다.

"이번엔 본체가 틀림없어. 느껴지는 기가 달라."

경호실장은 손바닥을 비비며 흥미롭다는 표정이었다.

"이거 아주 재밌는데. 역시 용신다운 능력이야. 여기까지 올라오다니… 너구리 할망구도 제법 하더군. 크크크크. 그럼 또 한 번 놀아볼까?"

"쿵! 메이린이 나설 거까지야 없지! 내가 상대해 주마!"

그렇게 외치며 여상에게 뛰어 나간 자는 소청이었다. 비록 겉모습은 주름이 가득하고 허리가 굽은 노파의 모습이었지만 몸은 비호처럼 날 랬다. 수백 년 묵은 너구리의 법력은 인간 마법사가 대적할 수 있는 수 준이 아니었다. 하지만 여상이 평범한 인간이 아니라는 데 문제가 있 었다. 그는 어느새 자신을 둘러싼 수십여 명의 노파를 보고 너털웃음 을 터뜨렸다.

"하하하! 분신술인가? 너구리 주제에 별걸 다 하는구나."

그는 양복 안주머니에서 번쩍이는 금속 물체를 꺼냈다. 칼날이 버드 나무 잎 모양으로 생긴 유엽비도(柳葉飛刀)였다. 소청은 바짝 긴장했지 만 짐짓 태연한 척하며 큰소리를 쳤다.

"킁! 어디 던지려면 던져 봐! 이 중에 어떤 것이 진짜 나인 줄 알겠 느냐?"

수십 명의 노파는 동시에 똑같은 입 모양으로 말하더니 역시 똑같은 동작으로 발을 바꾸며 여상의 주위를 빙빙 돌기 시작했다. 상대의 주 의를 흐트린 다음 빈틈을 노려 공격하려는 것이다. 여상은 눈을 지그 시 감더니 동쪽 방향으로 유엽비도를 벼락같이 날렸다.

"캥!"

소청은 날카로운 비명을 지르며 주저앉았다. 유엽비도의 칼날이 박 혀 있는 어깨에서는 붉은 선혈이 흘러내렸다. 그녀의 허상은 모두 사 라져 버리고 신음하는 본체만이 남았다. 메이린이 다급한 얼굴로 달려 와 그녀를 부축했다.

"괜찮니?"

"끙… 저 자식… 어떻게 알아낸 거지……"

여상은 느물느물 웃으며 코를 벌름거렸다.

"눈을 감으니 한쪽에서 지독한 늙은이 내가 풍겨오더군. 그쪽을 향해 비도를 던졌을 뿐이야."

"캥! 저 자식……."

소청이 분한 얼굴로 이빨을 빠득빠득 갈면서 상대를 쏘아보자 메이린이 그녀를 진정시키듯 어깨를 어루만졌다.

"참아, 소청아. 어차피 넌 저 녀석 상대가 못 돼. 내가 처리할 테니 넌 상처에 고약이나 바르고 있어."

메이린은 소청의 어깨에서 비도를 뽑아낸 뒤 지혈점을 눌러주고 일어섰다. 그녀의 머릿결이 성난 듯 구불구불 파도치기 시작했다.

"호오~ 용신께서 화가 나셨나?"

여상은 태연하게 웃으며 손가락 끝으로 무언가를 집어 눈 높이에 집어 들었다. 살아 있는 벌레 같은 것이 꿈틀거렸다.

"저건?"

메이린은 두 눈을 치뜨고 그의 손끝을 노려봤다. 언뜻 보니 지렁이 같은데, 여상이 무슨 용도로 저 징그러운 벌레를 집어 들었는지는 알 수 없었다.

"크크크…… 이건 교(蛟)라는 수중 동물이다. 용과 비슷한 종류니까 너도 알고 있을 테지. 어디 교의 힘이 어느 정도인지 볼까? 가랏!"

여상은 지렁이 같은 벌레를 공중에 뿌렸다.

끼레레레렉—

벌레는 괴상한 소리를 내면서 바닥에 떨어졌다. 미친 듯이 꿈틀거리며 몸을 뒤틀던 벌레는 일순 급격하게 몸체가 팽창하기 시작했다. 몸체가 커지면서 비로소 교의 형태가 드러났다. 머리는 쥐와 같고 수염과 비늘, 다리가 없어 마치 뱀과도 같은 형상이었다. 하지만 몸체의 길이가 십여 미터가 넘고 사람의 피를 빨아 먹는다는 교의 이빨은 섬뜩하게 날카웠다. 교는 거대한 몸체를 다람쥐처럼 민첩하게 움직이며 메이린에게 덤벼들었다.

"타앗!"

메이린은 한쪽 손을 내밀어 이빨을 내밀고 덤벼드는 교의 머리를 튕겨냈다. 가까스로 교의 공격을 막아내긴 했지만 날카로운 이빨에 손바닥이 찢긴 메이린은 고통스러운 표정을 지었다. 선제공격에 실패한 교는 메이린의 주위를 살살 돌면서 기회를 노렸다. 메이린은 교가 자신이 긴 몸체를 가지고 그녀를 빙빙 둘러싸고 있다는 사실을 깨달았다.

'이 녀석… 조여들 생각인가?'

메이린의 불길한 추측은 맞아떨어졌다. 교는 어느 순간에 이르자 갑자기 몸체를 수축하며 메이린을 조였다. 인간의 몸을 친친 감아서 피를 빨아 먹는 동물이 교다. 메이린은 뼈가 부서질 듯한 통증을 느꼈다.

"크윽… 아무래도 둔갑을 풀어야겠군!"

그녀의 몸에서 비늘이 돋기 시작했다. 코밑에서는 채찍 같은 수염이 튀어나왔다. 작은 얼굴이 길쭉해지더니 이내 작고 통통한 손이 튼튼한 용의 발톱으로 변했다. 교와 청룡은 서로의 몸체를 나선형으로 꼬면서 엎치락뒤치락 실랑이를 벌였다. 무엇이 교이고 무엇이 용인지 분간할 수 없는 난전이었다. 소청은 무서운 소리를 내면서 실내를 휘젓는 용과 교의 꼬리에 맞아 죽지 않기 위해 바닥에 바짝 엎드렸다. 용과 교의 뒤엉킨 꼬리가 벽면을 때리자 돌 가루와 콘크리트 더미가 우수수 떨어졌다. 소청은 손에 땀을 쥐면서 메이린을 응원했다.

"드래곤, 당신의 능력을 보여주세요!"

"캬오오오오—"

용신은 너구리의 응원에 답하기라도 하듯 큰 소리를 내더니 교의 목덜미를 덥석 물었다.

끼레레레렉―

교는 죽는소리를 하면서 몸을 배배 꼬더니 이내 축 처지고 말았다. 용신의 몸체를 나선형으로 감았던 교의 기다란 몸뚱어리도 힘없이 스르르 풀려 버렸다. 메이린은 교의 목덜미를 더욱 힘껏 물었다. 우두둑 뼈 부서지는 소리가 섬뜩하게 건물 안에 메아리쳤다. 교의 목을 완전히 끊어버린 용신은 잘라진 머리를 입에 물었다가 경호실장에게 뱉었다. 자신의 발치에 굴러온 교의 목을 본 여상은 고개를 끄덕였다.

"후후… 역시 교 따위는 용의 적수가 되지 못하는군. 이 여상님께서 직접 나설 수밖에 없는가!"

여상은 검은 재킷을 벗은 뒤 와이셔츠 바람으로 용신에게 달려들었다. 용신은 기다렸다는 듯이 거대한 입을 쩍 벌리고 날카로운 발톱을 세우면서 용수철처럼 튕겨 나갔다. 용신과 여상이 만나는 순간 눈을 찌르는 강렬한 섬광이 터져 나왔다. 소청은 눈이 부셔 고개를 돌리고 쇠쟁반이 찢어지는 듯한 소리에 귀를 막았다. 원인 모를 강풍이 실내를 휩쓸었다.

"너의 힘을 봉인해 주마!"

"캬오오오오!"

귀를 찢는 굉음 속에 여상의 고함 소리와 용신의 울음소리가 섞여 있었다.

얼마나 시간이 지났을까. 소청은 바람이 잠잠해지고 강렬한 빛도 사그라졌음을 깨달았다. 살그머니 눈을 뜨고 귀를 막았던 손을 떼자 경호실장의 목소리가 들려왔다.

"크하하! 용신의 능력도 별거 아니었군! 이렇게 간단히 제압할 수 있다니!"

소청은 자신의 눈앞에서 버둥대는 메이린의 모습을 보고 충격을 받았다. 거대한 청룡은 그 기다란 몸체가 리본 모양으로 묶여진 채 옴짝달싹을 못하고 있었다. 메이린은 황당한 얼굴로 경호실장에게 말했다.

"네가 지금 용을 묶어버렸다냐……."

"우하하하! 꽁꽁 잘 묶었지? 예전에 치우천왕이 용과 싸울 때 썼던 '리본 모양 용 묶기'란다. 어디 풀 수 있으면 풀어봐!"

메이린은 온몸이 나비 모양으로 묶여 있고 거대한 입조차 수염으로 꽁꽁 동여매져 있는지라 말조차 할 수 없었다. 다만 닫혀진 이빨 사이로 끙끙거리는 신음 소리만 흘러보냈다. 소청은 이미 칼을 맞은 상태라 메이린을 구하고 여상에게 대항할 힘이 남아 있지 않았다. 여상은 한쪽 손바닥을 내밀면서 징그러울 정도로 잔혹한 미소를 지었다.

"자, 더 이상 너희들과 노닥거릴 시간이 없구나. 이제 그만 끝내야겠어."

여상의 손바닥 위로 테니스 공 크기의 구체가 불쑥 떠올랐다. 구체는 작지만 태양처럼 이글거리면서 밝은 빛을 사방으로 뿌리고 있었다. 여상은 싸늘하게 웃었다.

"후후후… 난 예전에 칭화대와 베이징대에서 물리학을 공부한 적이 있지. 거기서 아인슈타인의 상대성 원리를 응용한 파괴 마법 주문을 완성했어. 이건 내가 고안한 '엠씨스퀘어 에너지 볼'이다. 볼이 확장하면서 주위의 물질을 에너지로 전환하며 엄청난 파괴력을 발휘하게 되지. 뭐, 원자 폭탄과 같은 원리의 마법이라고 보면 돼. 내가 떠나고 나서 삼 분 뒤에 에너지 볼이 확장하기 시작할 거다. 그럼 너희들은 홍콩과 함께 사라지게 되는 거야. 쿠헬헬헬……."

소청은 분한 얼굴로 여상을 쏘아보고 있었다. 메이린 역시 커다랗고 위엄있는 눈을 부라렸지만 어쩔 수 없었다. 여상의 몸은 점차 투명해지더니 결국 보이지 않게 되었다. 밝게 빛나는 에너지 볼만이 공중에서 부유하고 있었다.

"저 녀석… 텔레포트까지… 대단한 녀석이야……."

소청은 여상의 능력에 감탄하면서 걸음을 옮겼다. 여상이 남기고 간 에너지 볼을 꺼뜨려 보려는 생각이었다. 하지만 한 걸음 다가갈 때마다 급격하게 높아지는 온도에 놀라 뒤로 물러서고 말았다.

"킁… 뭐가 이렇게 뜨거워. 만지기도 전에 재가 되겠네."

테니스 공만한 크기로 동동 떠다니던 에너지 볼은 갑자기 축구 공만 해졌다. 볼에서 내뿜는 빛도 더욱 강렬해지고 소청과 메이린은 살갖이 타는 듯한 뜨거움을 느꼈다.

"으악! 볼이 확장한다! 끝장이다!"

소청은 두려움에 바닥에 엎드렸고 메이린도 부리부리한 눈을 질끈 감았다. 화악 하는 열기가 온몸을 뒤덮었다. 잠시 후 고요함 속에 눈을 뜬 소청은 반가운 목소리를 들을 수 있었다.

"응~ 맛있다. 짭짭짭……."

"진진!"

소청은 바닥에 궁둥이를 깔고 앉아서 무언가를 열심히 먹고 있는 진진을 보고 소리를 질렀다. 진진은 까만 공 모양의 물체를 조금씩 베어 먹는 중이다. 소청이 물었다.

"킁~ 어떻게 된 거야? 에너지 볼이 터져 버린 줄 알았는데."

"응~ 내가 이 방에 들어와 보니깐 에너지 볼이 터지기 직전이더라구. 그래서 아인슈타인의 에너지 방정식을 허쉬의 카카오 방정식으로 바꿔 버렸지. 그랬더니 에너지 볼이 초코 볼로 변한 거야. 짭짭짭… 너두 먹어볼래? 아주 달콤해."

"쿵~ 그럼 네가 지금 먹고 있는 초코 볼이 그거야?"

"웅~ 먹어봐. 아직 따뜻해."

진진과 소청은 초코 볼을 사이좋게 나눠 먹은 뒤 리본 모양으로 묶여 있는 메이린의 몸에 참기름을 발라 풀어주었다. 메이린은 여인의 모습으로 둔갑한 뒤에 고개를 돌리며 신음 소리를 냈다.

"아… 뻐근해. 허리 꺾여 죽는 줄 알았어."

"웅~ 괜찮은 거야? 난 처음에 드래곤이 요가하는 줄 알았어."

"으…… 그 경호실장 녀석… 잡히면 씹어 먹을 테다……!"

소청이 유엽비도에 맞은 상처 부위를 누르면서 진진에게 물었다.

"근데 앙꼬르는 어디에 숨어 있는 거지? 경호실장이 홍콩을 날려 버리겠다고 말했어. 그럼 앙꼬르가 여기 없다는 소리잖아."

"웅~ 분명 이 건물 안에는 없어. 팬더의 기운을 전혀 느낄 수 없거든."

진진은 비닐 스포츠백에서 낡은 두루마리를 꺼냈다. 누렇게 변색되고 때가 절어 있는 것으로 보아 상당히 오래된 물건이었다. 궁금해진 메이린이 물었다.

"뭐니, 그게? 그림 같은데."

"웅~ 지도야."

과연 두루마리를 펼치니 중국 대륙의 지형을 세세하게 그려 넣은 전국 지도였다.

"근데 중국 대륙이 약간 찌그러진 듯한데… 이게 언제 그려진 거니?"

"응~ 좀 오래됐지. 송나라 때 전국도야."

"소, 송나라! 내가 엄마 젖 빨면서 옹알거릴 때잖아!"

소청이 기가 막히다는 얼굴을 했다.

"진진아, 지도 얼마 안 하는데 하나 사지 그래? 이렇게 묵은 지도를 들고 다니다니……"

"응~ 내가 원래 손때 묻고 정든 물건을 잘 안 버리잖아. 지명이 바뀐 곳이 많아서 그렇지 아직 쓸 만해."

진진은 손가락을 수직으로 세우더니 지도의 표면에 붙이고 찬찬히 움직였다. 표정이 자못 진지해서 메이린이 한참 만에 물어보았다.

"지금 뭐 하는 거니?"

"응~ 앙꼬르가 숨어 있을 만한 곳을 찾고 있어. 지맥을 따라 훑어 나가다 보면 녀석이 기운을 모을 수 있는 용혈(龍穴)에 해당하는 곳을 찾을 수 있지. 놈은 분명……"

진진의 손가락이 지도의 한 점에서 딱 멈췄다. 소청이 나지막한 목소리로 탄성을 질렀다.

"베이징?"

"응~ 그래. 앙꼬르는 분명 여기로 도망쳤을 거야. 애들아, 어서 가자. 마왕 혼내주러."

옥상으로 올라온 메이린은 청룡의 모습으로 돌아와 비늘에서 바람을 내뿜고 있었다. 소청이 물결치는 용의 수염 뒤로 올라타고 진진에게 손을 내밀었다. 진진은 소청이 손을 사양하고 머리를 설레설레 저었다.

"응~ 아무래도 메이린을 타고 날아가는 건 좋은 방법이 아니야."

"쿵? 그럼 베이징까지 어떻게 가려고? 주작은 멀리 못 가잖아."

"응~ 공중으로 날아가는 건 위험해. 홍콩에 와서도 미사일 맞고 죽을 뻔했잖아. 내륙의 방공망도 만만치 않을걸. 전투기 수십 대가 뜨면 아무리 용신이라고 해도……."

진진의 걱정스러운 얼굴에 소청은 메이린의 등짝에서 내려왔다.

"그럼 어떡해? 내가 축지법을 써볼까?"

"웅~ 아냐. 마법을 쓰면 놈들이 금세 감지하고 난다 긴다 하는 술사들을 다 보낼 거야. 앙꼬르의 주변에는 강력한 마법사나 주술사들이 많이 있어. 조심하는 게 좋아."

메이린은 거대한 몸체를 휘휘 감더니 몸을 줄여서 인간 여자로 둔갑했다. 그녀는 빙긋 웃으며 진진의 어깨를 툭 쳤다.

"진진, 그럼 할 수 없구나. 걷자."

"웅… 나도 그 방법이 제일 좋다고 생각해."

하지만 소청은 면상을 잔뜩 찌푸리고 반대했다.

"킁! 그 먼 데까지 언제 걸어서 간단 말이야! 그럼 기차를 타자구."

"웅~ 내가 들은 바로는 지금 역마다 둔갑한 동물들을 가려내는 마법 수사관들이 쫙 깔렸어. 고속도로 검문소도 마찬가지구. 걸어가는 게 가장 안전해."

"아이고야, 못살아……."

할 수 없이 세 마리의 둔갑 동물은 간단하게 여장을 꾸려서 홍콩을 떠나기로 했다. 진진은 비닐 스포츠백을 단단히 둘러메고, 소청은 괴나리봇짐을 등에 지고, 메이린은 주머니에 여의주를 집어넣고 멀고 먼 원정길에 올랐다. 그들의 가슴은 닥쳐올 위험에 대한 두려움보다는 새롭게 만나게 될 사람들과 그들을 흥미진진하게 만들어줄 모험에 대한 기대감으로 가득 차 있었다.

제7장

사랑하기엔 너무 위험한

    대형 도매 약국들이 밀집한 종로의 약국 거리. 전철역 입구 요지에 위치한 금장 약국의 오 약사는 지금 침을 튀겨가며 새로 나온 드링크제를 팔고 있었다. 한방과 양약이 절묘하게 조화된 피로 회복제로 카페인으로 반짝 각성시키는 박카스 따위와는 다르다. 한번 먹어봐라. 낮이고 밤이고 펄펄 날아다닌다. 금테 안경에 얇은 입술이 인텔리의 느낌을 주지만 주저하는 아줌마를 혀로 녹여 버리는 모습은 영락없는 약 장수였다. 그의 상술이 상대적으로 저렴한 가격 구조를 넘어서 드링크제의 성분 분석에 이르렀을 때, 퍽 하는 소리와 함께 두꺼운 약국 문 유리가 안으로 깨져 들어왔다.

    "뭐, 뭐야?"

    오 약사는 구멍난 유리 문을 멍하니 바라보다가 비명 지르는 손님들을 보고 자신의 이마를 짚었다. 손바닥에 끈적한 액체가 묻어 있었다.

"피?"

그는 자신의 이마에 구멍이 뚫렸다는 사실을 깨닫는 순간 피를 토하며 카운터 아래로 주저앉았다.

금장 약국 건너편에 있는 허름한 여관 옥상. 얼굴의 절반을 가린 커다란 선글라스를 엄지손가락으로 추켜올린 긴 머리의 여인은 저격용 총을 재빨리 분해해서 기타 케이스에 집어넣었다. 순찰차들이 요란한 사이렌 소리를 내며 약국 앞에 몰려들었을 때, 여인은 이미 비상구를 통해 자취를 감추고 말았다.

국가 일급 비밀 정보 기관 O.P.의 류중원 요원은 빔프로젝터를 이용해 간부들을 상대로 브리핑 중이었다. 그는 뛰어난 사격술과 분석 능력을 갖춘 엘리트 요원으로 동료들과 상사들의 두터운 신임을 얻고 있었다.

"지난 3월 29일 종로 금장 약국의 오수동 약사가 이마에 총을 맞고 사망했습니다. 이 사건은 발생 직후 곧바로 O.P. 본부에 접수되었고 저와 이장길 요원이 현장에 출동하여 초동 수사를 지휘했습니다. 예상대로 용의자는 8군단 소속의 저격수 이방희. 탄피의 종류나 수법으로 봐서 그녀가 확실했습니다."

"으음, 한동안 잠잠하더니 이방희가 또 행동을 개시했군."

류중원의 설명을 듣고 있던 O.P. 간부가 낮은 신음 소리와 함께 중얼거렸다.

"그렇습니다. 하지만 의문투성이였죠. 도대체 8군단 최고의 저격수가 왜 약국에서 일하는 사람을 사살했을까? 처음에는 오수동 약사가 비밀 임무를 수행 중인 스파이라고 생각해서 뒷조사를 해봤습니다. 하지만 깨끗하더군요. 그냥 약 장수에 불과했습니다. 그래서 이방희가 실수한 거라고 생각했죠. 그런데……."

류중원이 손에 든 작은 리모컨을 누르자 다음 화면으로 넘어갔다. 동그란 안경을 쓴 샌님 같은 남자의 모습이 떠올랐다.

"오수동 약사가 피살되고 정확히 일주일 후, 다국적 제약업체인 한국 화이자의 최송집 연구원이 역시 머리에 총을 맞고 사망했습니다. 피격 장소는 회사 건물 정문 앞이었습니다."

O.P. 간부가 흥미로운 얼굴로 질문했다.

"흠, 그럼 오 약사 피살 사건과 제약회사 연구원 피살 사건 사이에 어떤 연관성이 있다는 말인가?"

"그렇습니다. 여기서 모든 실마리가 풀렸죠. 최송집 연구원은 비밀리에 액체 비아그라 CTX를 개발한 사람입니다."

"애… 액체 비아그라!"

류중원의 말에 중년 남자들의 눈이 휘둥그레졌다. O.P. 간부는 입에 침을 흘리며 긴장하고 있었다. 스크린에 CTX에 대한 자료 화면이 나타났다.

"그렇습니다. 발기부전 치료제 시장에서 확고한 우위를 점하고 있었던 화이자는 머크나 엘리릴리 같은 경쟁사들의 거센 도전으로 매출 신장에 큰 어려움을 겪고 있었죠. 그래서 비아그라의 뒤를 이을 후속타 개발에 열을 올렸던 겁니다. 계속되는 실패 끝에 성공은 뜻밖에도 한국 지사의 이름없는 연구원이 이루어냈습니다. 바로 액체 비아그라 CTX입니다."

O.P. 간부는 탐욕스러운 미소를 지으며 류중원에게 물었다.

"음… 그 CTX의 위력이 도대체 어느 정도이길래 북쪽에서 탐을 낸

단 말인가?"

"한국 화이자의 임상 실험 결과에 따르면 CTX 복용 시 남성 호르몬 테스토스테론이 120배 증가하며 정자 수는 일반인의 70배, 발기 지속 시간은 1,800시간에 달하고 800회 연속 사정이 가능합니다."

"괴, 괴물이군……."

"국방부와 식약청에서는 CTX의 위험성을 간파하고 일반인을 대상으로 한 판매를 금지시켰습니다. 북한에서 이를 노리는 이유도 군사적 목적에서죠. 종로 금장 약국 오 약사는 한국 화이자 내부 직원과 내통하여 이를 빼돌리려다 이를 알아챈 이방희에게 저격당한 겁니다."

류중원의 말에 간부 하나가 황당하다는 얼굴로 물었다.

"이보슈! 정력제를 무슨 군사적 목적에서 쓴다는 거요? 나참 황당해서."

"훗, 생각해 보십시오. CTX가 적의 손에 들어가면 어떻게 되겠습니까? 만일 CTX를 복용한 슈퍼 변강쇠 천여 명이 남한으로 내려온다면……."

O.P. 간부가 파랗게 질린 얼굴로 대답했다.

"남한 여성들을 초토화시키겠군……."

"쑥대밭이 되는 거죠."

"막아야 돼! 무슨 일이 있어도 막아야 돼!"

O.P. 간부가 입에 거품을 물고 외쳤다. 이장길 요원도 이마에 흐르는 땀을 닦으며 심각한 얼굴이었고, O.P. 쪽 사람들은 누구나 걱정스러운 얼굴로 술렁댔다.

봉근과 봉걸은 어깨동무를 하고 락커 룸에서 나왔다. 두 형제는 오늘도 힘든 로봇 전투 시뮬레이션을 마치고 집으로 귀가하려던 참이다. 건너편 사무실에서 검은 양복을 입은 사내들이 우르르 몰려나왔다. 봉걸이 의아해하며 물었다.

"형, 쟤네들 뭐야? 맨날 시커먼 양복 입고 왔다 갔다 해."

"우리 건물에 세 들어 있는 오션파크 사 직원들이야. 뭐 하는 회사인지 모르겠어. 맨날 오만상을 찌푸리고 바쁘게 왔다 갔다 하고."

"혹시 조폭 아닐까?"

"아니야. 그쪽 세계는 내가 경험해 봐서 알아. 조폭은 아니고… 뭔가 비밀스러운 일을 하는 놈들이야."

봉근은 손목시계를 한번 들여다보더니 갑자기 허둥대며 동생에게 작별 인사를 했다. 뭔가 급한 약속이 있는 것처럼 보였다.

"미안하다. 나 먼저 가야겠어. 그럼 내일 보자!"

"응. 잘 가!"

봉걸은 별다른 설명도 없이 내빼는 형을 바라보며 빙그레 웃음 지었다. 그는 봉근이 왜 저리도 서두르는지 알고 있었기 때문이다.

봉근은 마치 마라토너처럼 씩씩거리면서 집을 향해 달렸다. 골목을 돌아서자 자신이 거주하고 있는 다세대 주택이 보였다. 진진이 떠난 뒤로 더욱 우중충한 느낌을 주었던 방 두 개짜리 반지하 집은 이제 상당히 산뜻해졌다. 밝은 색 벽지로 새로 도배하고 낡은 가구들을 버리고, 열대어들이 노니는 작은 수족관을 들여놓았다. 이 모든 작업들을 주도한 것은 봉근의 새로운 동거녀 명현이었다.

─자기 왔어?

초인종을 누르자 스피커를 통해 허스키한 여인의 목소리가 흘러나왔다. 상당히 강인한 느낌을 주는 목소리지만 애교있게 발음하려는 노력이 역력하다.

"응, 어서 문 열어."

문을 열어주는 그녀는 앞치마를 두른 채 활짝 웃고 있었다.

"훗~ 나 자기 저녁밥 해놨다~"

"아우~ 착한 명현이! 그랬어?"

봉근은 그녀를 번쩍 들어 올려서 빙빙 돌려주었다. 그녀는 공중에서 다리를 파닥거리며 애교를 떨었다.

"어머~ 재밌어~ 난 자기가 해주는 회전목마가 제일 재밌어~"

"그래? 회전목마가 아니라 투포환 던지기야."

"아웅~ 던지면 안 돼애애― 화낼 거야―"

봉근은 갑자기 얼굴에 시큼한 토사물이 쏟아지는 바람에 그녀를 바닥에 내려놓았다. 불쾌한 표정으로 얼굴을 닦아내며 봉근이 물었다.

"명현, 도대체 왜 내 얼굴에다 토한 거야?"

"미안해⋯ 내가 한 말이지만 내가 생각해도 너무 느물거려서⋯ 참을 수가 없었어."

"명현, 몇 번이나 말하지만 애정 표현을 억지로 할 필요는 없어."

그녀는 불만과 슬픔이 뒤섞인 묘한 표정으로 대답했다.

"하지만⋯⋯ 이건 내 임무야."

"임무라구? 무슨 뜻이지?"

"아냐⋯ 몰라두 돼. 자기! 배고프지? 어서 앉아."

그녀는 언제 그랬냐는 듯이 금세 환한 얼굴로 봉근의 손을 잡아끌었다. 식탁에는 김이 설설 나는 하얀 밥 공기가 봉근을 기다리고 있었다. 봉근의 전용 밥그릇은 지름이 30㎝에 달했다.

"많이 먹어, 자기~"

명현이 숟가락 대신 군용 야전 삽을 식탁 위에 올려놓았다.

"웅! 자기두 많이 먹어~"

봉근은 야전 삽으로 하마 같은 입에 밥을 푹푹 퍼 넣었다. 기관차 화로 같은 위장이 꾸르륵거리며 시동을 걸었다.

"호호… 자기는 밥 잘 먹구 힘 잘 쓰니 일등 신랑이에요~"

"쩝쩝쩝… 근데 아직 결혼식은 안 올렸잖아."

"호호… 이제 곧 할 거잖아."

명현은 세숫대야에 미역국을 가득 담아서 봉근에게 디밀었다. 봉근은 대야를 들어 국을 벌컥벌컥 단숨에 들이켰다.

"꺼억~"

고질라의 포효와도 같은 트림 소리에 유리창이 덜렁거렸다. 산처럼 부풀어 오른 배를 두드리며 꺼억꺼억 트림을 해대는 봉근과 열대어에게 먹이를 주며 환하게 웃는 명현. 둘은 그 어느 때보다도 행복해 보였다. 하지만 그 행복의 이면 뒤에는 숨겨진 불행의 씨앗이 있었으니, 그 씨앗을 품은 자는 명현이었다.

약간 과식을 해버린 봉근이 식곤증을 못 이겨 잠에 빠져들자, 명현은 살그머니 침대에서 일어나 책상 앞에 앉았다. 익숙하게 인터넷 채팅 사이트에 접속한 명현은 비밀 대화방의 패스워드를 입력하고 입장했다. '무영'이라는 아이디의 방장이 그녀가 들어오자마자 기다렸다는 듯이 인사했다.

◀이방희님이 입장하셨습니다.▶

무영: 오랜만이다.

방희: 방가~ 무쟈게 오랜만~

무영:헉… 무슨 말이냐.

방희:아주 오랜만이라구.

무영:우리끼리 대화할 때는 남조선 사투리 쓰지 마라.

방희:ㅋㅋㅋ 바부팅이.

무영:자, 장난치지 마!

방희:무슨 일이야? 짜증나게.

무영:CTX 탈취 계획이 완성됐다. 예정대로 실행할 것이다. 네 역할은 알고 있겠지?

방희:물론. 근데 이 머리 큰 자식에게선 언제 벗어날 수 있는 거지?

무영:너의 고통은 이해한다. 조금만 참아다오.

방희:븅신. 찐따. 쪼다. 빠가…….

무영:그, 그만 해!

방희:나 간다. 븅신…….

◀이방희님이 퇴장하셨습니다.▶

한국 화이자의 수송부에 근무하는 박 기사는 고개를 갸웃거리며 운전대를 잡고 있었다. 약품 배송을 수도 없이 해봤지만 완전 무장한 군인들의 호위를 받으며 수송하는 경우는 처음이었다. 게다가 목적지가 군단 사령부라니. 책임자라는 사람의 말로는 군대에 납품하는 의약품이라고 했지만 뭔가 의심쩍었다. 앞뒤로 지프 차와 병력을 가득 실은 트럭이 호위하고 있으니 괜히 으쓱해지는 기분도 들었다.

국도로 접어들어 한참을 달렸다. 첫 번째 터널을 통과했을 때 박 기사는 급브레이크를 밟아야 했다. 도로 한가운데 바리케이드가 설치돼 있고 군 병력이 진을 치고 있었던 것이다.

"야, 니들 뭐야?!"

호송 차량의 장교가 뛰쳐나갔다. 바리케이드 앞을 지키고 선 자는 베레모를 비스듬하게 눌러쓰고 수염을 지저분하게 기른 특전사였는데, 장교를 보고도 경례조차 붙이지 않았다.

"이거 CTX 수송 차량 맞죠? 저희가 인계하도록 하겠습니다."

"뭐라고? 우린 그런 지시 받은 적이 없어. 어서 길을 비켜라!"

"후후…… 긴급 상황입니다. 저희가 인계해서 군단 사령부까지 가져가도록 하겠습니다."

"이 자식이! 너 어디 소속이야?!"

장교가 베레모의 귀싸대기를 올려붙이려는 순간, 한 발의 총성이 울렸다. 장교는 이마에서 피를 뿌리면서 도로에 뒹굴었다. 베레모는 쓰러진 장교의 명치께에 군화 발을 올려놓으며 뇌까렸다.

"조선민주주의 웅묘공화국 박무영이다."

"기습이다!"

누군가 소리치자 병력 수송 트럭에서 무장한 병사들이 뛰어내렸다.

드르륵—

기관단총 갈기는 소리가 들렸다. 박 기사는 운전석 밑으로 바싹 엎드렸다. 차창 유리가 박살나고 총알이 빗발쳤다. 도로에는 피를 뿌리며 쓰러지는 병사들의 시체가 겹겹이 쌓였다. 5분여에 걸친 치열한 총격전. 박무영의 부하들도 상당수 죽었지만 CTX 호위 부대는 전멸했다. 박무영은 운전 기사를 끌어내 총살한 다음 CTX를 자신이 끌고 온 군용 트럭에 모조리 옮겨 실었다. 류중원과 이장길이 헬리콥터를 타고 현장에 도착했을 때는 이미 상황이 종료된 지 오래였다.

CTX 탈취 소식을 접한 O.P.는 초긴장 상태로 돌입했다. 수사 직은 물론 행정 직, 전문 직 요원들까지 모두 총기를 휴대하고 24시간 대기 하라는 명령이 떨어졌다. 직원들이 어수선하게 뛰어다니는 가운데 류 중원과 이장길은 휴게실에서 차를 마시며 조용하지만 팽팽한 긴장감이 흐르는 대화를 나누고 있었다. 이장길이 먼저 입을 열었다.

"정보가 새고 있다는 사실은 너도 알고 있었지?"

류중원은 말없이 고개를 끄덕였다.

"도청 장치를 찾아냈어."

"뭐? 정말이야?"

이장길은 놀라는 류중원의 질문에 대답 대신 커다란 요구르트 한 병을 꺼냈다. 요구르트 병이 어찌나 큰지 맥주병보다도 두껍고 청주병보다도 키가 컸다.

"새로 나온 '슈퍼 캡슐' 요구르트잖아. 요새 다들 마시고 있는 거고."

"응. 엄청나게 큰 캡슐 속에 유산균이 꽉꽉 채워져 있다는 요구르트 아줌마의 말만 듣고 모두들 사무실로 배달 받아 마시고 있지. 근데 이 거 순 사기야."

이장길은 뚜껑을 벗겨내고 요구르트 병을 기울였다. 하얀 액체가 동그란 캡슐들과 함께 쏟아져 나와 탁자에 흩어졌다. 이장길은 탁구공만한 캡슐 한 개를 집어 들었다.

"잘 보라구, 속에 유산균이 들었는지."

이장길이 커터를 이용해 캡슐을 반으로 가르자 놀랍게도 조그만 기계 장치가 나왔다.

"이, 이건!"

"도청 장치야. 장까지 살아서 갔다는 게 유산균이 아니라 조선민주

주의 웅묘공화국의 첩보 장비였던 거야. 내가 유제품 회사에 전화해 보니까 자기 회사에서는 슈퍼 캡슐이란 제품을 생산하지 않는대."

"우욱…… 이럴 수가……."

류중원은 충격과 분노로 입술이 파르르 떨리고 있었다.

"이쁘고 젊은 요구르트 아줌마에게… 아니, 첩보원에게 보기 좋게 속아 넘어간 거지. 그 아줌마 이름 기억해?"

"물론. 이명현이야. 광천 기지 파일럿 추봉근의 동거녀야."

"음… 뒷조사를 다 했군."

"그럼. 골을 넣으려면 골키퍼부터 제쳐야 하니까."

부드러운 미소와 목소리를 가진 류중원은 O.P.에서 알아주는 바람 둥이였다.

집 앞 골목길, 걸음을 옮기는 봉근의 튼튼한 다리가 형편없이 후들 거렸다. 입은 반쯤 헤 벌어졌고 눈은 촛점을 잃었다. 그를 이렇게 만든 것은 류중원이라는 자의 충격적인 말이었다. 광천 기지에 세 들어 있는 오션파크라는 회사가 비밀 정보 기관이며, 명현이 북에서 내려온 첩 보원이라는 믿을 수 없는 사실을 그는 아무렇지도 않게 술술 설명했다. 처음에는 반신반의하던 봉근도 류중원이 보여준 오션파크의 엄청난 시 설과 요원들의 일하는 모습을 보고서 충격적인 진실을 받아들이게 되 었다. 하지만 정작 그를 허탈하게 만든 것은 류중원이 보여준 한 장의 사진이었다. 네모난 얼굴에 광대뼈가 툭 튀어나오고 코가 약간 들려 있는 흉한 얼굴이었다.

"누구죠, 이 근육질의 못생긴 여자는?"

"이방희. 8군단 최고의 저격수."

"근데 이 여자 사진을 왜 내게……."

"당신이 알고 있는 이명현과 이방희는 동일 인물이요."

봉근의 손에서 사진이 팔랑거리며 떨어졌다.

"그… 그러면 명현이… 성형 미인……."

"휴… 충격적이시겠지만 받아들여야 합니다. 그동안 당신은 이방희와 함께 자고, 먹고, 수다 떨고, 사랑했던 겁니다."

"아니야! 믿을 수 없어!"

봉근은 커다란 머리를 세차게 흔들었다. 류중원이 한 말이 머리 속을 계속 맴돌고 있었다. 이방희와 함께 자고, 먹고, 수다 떨고…….

─자기 왔어?

스피커에서 들려오는 명현의 목소리에 정신이 들었다. 봉근은 정색하고 안으로 들어갔다. 명현은 방글방글 웃으며 봉근을 맞았다. 그녀는 평소처럼 봉근을 즐겁게 해주려고 갖은 애교를 다 떨었지만 먹혀들지 않자 얼굴이 굳어졌다.

"무슨 일… 있어? 왜 그래?"

"휴우~ 다 뜯어고쳤더군. 견적이 많이 나왔겠어."

봉근은 품속에서 사진을 꺼내어 그녀에게 내밀었다. 명현의 얼굴이 새파랗게 질렸다. 그녀는 잠시 후 싸늘한 웃음과 함께 말했다.

"그래… 다 알아버렸군. 어차피 예정된 수순이었어."

"얼굴을 완전히 갈아엎을 필요가 있었나? 꼭 그럴 필요가 있었어?!"

"아니야. 박무영은 턱만 살짝 깎으면 못 알아볼 거라고 했지. 남파 공작을 하는 데 아무런 문제가 없을 거라고 했어. 하지만 난 생각이 달랐어. 남조선에서는 얼굴이 고와야 모든 일이 수월하지. 그래서 기왕 고치는 거… 코도 높이고, 눈도 째고, 볼 살도 빼고, 다리도 늘렸어. 공작금 많이 썼다고 욕먹었지만 개의치 않았어. 왜, 이뻐지겠다는데 불만있냐구. 쿠쿠쿡……."

봉근은 고개를 절레절레 흔들었다.

"명현… 아니, 방희, 난 성형한 애들은 질색이야."

"나도 네가 싫었어!"

눈이 빨갛게 충혈된 명현은 봉근을 향해 바락바락 소리를 질렀다.

"머리통은 홀맨처럼 댑따 크지, 팔다리는 마시마로처럼 열라 짧지, 말하는 건 무식하지… 그중에서 가장 참을 수 없었던 건…… 넌 밤에는 짐승이었어! 힘만 더럽게 좋아서! 너, 넌… 정말 짐승이야!"

명현의 양쪽 볼이 발그스름하게 상기되었다. 짐승이라고 외치는 명현의 얼굴에는 왠지 행복한 순간을 회상하는 듯한 표정이 스쳐 갔다. 봉근은 뒤통수에 차가운 금속성의 물체가 와 닿는 걸 느꼈다. 살며시 뒤를 돌아보는 봉근. 턱수염이 까칠까칠한 사내가 시커먼 권총을 들이대고 서 있었다.

"안녕하신가, 추봉근이. 네놈 이야기는 이방희에게서 많이 들었다."

"넌… CTX를 탈취했다는… 박무영?"

"바로 맞췄어. 난 말이야, 너 같은 남조선 사내를 보면 아주 구역질이 나. 북녘의 형제들은 굶주리고 배고파서 제대로 서지도 않는데… 넌 돼지처럼 처먹고 밤마다 힘만 쓰고…… 아주 구역질이 나."

"이봐… 남자의 질투는 더 추한 거야. 너도 밥 많이 먹고 운동해 봐."

"시끄러!"

박무영은 화가 치밀어 하마터면 방아쇠를 당길 뻔했다. 명현은 창밖을 내다보다가 겁에 질린 얼굴로 무영에게 돌아왔다.

"경찰이야. 골목에 쫘악 깔렸어. 무영, 도망쳐."

"치잇……."

박무영은 분한 듯한 얼굴로 봉근에게서 권총을 거두었다. 밖으로 나가면서 무영은 명현에게 베레타 권총 한 정을 쥐어주었다.

"그래도 한때 너의 남자였다. 네가 처리해라."

"응……."

무영에게서 베레타 권총을 받아 드는 명현의 얼굴에 수심이 가득했다. 명현은 등을 돌려 봉근에게 권총을 겨누었다. 두 사람은 만감이 교차하는 심정으로 한동안 말없이 서 있었다. 서로를 바라보는 눈가에 눈물이 그렁거렸다.

잠시 후 밖에선 총격전이 벌어진 듯 콩 볶는 소리가 들렸고, 박무영의 외마디 비명 소리가 들렸다. 확성기를 통해 류중원의 목소리가 울려 퍼졌다.

"이방희! 방금 박무영을 사살했다! 인질을 놓아줘라! 이제 넌 희망이 없어!"

명현은 베레타 권총을 힘없이 떨구었다. 그녀의 왼쪽 손에는 투명한 원통형의 용기가 들려 있었다. 박무영과 함께 탈취했던 액체 비아그라 CTX였다. 명현은 우수에 젖은 눈빛으로 중얼거리듯 말했다.

"그래도 너한테 한 가지 고마웠던 점이 있다면… 내가 해주는 밥을 너무나 맛있게 먹어준다는 거였어. 야전 삽으로 밥을 퍼먹는 사람은 네가 처음이었어. 세숫대야로 미역국을 마시는 사람도… 맛없는 음식 잘 먹어줘서 고마웠어……."

"명현… 난 원래 음식 안 가려. 그리고 너… 밥 잘해."

"흑……."

그녀는 하염없이 흐르는 눈물을 주체 못해 연신 소매로 볼을 훔쳤다. 류중원과 이장길이 해머를 이용해 출입문을 부수고 있었다. 명현은 눈물을 삼키고 비장한 표정이 되더니 씩씩한 목소리로 외쳤다.

"조국 통일 만세!"

"안 돼!"

봉근이 말리기도 전에 명현은 CTX의 뚜껑을 벗기고 입 안에 들이붓고 있었다. 액체 비아그라가 그녀의 식도를 타고 위장으로 흘러 들어갔다. 꿀꺽꿀꺽 하는 소리와 함께 목젖이 들쑥날쑥 움직였다. 류중원이 잠금 장치를 부수고 안으로 들어왔다. 명현은 사지가 축 처진 채 봉근의 품에 안겨 있었다. 류중원은 빈 CTX 용기를 보더니 고개를 저었다. 명현의 목줄기에 손가락을 대보더니 길게 한숨을 내쉬는 류중원.

"여성이 CTX를 복용하게 되면 극심한 호르몬 불균형으로 죽게 됩니다. 이방희는… 아무래도 자살을 택한 것 같군요……."

"크흑흑흑… 명현아……."

봉근은 그녀의 시신을 끌어안고 통곡했다. 그녀의 성형한 얼굴에 자신의 얼굴을 부비던 봉근은 까슬까슬한 이질적인 느낌에 놀라서 고개를 들었다.

"이… 이럴 수가……!"

괴상한 일이었다. 명현의 턱에 남자처럼 억센 수염이 자라고 있었다. 귀 밑으로는 구레나룻이 길게 자라 있다. 이장길 요원이 봉근의 어깨에 손을 얹으며 위로하듯 말했다.

"CTX의 부작용입니다. 남성 호르몬 때문이죠."

류중원 요원이 필립스 전기 면도기를 그에게 건네주었다.

"다리의 털이나 깎아주세요. 보기 흉하군요……."

명현의 다리는 새카맣게 털로 뒤덮여 정글처럼 변해 있었다. 봉근이 눈물을 흘리며 명현의 다리 털을 밀어내는 동안 O.P. 요원들은 기관단총을 등 뒤로 돌리고 숙연한 모습으로 두 연인을 지켜보았다. 남북 분단이 만들어낸 또 하나의 비극이었다.

　　제주도에 위치한 작은 요양원. 이곳에는 이방희가 신분을 빌렸던 진짜 이명현이 살고 있었다. 환자복을 입고 있는 그녀의 모습은 이방희가 수술을 통해 다다르고 싶어했던 남한 미녀의 표준에 근접해 있었다.
　　"방희 언니의 남자 친구?"
　　명현의 질문에 봉근은 말없이 고개를 끄덕였다.
　　"훗… 언니는 저한테 무척 잘해줬어요."
　　봉근은 여전히 말이 없었다. 그의 손에 들려 있는 작은 오동나무 상자를 본 명현이 물었다.
　　"그건… 뭐죠?"
　　봉근은 상자를 열었다. 시커먼 실 같은 것이 수북이 쌓여 있었다. 봉근이 비로소 입을 열었다.
　　"그녀의… 다리 털이오……."
　　"아… 징그러워요."
　　"CTX의 부작용이지. 시신은 오션파크 측에서 해부용으로 가져갔소."
　　봉근과 명현은 그림 같은 해안이 한눈에 내려다보이는 언덕으로 올라갔다. 조그맣고 운치있는 벤치가 놓여 있었다. 봉근은 언덕 아래로 명현의 다리털을 흩뿌렸다. 그는 바람에 날리는 다리털을 응시하며 조용히 말했다.
　　"이제… 그녀는 편히 쉬리……."

제8장

손오공의 후예

진진은 뒤뚱거리며 있는 힘을 다해 달렸고 소청은 널찍한 진진의 등에 매달려 꺅꺅 소리를 질렀다. 메이린은 날렵하게 달리다가 뒤를 돌아서 이따금씩 장풍을 날렸다. 빗나간 장풍은 애매한 국수집 간판과 유리창을 박살 내고 안에서 식사 중이던 사람들을 넘어지게 했다. 앙꼬르가 보낸 노련한 마법 수사관은 도망치는 둔갑 동물들을 향해 날카로운 표창을 날렸다. 퓽— 퓽— 하는 섬뜩한 소리와 함께 표창이 진진의 귓가를 스치고 지나갔다. 촘촘한 마법 수사망에 걸려 있는 대중 교통 수단을 이용하지 않은 것까진 좋았는데 수사관들이 떼로 몰려 있던 식당에서 점심을 먹은 게 화근이었다.

"쿵! 이러다 잡히겠어!"

소청이 다급하게 소리치자 진진이 웅얼거리며 사신 소환 주문을 외웠다.

"웅~ 나와라, 백호!"

"크아아아앙!"

진진의 말이 떨어지자 털이 허연 동물이 번개같이 달려와 진진과 소청을 등에 태웠다. 진진은 백호의 잔등에 업힌 채 메이린을 향해 외쳤다.

"메이린! 북경에서 만나자!"

"그래, 진진! 몸조심해!"

용신은 기가 강해 마법 수사관들에게 감지되기 쉬웠다. 메이린은 강물 속으로 들어가 이동해야겠다는 생각을 하고는 용으로 변신했다. 진진과 소청을 태운 백호는 잔뜩 움츠렸다가 용수철처럼 튀어 나갔다. 앞을 가로막는 화물차와 버스를 단숨을 건너뛴 백호는 도심의 거리를 번개처럼 질주했다. 행인들은 무언가 허연 물체가 지나가는 걸 느꼈지만 정확히 자신들이 무얼 보았는지는 알지 못했다. 진진도 소청도 처음 경험하는 고속 질주였다.

"우와~ 이 녀석이 이렇게 빨랐나?"

"캥! 과속하지 못하게 해! 털 빠지겠다!"

고층 건물들이 옆으로 핵핵 지나가고 빵빵거리는 차량들이 점프하는 백호의 발 아래 가까워졌다 멀어졌다를 반복했다. 도심에서 벗어난 백호는 어느새 한적한 산속을 달리고 있었다. 한숨 돌린 진진은 백호의 목덜미를 쓰다듬으며 속도를 줄이게 했다. 백호의 도약이 약해지고 활주가 속보로 바뀌자 산속의 정경이 눈에 들어오기 시작했다. 잡목과 수풀이 무성한 인적없는 산길이 끝 간 데 없이 북쪽으로 이어져 있었다. 진진은 백호를 멈추게 하고 소청과 내려서 걸었다. 얼마나 걸었을까? 해는 서쪽 계곡 사이로 숨어 들어가며 붉은 노을을 만들었다.

"메이린은 무사하겠지?"

소청이 입을 오물거리며 걱정스럽게 물었다.

"웅~ 걱정 마. 용신이니까 강을 거슬러 올라가면 돼."

"킁~ 근데 우리가 더 걱정이다. 이제 곧 날도 저물 텐데 이 깊은 산 중에서……."

"웅~ 너도 문명 생활에 젖어버렸구나. 소청, 우린 원래 야생 동물 이잖아. 인간들의 집이 없어도 잠을 잘 수 있고 불이 없어도 먹을 수 있어."

말은 그렇게 하면서도 푹신한 침대와 따끈한 목욕물이 그리운 진진 이었다. 둘은 말없이 터벅터벅 한참을 걸었다. 뉘엿뉘엿하던 해가 꼴깍 넘어간 지도 한참이나 지났다. 앞서 가던 소청이 무엇을 보고 놀랐는지 후닥닥 진진의 뒤로 숨었다.

"웅~ 왜 그래, 소청? 뭐 못 볼 거라도 봤니?"

"캥… 저것 봐… 저 앞에서 허연 게 스멀거려……."

진진이 눈을 부비고 전방을 주시하니 과연 어둠 속에서 희끄무레한 물체가 움직이는 게 보였다. 진진은 속으로 오백 년 묵은 너구리가 겁도 많다고 생각하며 빙그레 웃었다.

"웅~ 뭘까? 가까이 가서 확인해 보자."

"킁… 가지 마, 진진. 귀신이 틀림없어. 이런 기분 나쁜 기운은 처음이야."

진진은 느릿느릿 움직이며 계속 앞으로 나아갔다. 소청은 내키지 않았지만 어둠 속에 홀로 남겨지고 싶지 않아 진진의 꽁무니를 슬슬 따라갔다. 가까이 다가가서 실체를 확인한 소청은 심장이 멎을 뻔했다. 머리를 길게 늘어뜨린 여인이 하얀 소복을 입고 팔에는 아기를 싼 포대기를 안고 있었는데 그 몰골이 귀신처럼 음산했다. 게다가 허리 아랫부분으로는 하얀 치마가 피로 얼룩져 있었다. 하지만 진진은 아무렇지도 않은 얼굴로 태연하게 물었다.

"아주머니, 이 늦은 시간에 여기서 뭘 하세요?"

귀신 같은 여인은 뭐라고 우물거리는데 제대로 들리지도 않았다. 치렁치렁한 검은 머리는 얼굴을 온통 가리고 있어 표정조차 읽을 수 없었다. 진진이 몇 번이고 다시 물은 뒤에야 여인이 하는 말을 알아들을 수 있었다.

"우리… 애기… 좀… 잠깐… 받아… 줘… 잠깐만… 받아… 줘……."

소청은 온몸의 털이 곤두서는 느낌을 받았다. 진진의 옷소매를 다급하게 당기며 그 자리에서 벗어나자고 했지만 진진은 빙글빙글 웃으며 여인에게 두 손을 내밀었다.

"응~ 그래요. 아기 이리 주세요. 제가 봐드릴게요."

진진은 여인이 내미는 포대기를 받아 들고는 아기의 얼굴을 들여다보았다. 여인은 음산한 몰골이었지만 아기는 보통 아기들처럼 천진난만하고 귀여운 얼굴이었다. 아기는 잠이 들었는지 미동도 않고 손가락을 문 채로 있었다.

"응~ 귀엽네요. 이름이 뭐예요? 어?"

진진은 아기의 이름을 물어보려다 놀라서 고개를 이리저리 돌렸다. 아기를 건네준 여인이 보이지 않았던 것이다.

"응? 소청아, 애기 엄마 어디로 가셨니?"

"캥… 모르겠어. 역시 기분 나빠. 근데 언제까지 들고 있을 거야? 우리도 갈 길이 먼데."

소청은 진진의 대답이 없자 그의 얼굴을 쳐다보았다.

"캥? 왜 그래? 어디 아파?"

"응……."

진진은 이마에서 땀을 삐질삐질 흘리고 있었다. 입 주위는 부르르 떨리고 혈색은 불그스름한 게 마치 큰 힘을 쓰고 있는 듯했다.

"왜 그러냐구? 똥 마려?"

"응… 아기가… 너무 무거워……."

"아기가 무겁다구? 이 조그만 갓난아기가 뭐가 무거워?"

"점점… 무거워져……."

소청은 진진의 아래위를 살피다가 농으로 하는 말이 아님을 알았다. 진진의 팔뚝에는 굵은 핏줄이 툭툭 튀어나왔고 얼굴은 벌겋게 상기되어 있었다. 다리는 부들부들 떨리고 딛고 선 땅바닥은 한 뼘이나 푹 꺼져 있었다. 소청이 안달나서 아기를 내려놓으라고 말했지만 진진은 고개를 가로저었다.

"응~ 안 돼. 그럼 애기가 다쳐. 끄응……."

소청은 진진의 힘을 덜어주려 아기를 맞들어보려 했지만 꿈쩍도 하지 않았다. 한참을 낑낑대던 둔갑 너구리는 제풀에 나가떨어졌다. 그녀의 힘이 진진이 주고 있는 힘의 백 분의 일도 미치지 못함을 깨달았다.

"진진! 팔이 늘어나려고 해!"

"응… 내 가방에 보면 근육 강화 침이 있을 거야. 그거 두 대만 놔줘."

소청은 진진의 비닐 스포츠백에서 커다란 대침 두 개를 꺼내 양쪽 팔뚝에 하나씩 꽂았다. 그러자 둥실둥실하던 진진의 비만형 팔뚝이 단단하고 근육으로 뭉친 보디빌더의 팔뚝으로 변해갔다.

"캥… 괜찮아, 진진?"

"웅… 근데 아기가 갈수록 무거워져… 이러다 뼈가 부서지겠어."

"못살아! 그러게 왜 고집 부려. 그냥 내려놔! 평범한 인간의 아기가
아니잖아!"

"웅~ 아냐, 왠지 내려놓으면 안 될 것 같아."

놀랍게도 진진의 다리는 벌써 무릎까지 땅속으로 들어가 있었다.

"꾸에엑… 팬더 죽네…….."

드디어 의식이 혼미해지는 진진. 입에 거품을 물고 눈은 희번덕거리
며 숨을 헐떡이는 모습이 금세라도 바닥에 쓰러질 듯싶었다. 하지만
거의 실신할 지경임에도 진진은 아기를 꼭 안고 놓지 않았다. 소청은
눈물을 글썽거렸다. 팬더가 자신과 전혀 무관한 인간의 아기를 안고
있음에도 가슴 찡한 부성애 같은 것이 느껴졌다. 진진은 거의 정신을
잃을 뻔한 순간에 자신의 사타구니가 땅바닥에 닿는 것을 느꼈다. 약
간 정신이 드는 가운데 아기의 몸무게도 서서히 줄어드는 느낌이 들었
다. 터질듯 부풀었던 팔뚝의 근육도 점차 말랑말랑해지고 있었다. 아
기는 여전히 포대기에 싸여 새근새근 잠들어 있었다.

"고맙습니다… 고맙습니다…….."

진진은 앞쪽에서 들려오는 여인의 애잔한 목소리에 살며시 눈을 떴
다. 자신에게 아기를 맡겼던 긴 머리의 소복여인이 눈앞에 서 있었다.

"제 아이를 맡아주셔서 감사합니다."

여인은 하얀 손을 내밀어 아기를 받았다. 얼굴을 가리고 있던 치렁
치렁한 긴 머리는 어느새 곱게 말려서 비녀에 고정되어 있었다. 환한
얼굴이 드러나고 단정한 매무새를 갖춘 여인은 아기를 맡기기 진의 음
산한 모습과는 영 딴판이었다. 아기를 받아 든 여인은 다시 한 번 진진

에게 허리 숙여 인사를 올렸다.

"정말 고맙습니다. 저는 사실 아기를 낳다가 죽은 귀신이랍니다."

여인의 말에 소청은 화들짝 놀라며 뒤로 물러섰다.

"캥! 그럴 줄 알았어! 귀신이었어!"

진진은 소청의 등을 쓰다듬으며 안심시켰고 여인은 말을 이었다.

"저는 죽어서도 한이 맺혀 이승을 떠돌며 산속을 지나는 여행자들을 괴롭혀 왔습니다. 하지만 태산의 무게를 견뎌낸 당신의 따뜻한 마음 덕분에 망자의 집착에서 벗어나 성불하게 되었습니다. 정말 고맙습니다⋯⋯."

"웅~ 고맙긴요. 근데 그 아기 정말 무겁긴 무겁더군요. 아주 우량아를 낳으실 뻔했나 봐요."

여인은 다시 몇 번씩이나 절을 올리고 스르륵 사라지려 했다. 하지만 소청은 사라지려는 여인을 불러 세우고 인근의 적당한 숙소가 있는지를 물었다. 그녀는 잠시 무언가를 생각하는 듯하더니 조용히 입을 뗐다.

"별로 추천하고 싶진 않지만 굳이 묵으실 곳을 찾으신다면 호씨 일가의 집밖에 없을 듯하군요."

"호씨 일가의 집이라구요?"

"네. 오셨던 길로 스무 발자국을 되짚어 가시면 왼쪽으로 조그만 샛길이 보일 겁니다. 그 샛길을 따라서 조금만 걸으시면 호씨 일가의 집이랍니다. 환대는 못 받겠지만 밤이슬은 피하실 수 있을 겁니다."

말을 마친 여인은 공손히 절을 올리고 어둠 속으로 사라졌다. 진진과 소청이 여인이 가르쳐 준 대로 왔던 길을 되짚어가자 과연 측백나무 옆으로 작은 샛길이 보였다.

"웅~ 그럼 가볼까?"

"큉… 별로 내키지는 않지만… 딱히 갈 곳도 없으니……."

샛길은 점점 좁아지더니 한 사람이 겨우 지나다닐 정도의 폭이 되었다. 진진과 소청이 불편한 걸음을 하기 시작한 지 얼마 안 되어 널찍한 공간과 함께 으리으리한 기와집이 나타났다. 대문은 하늘을 찌를 듯이 솟아 있고 담벼락에는 도깨비 문양이 새겨져 있고 안채의 청기와 지붕이 담장 너머 불쑥 솟아 진진과 소청을 내려다보고 있었다. 진진은 입을 떡 벌렸고 소청은 기가 죽어 눈알만 바쁘게 굴렸다.

"큉… 정말 이상하네… 어떻게 이런 깊은 산속에 대갓집이 들어앉았지?"

"웅~ 그러게. 일단 왔으니 한번 불러볼까?"

진진은 뒷짐을 지고 서서 점잖게 외쳤다.

"이리 오너라~"

하지만 대문은 굳게 닫힌 채로 미동도 하지 않았다. 진진은 다시 한번 큰 소리로 외쳤다.

"이리 오너라~"

역시 대문은 꿈쩍도 하지 않았다. 소청은 등 뒤에서 들려오는 짐승의 발자국 소리와 훅훅 끼쳐 오는 입김에 슬그머니 뒤돌아보았다. 그녀는 사색이 되어 진진의 한쪽 손을 잡아당겼다. 진진 역시 얼굴이 굳어졌다. 잿빛 털에 허연 이빨을 드러낸 이리 십여 마리가 그들을 둥글게 둘러싸고 있었다.

"웅~ 갑자기 웬 이리 떼가……."

진진은 급히 불꽃 주문을 외웠다. 그의 몸뚱어리에서 새파란 도깨비불 같은 것들이 튀어나오며 이리들을 위협하자 산속의 짐승들은 겁을 먹고 달아나 버렸다. 한숨 돌린 진진이 이마의 땀을 닦으며 말했다.

"휴우, 주인장을 부르는 방법이 잘못되었나 봐. 다시."

그는 불룩한 배를 내밀고 심호흡을 한 뒤 닫힌 대문을 향해 다시 한 번 소리쳤다.

"게 아무도 없느냐?"

역시 묵묵부답.

"게 아무도 없느냐?"

진진의 두 번째 부름에 저벅거리는 소리가 등 뒤에서 들려왔다. 소청과 진진은 또 한 번 불길한 느낌과 함께 뒤를 돌아보았다. 희한한 일이었다. 커다란 대게 수백여 마리가 옆으로 기어가며 거품을 부글거렸다. 소청이 식은땀을 흘렸다.

"갑자기 웬 게 무리가… 해안에서 멀리 떨어진 곳인데……."

소청과 진진이 줄을 지어가는 게들을 밟지 않기 위해 발을 번갈아가며 떼고 있는데 게 무리를 뒤따라오는 늙수그레한 어부 노인이 있었다. 노인은 해진 짚모자를 들어 올리며 일갈했다.

"니들이 게 맛을 알어?"

당황한 진진은 어쩔 줄을 모르며 노인에게 웅얼거렸다.

"웅~ 모, 모르는데요……."

"모르면 됐구! 언제 한번 먹어봐!"

노인은 뒷짐을 지고 게들을 따라 어디론가 사라졌다. 진진과 소청이 게 무리가 사라진 쪽을 멍하니 쳐다보고 있는데 날카로운 소년의 목소리가 들렸다.

"누가 남의 집 앞에서 이렇게 시끄럽게 떠드느냐!"

소리난 쪽을 보니 대문을 반쯤 열어젖히고 고개를 내민 하얀 얼굴의 소년이 샐쭉한 표정을 짓고 있었다. 소년은 백설처럼 하얀 저고리를 입었는데 분위기로 보아서 주인집의 심부름을 하는 머슴이었다. 진진이 예를 갖추며 하룻밤 재워줄 것을 청하자 소년은 앙칼진 목소리로 짜증을 냈다.

"이곳은 산중명가 호씨 일가의 저택이오. 당신들 같은 뜨내기들이 찾아올 곳이 아니니 썩 물러가시오!"

문이 쾅 닫히더니 소년이 야무지게 빗장 지르는 소리가 들렸다. 진진과 소청은 낙담하여 발길을 돌리려는데 안에서 크게 꾸짖는 소리가 들렸다. 간간이 작은 소리로 대답하는 목소리는 방금 진진과 소청을 내치던 소년의 음성과 비슷했다. 아무래도 소년이 누군가에게 야단을 맞고 있는 것처럼 들렸다. 소청은 진진에게 잠시 기다려 보자는 눈짓을 했고, 아니나 다를까 대문이 다시 열리며 소년이 단아한 차림새의 노인과 함께 밖으로 나왔다. 노인은 진진과 소청을 향해 정중하게 예를 갖추어 인사했다.

"이 아이가 철이 없어 손님들에게 무례를 범했습니다. 제가 대신 사과드리겠습니다."

"응~ 아닙니다. 불쑥 찾아와 숙소부터 요구한 저희들이 잘못했지요."

노인의 안내를 받으며 집 안으로 들어가니 호씨 일가 저택의 웅장한 규모가 위압감을 주었다. 좌우로 늘어선 행랑채만 오십여 채가 넘었다. 열댓 명은 누워 잘 수 있는 널찍한 대청마루, 성인 남자 키의 두 배는 됨 직한 높은 천장, 미식 축구를 해도 될 만큼 넓은 마당이 소청의 입을 떡 벌어지게 만들었다. 노인은 행랑채 중에서도 가장 넓은 방을 내주며 공손히 말했다.

"누추하지만 편히 쉬어가십시오. 혹 불편한 점이 있으시거든 제 하인들에게 말씀하십시오."

"웅~ 누추하다뇨. 이렇게 넓고 깨끗한 방은 처음입니다."

"그럼 편히 쉬십시오."

"캥~ 감사합니다~"

소청과 진진은 노인에게 인사를 올리고 여장을 풀었다. 피곤한 몸을 의자에 걸치고 이런저런 잡담을 하고 있으려니 하인들이 쥐고기 덮밥, 뱀 껍질탕 같은 별미 요리들을 가져왔다. 진진과 소청은 입맛을 다시며 음식 그릇에 달려들었다. 오랜 길을 달려온지라 보통 허기가 진 것이 아니었다.

"냠냠… 짭짭… 쥐고기가 쫄깃쫄깃한데?"

"웅~ 개구리 볶음도 아주 별미야."

"냠냠… 메뚜기 튀김은 또 어떻고… 바삭바삭한 게… 아주 맛있어."

진진은 인간들이 평소에 즐겨 먹는 음식이 아니어서 뭔가 이상하다는 느낌을 받았지만 너무나 배가 고팠던지라 별로 개의치 않고 먹었다. 소청도 행복한 표정으로 쥐고기를 뜯고 있었다. 둘의 평화로운 식사는 순간 들려온 우지끈 하는 소리에 방해를 받았다. 소청은 고기가 목에 걸려 캑캑거렸고 진진도 개구리를 씹다 말고 고개를 돌렸다. 호씨 일가 하인들이 손에 몽둥이를 들고 대문 쪽으로 달려가고 있었다. 무슨 일인가 하고 내다보니 조그만 원숭이 한 마리가 대문을 뽀개고 들어와 호통을 치고 있었다.

"야, 이놈들아! 내가 이틀의 말미를 주었건만 어째 아직도 물러가지 않고 이 산에 살고 있는 것이냐! 네놈들이 내 말을 듣지 않으니 오늘 이 자리에서 다 죽여주마!"

그러더니 귓속에서 조그만 바늘 같은 걸 꺼냈는데, 그 바늘이 순식 간에 야구 배트만한 쇠몽둥이로 변했다. 원숭이는 그 쇠몽둥이를 휘둘러 서 달려드는 하인들을 때려눕혔다. 진진과 소청을 정중하게 맞이했던 노인은 멀찌감치 떨어진 곳에서 하인들이 원숭이에게 얻어맞는 꼴을 보면서 발만 동동 구르고 있었다. 진진은 노인에게 다가가 저 난폭한 원숭이가 왜 호씨 일가에게 행패를 부리는지 물었다.

"저 원숭이는 손오공의 후예입니다. 핏줄 탓인지 힘이 장사고 성격 이 난폭해 아무도 건드리지 못하지요. 사실 이 산은 호명산이라고 저 희 호씨 일가의 소유입니다. 그런데 저 원숭이가 우리 가문의 산을 내 놓으라고 되지도 않는 욕심을 부리고 있지요. 조상 대대로 살아온 우 리들의 산을 버릇없는 원숭이에게 넘겨주고 싶은 생각은 추호도 없습 니다. 그러나 원숭이의 폭거를 누를 만한 힘이 없으니 그게 걱정이군 요."

"큥! 정말 싸가지없는 원숭이로군! 저런 놈은 우리에 가두고 주리를 틀어야 해!"

소청이 발끈해서 소리쳤다. 진진은 노인에게 포권하며 빙그레 웃었다.

"웅~ 괜찮으시다면 제가 저 원숭이를 한번 상대해 보겠습니다."

진진의 말에 노인은 크게 놀라는 표정이었다.

"저 원숭이는 힘이 장사일 뿐 아니라 신묘한 술법을 자유자재로 구 사하기에 보통 인간의 힘으로는 절대로 이길 수 없습니다."

"웅~ 저도 몇 가지 술법을 알고 있으니 너무 걱정하지는 마십시 오."

진진은 포권자세를 취했다 푼 뒤 뒷짐을 지고 원숭이에게 걸어갔다. 몽둥이를 든 하인들은 원숭이에게 달려들지는 못하고 주위를 맴돌면서 슬금슬금 눈치만 보고 있었다. 반면 원숭이는 쇠몽둥이를 든 채로 거만한 얼굴로 정면을 응시하며 소리쳤다.

"네놈들은 천 명이 달려들어도 날 이길 수 없으니, 호방전은 어서 와서 무릎을 꿇어라! 그렇지 않으면 네 식솔들을 모두 죽이겠다!"

"웅~ 이 집 주인을 만나려면 나부터 꺾어야 할 거다~"

뒷짐을 지며 느릿느릿 다가오는 청년의 모습을 본 원숭이는 고개를 갸웃거렸다.

"넌 또 뭐냐? 호씨네 식구는 아닌 것 같은데? 간뎅이가 부었냐?"

"웅~ 네가 손오공의 후예라며? 그럼 늘었다 줄었다 하는 그 쇠몽둥이는 분명 여의봉이겠구나."

"그렇다! 나의 조상님이 물려주신 용궁의 보배 여의봉이다! 어디 한번 맛 좀 보아라!"

원숭이가 소리치며 여의봉을 내려쳤다. 여의봉은 두 배로 길어지면서 진진의 정수리를 향해 번개처럼 내려왔다. 쩌억 하는 소리와 함께 땅바닥을 내려친 여의봉은 풀썩 먼지를 내면서 호씨네 마당에 세로로 긴 자국을 만들었다. 진진은 옆으로 살짝 피해 여의봉을 밟고 서서 빙글빙글 웃고 있었다.

"웅~ 위력을 보아하니 여의봉이 맞긴 맞구나~"

원숭이는 얼굴이 벌겋게 달아올랐다. 팔뚝의 근육은 부풀어 오르고 다리는 부들부들 떨렸다. 여의봉을 들어 올리려는데 어떻게 된 노릇인지 꼼짝도 하지 않았다.

'끙… 어찌 된 거냐. 황소도 번쩍번쩍 들어 올리는 내가 저따위 인간 하나 때문에……'

진진은 웃으면서 여의봉을 밟고 섰던 다리를 슬쩍 들었다. 그러자 원숭이는 여의봉과 함께 뒤로 벌렁 넘어지고 말았다. 갑자기 들려진 여의봉은 붕— 소리를 내며 넘어가서 원숭이 뒤쪽에 있던 담벼락을 와 르르 무너뜨렸다. 이를 지켜본 호씨네 사람들은 입을 딱 벌리더니 슬 금슬금 뒤로 물러섰다. 진진의 힘이 보통이 아닌 것을 확인했으니 굳 이 자신들이 나설 필요가 없었다. 둘의 싸움에 어설프게 끼어들었다간 오히려 크게 다치기 십상이었다. 원숭이는 화가 나서 얼굴이 석류처럼 빨갛게 변해 있었다.

"네놈이 나를 가지고 놀아?! 오늘이 네놈 제삿날인 줄 알아라!"

여의봉이 지면과 수평을 이루며 진진의 가슴팍을 향해 날아왔다. 진 진은 허리를 뒤로 젖히며 원숭이의 공격을 피했다. 진진은 주먹으로 옆구리와 등 뒤를 탁탁 치면서 웃었다.

"웅~ 아이고, 아파라. 하마터면 허리 꺾일 뻔했잖아."

"잘도 피하는구나! 언제까지 피할 수 있나 보자!"

원숭이는 여의봉을 짧게 줄이더니 마구잡이로 휘두르며 진진에게 달려들었다. 그때 진진의 가슴팍에서 푸르스름한 물체가 휘익 튀어나 오는가 싶더니 원숭이의 명치께를 누르며 뒤로 밀어냈다.

"크게게— 뭐야, 이게……?"

진진은 한껏 늘어난 대나무를 위로 들어 올렸다. 원숭이는 대나무와 함께 휘익 들어 올려지더니 반대 편으로 날아갔다.

"쿠에엑~"

원숭이는 공중을 날아 기와 지붕에 처박혔다. 와장창 기왓장 깨지는 소리와 함께 지붕 속에 처박힌 원숭이. 진진은 빙글빙글 웃으며 원숭 이 들으라는 듯이 외쳤다

"웅~ 이게 바로 '여의죽'이란다~"

여의죽은 쉬리릭 소리를 내며 피리 정도의 크기로 줄어들더니 진진의 한쪽 손에 쏘옥 들어와 잡혔다. 깨진 기왓장들을 헤치고 나타난 원숭이는 분한 얼굴로 씩씩대더니 자신의 털을 한 움큼이나 뽑았다.

"네놈이 나의 술법을 당할 수 있나 보자! 가거라, 나의 분신들아!"

원숭이는 털을 손바닥 위에 올려놓고 후욱 불었다. 원숭이에게서 뽑혀 나온 터럭 한 올 한 올은 저마다 조그만 원숭이의 형상으로 변하더니 진진의 향해 달려들었다. 까맣게 몰려오는 형세가 자못 위협적이었다. 진진은 당황하지 않고 머리털을 한 움큼 뽑아서 원숭이 분신들을 향해 불었다. 그러자 원숭이 분신들만큼이나 많은 숫자의 작은 팬더들이 만들어졌다. 팬더 분신들은 각기 조그만 여의죽을 휘두르면서 분신들을 때려잡았다. 여의죽에 맞은 분신들은 본래의 원숭이 터럭으로 돌아갔다. 지붕 위에서 이를 지켜본 손오공의 후예는 더럭 겁이 났다. 힘으로나 술법으로나 자신이 진진의 적수가 되지 못한다는 사실을 깨달은 것이다. 그는 손을 나팔 모양으로 만들어서 목이 터져라 외쳤다.

"근두운— 근두운—"

5백 미터 상공에서 대기 중이던 원숭이의 자가용 비행체가 쏜살같이 내려왔다. 원숭이는 작은 구름 위에 폴짝 올라타더니 냅다 도망치기 시작했다. 진진은 고맙다고 연신 절하는 호씨 일가 사람들을 향해 고개를 저었다.

"웅~ 아직 끝나지 않았습니다. 저놈을 내버려 두면 계속 호씨 집안을 해코지할 게 뻔합니다. 제가 냉큼 올라가서 잡아오겠습니다."

진진은 사신 소환 주문을 외워서 주작을 불러냈다. 호씨 일가 사람들은 난데없이 마당에 내려온 거조(巨鳥)를 보고 두려움에 질렸다. 날카로운 부리로 자신들을 쪼아 먹지나 않을까 겁이 났던 것이다. 슬금

슬금 꽁무니를 빼는 호씨네 사람들을 보자 진진은 빙그레 웃었다.

"웅~ 괜찮아요~ 주작은 내 친구예요~"

진진이 주작의 등에 올라타고 목덜미를 슥슥 쓰다듬자 거조는 태풍과도 같은 바람을 일으키며 하늘 높이 비상했다. 호씨네 사람들은 진진과 주작이 사라진 허공의 한 점을 멍하니 쳐다보고 있었다. 가주인 호방전 노인이 허연 수염을 쓰다듬으며 중얼거렸다.

"거참 놀라운 능력이로구나… 저분은 우리 일가를 살리려 내려온 신선이었던가?"

"쿵~ 신선이 아니라 팬더예요~"

소청이 노인의 혼잣말에 답했다. 노인은 예를 갖추며 소청에게 물었다.

"팬더라구요? 그럼 저분이 인간이 아니라 둔갑한 팬더란 말씀입니까?"

"쿵~ 그래요. 사실은 저도 너구리랍니다."

"호오… 그랬군요. 근데 그런 비밀을 너무도 쉽게 털어놓으시는군요."

"킬킬~ 당신들도 둔갑한 여우잖아요. 처음엔 몰랐지만 저녁 식사를 하면서 알아챘죠."

소청이 작지만 예리한 눈을 반짝반짝 빛내며 말하자 노인은 당황하는 기색이 역력했다. 하지만 금세 평정을 되찾은 얼굴이 되더니 뒤로 재주를 팔딱팔딱 넘었다. 아니나 다를까, 노인은 꼬리가 아홉 개나 달린 늙은 여우로 변해 버렸다.

"그렇습니다. 우리는 이 호명산의 주인인 여우들입니다. 당신의 친구가 우리 일족의 목숨을 구해주셨으니 이 은혜를 어찌 갚아야 할지 모르겠군요."

"쿵~ 괜찮아요. 재워주시고 먹여주시니 이미 은혜를 갚은 거나 마찬가지지요. 진진은 원래 성격이 선해서 보답을 바라지도 않아요."

"아… 정말 덕이 많으신 분입니다. 하지만 저희들로서는 어떻게 해서든 보답을 하고 싶군요."

여우와 소청은 대화를 중단해야 했다. 주작이 내려오면서 날갯짓으로 엄청난 흙먼지를 일으켰기 때문이다. 놀랍게도 진진은 주작의 등 위에서 난동을 피웠던 원숭이와 함께 내려오고 있었다. 원숭이는 웬일인지 두려운 눈망울을 굴리며 얌전히 행동하고 있었다. 진진이 시킨 대로 여우노인의 앞에 무릎을 꿇는 원숭이. 자세히 보니 원숭이는 머리에 필라 헤어밴드를 두르고 있었다. 진진이 빙그레 웃으며 노인에게 설명했다.

"제가 이 말썽꾸러기 원숭이를 잡아왔습니다. 머리에 씌운 헤어밴드는 마법 밴드라 불경을 외우면 강하게 조여들면서 이놈을 꼼짝 못하게 만들 겁니다."

원숭이는 찡그리면서 헤어밴드를 벗기려 애썼으나 이맛살만 웃기게 늘어날 뿐이었다.

"응~ 네 녀석이 아무리 벗기려 해도 그 헤어밴드는 벗길 수가 없어. 네가 호씨 일가의 가족들을 해쳤으니 앞으로 평생 호씨 일가의 머슴으로 일해야 한다."

다시 인간노인의 모습으로 돌아온 구미호는 정중히 포권하며 진진에게 물었다.

"존함이 진진이라고 들었습니다. 정식으로 인사를 드리지요. 전 호명산 여우 일족의 족장인 호방전입니다. 저희들 목숨을 구해주셨으니 반드시 보답을 하고 싶군요."

"응? 호방전이라구요? 호방전이라…… 설마!"

진진은 놀라는 얼굴로 물었다.

"혹시… 밍밍이라는 여우를 아시는지요?"

"밍밍! 아니, 당신이 우리 딸아이의 이름을 어찌 아십니까?!"

"역시… 밍밍의 아버님이셨군요……."

진진은 슬픈 얼굴로 한숨을 내쉬었다. 노인은 그리움 가득한 얼굴로 다그쳐 물었다.

"그 아이는 모험심이 강하고 인간 남자 홀리기를 즐겨 해 호명산을 떠난 여우입니다. 오래전 중국에서 귀한 공자를 홀리다가 발각되어 한국으로 도망쳤다고 들었습니다. 혹시 제 딸아이의 소식을 알고 계십니까?"

"어르신… 밍밍은……."

진진은 호방전에게 그간의 이야기를 들려주었다. 봉근과 결혼하는 부분에서는 홍조를 띠어가며 즐거워하던 호방전 노인은 사도에게 살해당했다는 이야기를 듣자 눈물을 뚝뚝 흘렸다.

"딸아이가 죽었다는 느낌은 오래전에 받았습니다. 하지만 직접 이야기를 듣고 나니 더욱 가슴이 찢어지는군요."

진진은 새벽까지 호방전과 많은 이야기를 나누었다. 피곤한 진진이 잠자리에 들고자 하니 호방전이 비단 보자기를 하나 꺼내고는 거기에 붉은 구슬을 입에서 토해냈다.

"이건 저의 도력이 뭉쳐 있는 여의주입니다. 팬더 마왕 앙꼬르와 일전을 치르려면 힘이 달리실 겁니다. 반드시 도움이 되리라 믿습니다."

"웅~ 여우는 이게 없으면 술법을 쓸 수가 없지 않습니까? 이 귀한 걸 어찌 저에게……."

"아닙니다. 받아주세요. 앙꼬르는 중국 대륙 전체에 자신의 기를 펼치고 있습니다. 제가 평생 살아오면서 보아온 그 어떤 짐승보다도 힘이 강대한 자입니다. 당신만의 힘으로는 이길 수가 없어요. 우리 일족의 여의주를 모두 드릴 테니 꼭 밍밍의 원수를 갚아주십시오."

노인의 말이 끝나기가 무섭게 다른 여우 한 마리가 와서는 보자기에 붉은 구슬을 토해내고 돌아갔다. 그 뒤를 이어 또 한 마리의 여우, 또 다른 여우…… 어느새 비단 보자기에는 여의주가 수북이 쌓여서 상서로운 기를 내뿜고 있었다. 진진은 여의주를 조심스럽게 보자기에 싸서는 자신의 비닐 스포츠백에 집어넣었다. 그는 호방전에게 넙죽 절을 올렸다.

"어르신, 이 은혜 잊지 않겠습니다. 그리고 반드시 팬더 마왕을 꺾어서 음양의 조화를 되찾겠습니다."

호방전은 고개를 끄덕이며 하염없이 눈물만 흘렸다. 소청은 손수건으로 눈가를 훔치면서 속으로 생각했다. 그는 아마도 밍밍의 생각을 하고 있으리라.

다음날 아침 잠자리에서 일어난 진진은 어리둥절한 얼굴로 주위를 둘러보았다. 자신과 소청이 이슬 축축한 풀밭에 누워 잠을 자고 있었던 것이다. 소청을 흔들어 깨웠더니 그녀도 화들짝 놀라는 것이다. 으리으리했던 기와집은 온데간데없고 잡풀만 무성한 허허벌판이 펼쳐져 있었다. 하지만 가만히 살펴보니 군데군데 조그만 짐승의 굴이 뚫려 있었다. 진진은 빙그레 웃으며 고개를 끄덕였다.

"여기가 바로 호명산 여우 일족의 집이로구나."

진진과 소청은 짐을 꾸리고 다시 길을 떠났다. 굴에서 살며시 빠져나온 여우 한 마리가 둘의 뒷모습을 언제까지고 바라보면서 아홉 개의 꼬리를 살랑살랑 흔들었다.

제19장

요귀와 쌍룡

베이징 시 외곽의 주택가에 저녁 어스름이 찾아오고 있었다. 재래식 주택과 신축 아파트가 뒤섞인 이곳은 중국의 중상류 층이 모여 사는 신흥 부촌이다.

인근 주민들을 상대하는 조그만 생선 가게에 백열등 조명이 들어왔 다. 대머리가 벗겨진 가게 주인은 파리채를 허리 뒤로 돌리고 상품의 신선도를 검사하고 있었다. 이제 좀 있으면 저녁 찬거리를 사러 오는 손님들이 몰려올 것이다. 행여나 상한 생선이 발견된다면 큰일이다. 진열대 밑으로 조그만 그림자가 휙 하고 나타났다. 그림자는 가게 주 인이 안으로 들어가자 다시 움직이기 시작하는데, 그 움직임이 매우 신 중하고 날렵하다. 노란 백열등 밑에 모습을 나타낸 그림자의 정체는 회색 빛 털 색깔의 도둑고양이였다. 얄미워 보이는 고양이의 시선이 진열대에서 멈췄다. 녀석이 뚫어져라 응시하고 있는 대상은 대가리를 비죽 내민 꽁치 한 마리. 고양이의 몸이 한껏 움츠러들었다가 용수철처럼 튀어 올랐다. 진열대 바깥쪽으로 튀어나왔던 꽁치는 온데간데없고 고양이 역시 보이지 않는다.

"에헴! 녀석이 왔는가……."

대머리 가게 주인이 헛기침을 하면서 드르륵 문을 열고 나왔다. 그는 진열대에 생선이 한 마리 비는 것을 금방 알아보았다. 얼굴에는 뭔지 모를 엷은 미소가 떠오르고, 두 손으로는 나일론 끈을 이용해 알 수 없는 매듭을 묶고 있다. 자세히 보니 무슨 올가미 같은 모양이다.

"추라라랏!"

가게 주인이 두툼한 입술로 괴상한 소리를 내지르면서 자신이 묶은 작은 올가미를 내던지자 이내 나일론 끈이 팽팽해진다. 멀리서 짐승의 울부짖음이 들려왔다.

야우우우우웅― 야우우웅―

가게 주인은 마치 낚시꾼이 월척을 낚는 순간처럼 만족한 미소를 지으며 끈을 천천히 잡아당긴다. 어둠 속에서 질질 끌려 나온 짐승은 방금 생선을 낚아채 간 도둑고양이. 입으로는 생선을 놓쳤지만 두 발로 먹이를 꼬옥 붙잡고 있는 모양새가 도둑고양이의 집착을 보여준다.

"드디어 잡았다, 이놈."

대머리 가게 주인은 올가미에 걸린 가련한 짐승을 눈 높이까지 들어 올렸다. 고양이는 애처로운 눈빛으로 자비를 구해보지만 지금까지 성성한 생선 수십여 마리를 도둑맞은 가게 주인은 절대로 용서하지 않을 태세다.

"훌륭하십니다. 십팔기라도 배우셨나?"

가게 주인은 어둠 속에서 들려오는 남자 목소리에 흠칫 놀랐다. 인기척없이 이렇게 가까이 다가올 수 있는 자라면 상당한 수련을 쌓은 고수였다. 그는 애써 태연한 척하며 대답했다.

"생선 장사를 시작하기 전에 경기공을 좀 배웠지요. 뭐 대단한 기술은 아닙니다."

생선 가게 백열등 앞에 모습을 드러낸 남자는 검은 정장을 단정하게 차려입고 머리는 한 올 한 올 빈틈없이 손질되었고 눈썹은 숯처럼 검었다. 가게 주인은 그가 고위 층 인사임을 단번에 짐작했다. 남자가 얼굴에 부드러운 미소를 지으며 물었다.

"그런데… 그 불쌍한 고양이는 어쩌하실 겁니까? 설마 죽이시지는 않겠지요?"

"글쎄요…… 이놈이 훔쳐 간 생선이 한두 마리가 아닙니다. 손해도 손해려니와 왠지 재수없고 께름칙한 느낌이 들어서 말이에요. 이놈이 나타나고부터 장사가 영 신통치 않거든요."

"훗… 그 말은 결국 죽이겠다는 말처럼 들리는데요?"

대머리 생선 가게 주인은 대답 대신 어깨를 으쓱하며 웃었다. 고양이는 둘의 대화를 알아듣기라도 한 듯이 올가미에서 벗어나려고 발버둥을 쳤다. 남자는 안 주머니에서 가죽 지갑을 꺼냈다. 가게 주인은 그의 지갑에 새겨진 페라가모 상표를 눈여겨보았다.

"자, 내가 그 고양이를 사겠습니다. 어떻습니까, 이 정도 가격이면 파시겠습니까?"

가게 주인은 고액권을 보자 장사꾼의 본능이 뱀처럼 대가리를 들고 일어났지만 흥정을 하고픈 욕구를 꾸욱 눌렀다. 검은 정장의 남자는 왠지 위험해 보였기 때문이다. 그는 지폐를 먼저 받아 들고 고양이를 남자에게 내밀었다.

"여기 있습니다. 근데 이런 도둑고양이를 어디다 쓰시려구요? 이런 놈은 사람에게 정 붙이기도 힘들고 집 밖으로 뛰쳐나가기 일쑤입니다."

"하하… 상관없습니다. 이놈 목숨 구해주려고 산 거니까요."

"아, 네… 뭐 제가 간섭할 일은 아니지만, 제발 이 근처에서는 풀어놓지 마세요. 또다시 저희 가게 생선을 훔친다면 그땐 정말 가만두지 않을 겁니다."

"후후후… 걱정 마세요. 저희 집은 여기서 많이 떨어져 있습니다."

남자는 고양이를 품에 안고 목덜미를 쓰다듬고 있었다. 고양이는 눈을 지그시 감고 갸르륵갸르륵 소리를 내면서 남자에게 완전한 신뢰감과 안도감을 표시했다. 남자는 고양이를 안고 어둠 속으로 걸어 들어갔다.

어두운 골목길을 이리저리 배회하는 듯하던 남자는 다시 대로변으로 빠져나왔다. 한적한 곳으로 이동하더니 맨홀 뚜껑 위에 서는 남자.

덜컹.

맨홀 뚜껑이 뒤집어지는가 싶더니 고양이를 안은 남자의 모습이 사라졌다.

팬더 마왕 앙꼬르는 가죽 의자에 깊숙이 몸을 파묻고 벽면의 대형 모니터를 응시하고 있었다. 모니터에는 중국 대륙의 지도가 나타나 있고 곳곳에 빨간 불이 점멸하고 있다. 경호실장 여상이 고양이를 안고 나타나자 앙꼬르는 기다렸다는 듯이 말했다.

"소요 사태가 진정될 기미를 보이지 않는군. 아무래도 계엄령을 다시 선포해야겠어."

"고양이 사 왔습니다."

여상은 엉뚱한 대답과 함께 씨익 웃었다. 앙꼬르는 대나무를 우적우적 씹으면서 그에게 물었다.

"묘귀 정도로 놈들을 막을 수 있겠어?"

"청룡 메이린은 막을 수 있습니다. 지난번에 홍콩에서 싸워보니 도력이 그다지 높지 않더군요. 승천한 지 얼마 되지 않은 신참내기가 틀림없어요."

"음… 나머지 놈들은 어떡하지?"

"너구리야 별거 아니니 걱정하실 필요 없지요. 그리고 진진은…….."

여상은 말꼬리를 흐리며 잠시 무언가를 생각하는 듯하더니 팬더 마왕을 돌아보며 말했다.

"진진은 제가 상대할 수 있는 수준이 아닙니다. 어차피 마왕님께서 직접 상대해야 할 운명의 팬더…….."

앙꼬르는 이빨을 드러내며 눈에서 살의를 내뿜었다.

"진진… 그놈이 나타나면 봉인을 풀 것이다…….."

여상은 왠지 두려운 표정을 지으며 고개를 끄덕였다. 팬더 마왕은 침묵한 채 생각에 잠기고, 여상은 그를 남겨두고 자신만의 밀실로 향했다.

팬더 마왕 앙꼬르의 집무실과 붙어 있는 경호실장 여상의 밀실은 특이한 구조로 되어 있었다. 바닥은 둥그런 원형이고 천장도 반구를 엎어놓은 형상인데, 벽면을 360도 빙 둘러싸고 있는 서가에는 먼지 쌓인 고서들이 빽빽이 꽂혀 있다. 여상은 바닥에 붉은 잉크로 그려진 마법진 위에 고양이를 올려놓았다. 그는 책상 서랍을 뒤적이더니 조그만 방울이 달린 애완 동물 목걸이를 찾아냈다.

"후후후…… 긴장하지 마라. 금방 끝날 테니."

고양이는 자신의 목숨을 구해준 은인에게서 난데없는 살의(殺意)를 감지하고 온몸의 털을 곤두세웠다. 왼손에 방울을 들고 다른 손으로 자신의 목줄기를 잡으려는 인간의 손등을 확 할퀴어 버리는 고양이.

"아얏!"

여상은 반사적으로 손을 빼면서 콧잔등을 찡그렸다. 손등 위에 붉은 줄이 수평으로 그어져 있었다.

"이 녀석이!"

그의 잘생긴 얼굴이 분노로 일그러지자 지옥에서 튀어나온 야차보다도 험상궂은 인상이 되었다. 그는 번개처럼 손을 뻗어 고양이의 목을 움켜잡고는 엄지로 급소를 눌렀다. 고양이는 이내 힘이 빠져 사지를 축 늘어뜨리고는 숨만 할딱거렸다. 여상은 다른 손으로 재빨리 방울을 목에 채우고는 마법진 안에 다시 고양이를 던져 넣었다.

"옴 사바스하 마하스바 수라바야 야마라난타……."

여상의 주문을 외우기 시작하자 고양이는 사지를 뒤틀며 괴로워했다. 마법진 경계 부위에 짜여진 투명한 결계가 밖으로 빠져나가려고 발버둥 치는 고양이를 가두었다. 주문이 절정에 이르자 고양이는 머리를 부르르 떨더니 발톱으로 바닥을 긁으며 절명했다. 고양이가 죽어가는 동안 목의 방울이 한동안 딸랑딸랑 소리를 내며 요란하게 흔들렸다.

"아마스바 야마라난타 스라바…… 끝났군."

여상은 만면에 미소를 머금고 마법진 안으로 들어가더니 죽은 고양이를 들어 올렸다. 목에 걸린 방울을 자세히 들여다보던 여상은 만족스럽다는 듯이 크게 외쳤다.

"크하하! 성공이다! 고양이의 영이 방울 안으로 들어갔다!"

그는 순간 이상한 기운을 감지하고는 주머니에서 수정 구슬을 꺼냈다. 그가 부리부리한 눈으로 구슬을 노려보자 뿌옇게 이미지가 형성되었다. 강물 속에서 구불텅구불텅 헤엄을 치고 있는 거대한 청룡의 모습이었다. 여상의 얼굴에 엷은 미소가 떠올랐다.

검은 양복을 입은 사내 수십여 명이 무리 지어 강가를 배회하고 있었다. 그들은 하나같이 어깨가 떡 벌어지고 인상이 험상궂어 폭력이 생업임을 간접적으로 말해 주었다. 그들 중 하나가 성가신 듯한 목소리로 투덜거렸다.

"쳇… 이 장소가 맞긴 맞는 거야? 용신은커녕 지렁이 한 마리 안 올라오잖아."

"조금만 더 기다려 보자고. 여상님의 말로는 강을 거슬러 올라온 청룡이 여기서 뭍으로 나올 거라고 했어."

"도대체 언제 나오는 건데? 점심도 못 먹고 아침부터 이게 뭐 하는 짓이냐고! 다 먹고 살자고 하는 일인데 우선 배부터 좀 채우자고!"

"네 말이 맞다. 우선 배부터 채우고 보자."

"어?"

투덜거리던 검은 양복의 사내는 목덜미에 훅 하고 끼쳐 오는 뜨거운 입김과 낯선 목소리에 놀라 뒤를 돌아보았다. 그는 다리가 풀리면서 힘없이 주저앉았다. 거대한 청룡이 입맛을 쩝쩝 다시며 자신을 내려다보고 있었던 것이다.

"히에에엑……"

비명조차 목구멍으로 기어들어 가는데 청룡이 입을 쩌억 벌리더니 냉큼 검은 양복의 사내를 집어 삼켰다.

"꺼억~"

배가 불룩해진 청룡은 트림까지 거나하게 하더니 용의 수염을 움직여 이빨을 쑤셨다. 자신의 동료가 순식간에 청룡의 간식거리가 된 광경을 목격한 사내들은 일제히 무기를 뽑아 들었다.

"으아아~ 용신이다! 무조건 갈겨!"

맨 앞에 선 사내가 베레타 권총을 연사하자 다른 화기들도 잇따라 불을 뿜었다.

"캬오오오오—"

청룡이 괴성을 지르며 몸을 수직으로 세웠다. 사내들은 현대 무기가 용신에게 통하는 줄로 착각하고 기세등등, 탄창을 갈아 끼워가며 연사했다. 가까이서 베레타 권총을 쏘아대던 사내는 눈을 크게 치뜨더니 사격을 멈췄다. 청룡의 단단한 비늘이 총알을 모두 막아내고 있었다. 수직으로 섰던 청룡의 몸통이 에스 자로 구부러지고 있었다.

"으아아아! 모두 피해!"

청룡의 거대한 몸체가 용수철처럼 튀어나오며 검은 양복의 무리들을 휩쓸고 지나가자, 거구의 몸뚱이들이 마치 성냥개비처럼 공중으로 튀어 올랐다.

용신은 적진을 한바탕 휘젓고 나더니 뱀처럼 똬리를 틀어서 앉았다. 하늘로 솟아올랐던 사내들이 우박처럼 후두두 떨어져 땅바닥에 처박혔다.

"역시 용은 강하군……."

청룡은 낮고 굵은 목소리에 흠칫 놀라 고개를 돌렸다. 시답잖은 무기로 덤벼들던 사내들과는 차원이 다른 파장이 느껴졌다. 차이나 칼라 정장을 말쑥하게 차려입은 여상이 빙그레 웃으며 청룡을 향해 손짓했다.

"또 만났군, 메이린."

"캬악!"

메이린의 수염이 사납게 물결쳤다. 그녀는 크고 날카로운 이빨 사이로 붉은 헛바닥을 널름거리며 분한 목소리로 말했다.

"네 이놈… 지난번에 나를 리본 모양으로 묶어버렸겠다!"

"크크크… 용 묶기는 내 장기야, 메이린."

"캬아아아! 죽여 버리겠다!"

용신이 대노하여 필살의 기세로 달려들자 여상은 풀쩍 뛰어 하늘로 솟구쳤다. 여상을 따라 하늘로 비상하던 청룡은 허공을 가르고 지상으로 내려왔다. 메이린은 무시무시한 두 눈을 사방으로 굴리며 여상을 찾았지만 이미 팬더 마왕의 경호실장은 자취를 감췄다. 뒤이어 들려오는 섬뜩한 짐승의 울음소리.

야우우우웅—

그녀는 온몸의 비늘이 수직으로 곤두서는 것을 느꼈다.

"이게 웬 고양이 울음소리야?"

새끼 구렁이 시절 들고양이들에게 학대를 받았던 기억이 남아 있는 그녀는 고양이 울음소리에 공포심이 풍선처럼 부풀었다. 몸체를 뒤틀어 이동시키면서 뒤쪽을 쳐다보니 거대한 그림자가 하늘을 가리고 서 있었다. 그림자의 뒤쪽에는 메이린의 몸 전체 길이보다도 긴 꼬리가 허공을 천천히 휘저었다. 곤두선 메이린의 비늘들이 바르르 진동하며 요란한 소리를 냈다.

"이럴 수가… 저건… 고양이?"

삼각형의 뾰족한 귀와 긴 수염, 동그랗게 치뜬 눈과 날렵한 허리…… 어디선가 나타난 잿빛 고양이의 모습은 평범한 어느 고양이들과 다르지 않았다. 청룡을 내려다볼 만큼 거대한 몸체를 가지고 있다는 점을 빼면 말이다. 메이린은 심리적으로 압박을 당하고 있었지만 용신으로서의 위엄을 잃지 않으려 애썼다.

"감히 천상 관료인 나를 놀라게 하다니 무엄하구나. 너는 묘귀(猫鬼)인가?"

야우우우웅!

고양이는 대답 대신 메이린에게 향해 총알처럼 날아들었다.

'이런!'

그녀는 반사적으로 몸체를 틀어 고양이의 공격을 피했다. 메이린의 고양이에 대한 공포심은 본능에 가까웠다. 그녀는 거대한 묘귀에게서 멀찌감치 떨어져서 가쁜 숨을 내쉬었다. 채찍 같은 용 수염이 덜덜 떨리고 있었다. 몸통 오른쪽이 몹시 쓰라렸다. 고개를 틀어 내려다보니 고양이 발톱이 할퀸 상처가 길게 나 있고 철판보다 튼튼한 용 비늘이 보기 흉하게 군데군데 벗겨졌다. 메이린은 거대한 입을 열어 포효했다.

"크오오오오오!"

용의 울부짖음에 대기가 진동하고 구름이 움직였다. 이내 먹장구름이 몰려오더니 사위가 밤처럼 어두워지고 번개가 치며 장대비가 내렸다. 번쩍번쩍 우르르쾅쾅 하는 뇌우 속에서 몸체를 세우고 수염을 휘날리며 고막 찢어지는 소리로 포효하는 용신의 모습은 보통 사람이 쳐다보기라도 한다면 금세 까무러칠 정도로 무시무시했지만 묘귀는 어둠 속에서 귀기(鬼氣) 서린 눈동자를 반짝거릴 뿐이었다.

"감히 천상 관료의 몸에 생채기를 내다니! 네가 정녕 지옥불에 떨어지고 싶은 게냐!"

용들은 대개 구렁이, 개구리, 잉어, 지렁이, 미꾸라지 등 하찮은 미물 출신이었지만 어마어마한 경쟁률을 뚫고 천상 관료가 되었기에 자존심이 대단했다. 메이린 역시 고양이에 대한 공포를 승천 고시 합격자의 자존심으로 극복하며 큰소리를 치고 있었다.

야우우우웅!

하지만 묘귀는 용신의 말을 알아듣지 못하는지 소름 끼치는 울음소리를 내며 다시 달려들고 있었다. 부드럽고 힘있는 고양이의 몸은 죽어서도 그대로였다. 묘귀는 사뿐사뿐 지면 위를 미끄러지듯이 달려 금세 메이린의 코앞까지 압박해 들어왔다. 용신은 공중으로 비상하여 도망치려 했다.

야웅!

묘귀는 놀라운 도약력을 보여주었다. 백여 미터나 점프해 용신의 배를 할퀴고 날카로운 이빨로 목덜미를 덥석 물었다.

"크오오오오오오!"

용신은 맹렬하게 몸을 흔들었지만 묘귀는 꽉다문 주둥이를 열지 않았다. 몸을 격렬하게 흔들수록 고양이 이빨은 더 깊숙이 살 속으로 파고들었다. 묘귀의 이빨은 음독(陰毒)과 냉기(冷氣)가 가득해 용신의 정(精), 기(氣), 신(神)을 상하게 하고 있었다. 메이린은 정신이 흩어지면서 발톱으로 움켜쥔 여의주를 떨어뜨렸다. 여의주를 잃은 용은 맥을 잃고 고양이에게 물린 채 몸체를 축 늘어뜨렸다. 묘귀는 용사불성(龍事不省)이 된 청룡을 입에 물고 사뿐히 바닥에 내려앉았다.

"쿠쿠쿠… 청룡도 별거 아니군. 겨우 고양이 귀신 따위에 굴복하다니."

메이린은 귓가에 들려오는 여상의 목소리에 눈을 떴다. 맹렬한 증오심이 혼미한 정신을 하나로 모아주었다. 어느새 메이린의 머리맡에 선 여상은 그녀를 내려다보며 냉소를 띠고 있었다.

"네 이놈! 감히 나에게 이런 짓을! 물어뜯어 죽이겠다!"

청룡의 이빨이 허공에서 딱 하고 부딪쳤다. 메이린은 몸을 바둥거려 보았지만 여상에게 한 치도 다가갈 수 없었다. 그녀는 그제야 묘귀가 거대한 발톱으로 자신의 몸통을 찍어 누르고 있음을 깨달았다. 용의 수염이 여상의 발목을 휘감더니 사정없이 조여들었다. 보통 인간이라면 발목뼈가 으스러졌겠지만 여상은 눈 하나 깜짝하지 않았다. 그의 입가에 엷은 조소가 떠올랐다.

"내 지금부터 용신이 경험할 수 있는 최대의 치욕을 너에게 안겨주겠다."

여상은 양쪽 손바닥을 쫘악 펴더니 엄지손가락을 얼굴의 양 옆으로 가져갔다. 메이린의 눈에 경악과 분노가 교차하고 있었다.

"아악! 안 돼! 제발 그것만은 하지 말아줘! 제발!"

"쿠쿠쿠쿠… 난 누가 하지 말래면 더 하고 싶어지거든."

그는 엄지손가락을 양쪽 보조개에 바짝 붙이더니 손바닥을 교대로 팔랑거렸다. 그리고 입으로는 어린애 같은 소리를 냈다.

"용용 죽겠지[龍龍死]~ 용용 죽겠지[龍龍死]~ 용용 죽겠지[龍龍死]~"

"그…… 그만!"

청룡은 치욕에 못 이겨 피를 토하며 몸을 틀었다. 차라리 혀 깨물고 죽고 싶은 심정이었다. 그녀는 괴로운 심정에 항우가 죽기 전에 지었다는 패장의 시[敗將之詩]를 읊었다.

"아이족팔려(我已足八麗)! 아이창피해(我已蒼皮害)!"

여상은 승리감에 도취해 허리를 뒤로 젖히며 껄껄 웃었다. 하늘은 패룡(敗龍)의 참담한 심정에 동감한 듯 먹구름을 드리우고 요란한 뇌성과 함께 눈물과도 같은 비를 뿌렸다.

"네 이노오오오오옴!"

뇌성을 동반한 호통 소리는 여상을 놀라게 하기에 충분했다. 움찔하고 고개를 드는 순간 눈앞이 하얗게 되면서 온몸의 신경을 태워 버릴 듯한 강렬한 전류가 몸 안으로 들어왔다. 여상은 혼절하여 풀밭에 쓰러졌다가 잠시 후 정신을 차리고 자리에서 일어났다. 묘귀는 뒤로 발랑 넘어져 있고 자신의 몸은 새카맣게 그슬려 있었다. 주위의 풀밭은 동그랗게 원형으로 타버렸고 경계 부분에 아직 불꽃이 남아 있었다. 그는 심호흡을 한 뒤에 옷을 툭툭 털었다.

"내가… 벼락을 맞았군……."

그의 피부는 화상을 입은 것처럼 흉하게 변하고 의복은 상당 부분 타버렸으며 머리는 마이클 잭슨 데뷔 초기의 펑퍼짐한 솜사탕 머리가 되어 있었다.

"그렇다. 네놈이 벼락 맞을 짓을 했기에 내가 벼락을 내렸다. 아직 살아 있다니 놀랍군."

여상은 목소리가 들려온 쪽으로 몸을 틀었다. 금실과 은실로 수놓은 화려한 관복(官服) 차림의 남자가 목에서 피를 흘리는 젊은 여인을 안고 서 있었다. 여상은 그들이 둔갑한 용들이라는 것을 단박에 알아차렸다.

"쿠쿠쿠… 동료를 도우러 천상에서 내려온 또 한 마리의 어리석은 용인가?"

"무엄하구나! 네가 간악한 묘귀술법으로 해친 청룡의 부군이시다!"

"오옷! 그럼 네가 저년의 남편? 크하하하! 용용 커플이라… 재밌군!"

그렇다. 메이린을 안고 서 있는 남자는 7895회 승천고시를 아내와 동반 합격해 화제를 모았던 토종 구렁이 출신의 용신 유승주였다. 메이린은 눈물을 글썽이며 하얀 팔을 남편의 목에 둘렀다.

"여보… 미안해요……. 흑… 오늘 청룡의 명예는 땅에 떨어지고 천상 관직의 권위는 고양이 발 아래 짓밟혔어요."

"진정하구려. 이는 간악한 묘귀술법을 쓴 자의 잘못이지 당신의 잘못이 아니오."

그는 아내를 위로한 뒤 쩌렁쩌렁한 목소리로 여상을 꾸짖었다.

"네 이놈! 묘귀(猫鬼) 저주는 수왕실 외척 독고타(獨孤陀)의 사건 이후 엄하게 금지된 술법이거늘, 네 어찌 이런 사술(邪術)을 부려 용신(龍神)을 해하는가!"

"쿠쿠쿠쿠… 고양이 발톱에 꼼짝 못하는 용이라면 신(神)이라는 호칭이 아깝지 않을까?"

여상의 발칙한 발언에 꼭지가 돌아버린 승주는 그를 철저히 응징하기로 마음먹었다. 우선 상처 입은 아내를 회복시켜야 했기에 주머니에서 여의주를 꺼냈다.

"여보, 이거 받고 기운 차려요."

"어머나. 이건… 수석황룡(首席黃龍)들이 쓰는 전시여의주(戰時如意珠)가 아닌가요? 이런 귀한 걸 어찌……."

"내 당신이 고전하는 걸 보고 총무 대신에게 간청하여 관재 창고에서 꺼내 왔소. 어서 받으시오."

메이린은 피처럼 붉은 기운이 도는 여의주를 오른손으로 꼬옥 쥐었다. 알 수 없는 기운이 몸 안으로 퍼져 들어왔다. 고양이에게 물린 상처가 금세 아물고 다리에 힘이 들어가기 시작했다. 메이린은 남편의 부축을 받으며 몸을 일으켜 세웠다.

"여보… 이제 아프지 않아요. 다시 싸울 수 있을 것 같아요."

"그래요. 쌍용(雙龍) 모드로 들어갑시다."

메이린과 승주는 다정하게 손을 맞잡고 여상에게 외쳤다.

"여상! 용신에게 도전한 죄로 너의 목숨을 오늘 여기서 빼앗으리라!"

두 용신의 추상 같은 호령에도 눈 하나 깜짝하지 않는 웅묘 왕국 경호실장 여상.

"쿠쿠쿠… 그래그래… 먼저 네놈들이 묘귀를 꺾는다면 말이지."

"뭐라고?"

승주는 등짝에서 타는 듯한 통증을 느끼고 앞으로 고꾸라졌다. 마치 불에 달군 인두로 피부를 지지는 것 같은 통증이었다.

"크으으윽……."

"여보!"

메이린은 쓰러진 남편을 부축했다. 그의 등에는 대각선으로 길게 상처가 났다. 승주는 고통을 삼키며 자신을 공격했던 존재를 올려다보았다. 털이 보기 흉하게 그슬린 잿빛 고양이가 붉은 혀로 입 주위를 싹 닦으며 자신을 노려보고 있었다. 날카로운 발톱에는 승주의 찢어진 관복이 너덜거리며 걸려 있다.

"벼락 맞고 쓰러졌던 묘귀가 기(氣)를 회복했군."

"여보, 먼저 저 고양이부터 쓰러뜨려야 해요."

"그래야겠군. 둔갑 풀어요."

"네."

부부의 몸이 팽창하더니 순식간에 거대한 청룡의 몸체로 변신했다. 승주와 메이린은 서로의 몸체를 섞으면서 수직으로 회전 승천했다. 묘귀도

이를 알아채고 발톱을 세워 뛰어올랐다. 쌍용과 묘귀가 공중에서 격돌하자 천지가 진동하고 구름이 갈라지며 번개가 가지를 치며 내려왔다.

야우우우웅…….

묘귀는 발톱이 부러지는 중상을 입고 지상에 내려왔다. 고양이 울음소리만 듣고도 위축되던 메이린과는 달리 두 부부가 나선형으로 꼬인 쌍용은 그 어떤 잡귀도 감히 범접할 수 없는 위엄이 느껴졌다. 쌍용은 몸을 회전시키면서 총알처럼 빠른 속도로 묘귀에게 날아갔다.

"쌍용 드릴!"

묘귀는 앞발을 들어 막아보았지만 송판으로 전기 드릴을 막는 형국이었다. 앞발을 뚫고 복부에 꽂힌 쌍용은 회전 속도를 더욱 높이더니 묘귀의 등판을 뚫고 나왔다. 복부를 관통당한 묘귀는 자신의 배에 뚫린 구멍을 허망하게 바라보다가 풀썩 쓰러졌다. 이를 지켜보던 여상은 난처한 표정으로 중얼거렸다.

"아이고… 저것들이 부창부수(夫唱婦隨)로구나……."

묘귀를 제압한 쌍용은 더욱 기세가 올라 팔짱 끼고 관전 중이던 여상에게로 방향을 틀었다.

"쌍용 드릴!"

여상은 이에 전혀 위축되지 않고 손가락을 모아 세우더니 차분히 주문을 외웠다.

"용격방호막(龍擊防護幕)!"

회전하는 쌍용이 여상의 몸에 구멍을 내기 직전에 불그스름한 방호막이 나타났다. 방호막과 쌍용이 추돌하는 순간 맹렬한 불꽃과 함께 고막을 찢는 굉음이 터져 나왔다. 뒤로 물러선 쌍용은 나선형의 꼬임을 풀고 자신들을 막아낸 여상의 방호막을 물끄러미 쳐다보았다. 이빨이 부러지고 입술 부위가 찢긴 메이린은 길고 붉은 혀로 상처 부위를 핥았다.

"여보, 용의 공격을 막아내는 마법 방호벽이에요."

"음…… 그렇다면 다른 걸 보내봅시다. 우리 용들의 필살기가 있지 않소."

"아! 그렇군요. 그거라면……."

용 부부는 좀 더 높이 날아오르더니 서로의 꼬리를 물었다. 남편은 아내의 꼬리를 물고 아내는 남편을 꼬리를 물고 서서히 회전하는 모습이 자못 신비로웠다. 이를 지켜보던 여상은 붉은 방호막 뒤에서 능청스럽게 웃었다.

"우히히히히… 지금 뭐 하는 거냐? 구강성교(口腔性交)하는 거냐? 저런 변태룡(變態龍)들을 봤나! 크헬헬헬……."

용들의 회전은 점차 가속도가 붙더니 이내 눈에 보이지도 않을 만큼 빠르게 회전하고 있었다. 마치 세탁조가 탈수 회전하는 것처럼 맹렬하게 돌았다. 여상은 이를 보고 정신 못 차리게 낄낄대고 웃었는데, 어느 순간 원의 중심에서 커다란 동물의 형상이 튀어나왔다. 여상은 눈을 크게 뜨고 자신을 향해 달려오는 에너지의 형상을 자세히 살폈다.

"으엑? 저… 저건… 코뿔소?"

날카롭게 솟은 뿔을 앞세우고 육중한 네 다리를 움직여 전차처럼 달려오는 동물은 분명 코뿔소였다. 푸르스름한 청룡의 기(氣)가 코뿔소의 형상을 띠고 맹렬하게 달려오고 있는 것이었다. 코뿔소는 붉은 방호막을 깨뜨리고 그대로 여상의 몸을 받아버렸다.

"크아아아악!"

여상의 몸은 열 길이나 솟아올랐다가 땅바닥에 처박혔다. 임무를 완수한 코뿔소의 형상이 점차 흩어지고 있었다. 여상은 부러진 갈비뼈가 폐를 찌르는 중상을 입었다. 그는 입에서 주르륵 피를 흘리며 고개를 들었다. 두 마리의 용 부부는 어느새 인간 남녀의 모습으로 변해 죽어가는 그를 내려다보고 있었다. 여상은 가까스로 입술을 달싹여 물어보았다.

"쿨럭… 하나만 물어보자……. 방금 쓴 기술이… 뭐였냐?"

승주가 아내를 꼬옥 껴안으며 말했다.

"우리 용 부부의 필살기…… 쌍용 무쏘다."

"허걱… 쌍용 무쏘…… 정말 무서운 기술이었다……."

여상은 경호실장으로서의 소임을 다하지 못함을 안타까워하며 숨을 거뒀다. 여상의 숨통이 끊어진 것을 확인한 승주와 메이린은 쓰러져 있는 묘귀에게로 다가갔다. 비록 배에 구멍이 뚫리는 중상을 입긴 했지만 이미 한번 죽었던 영혼인지라 혼백이 흩어지지 않고 고양이의 형상을 유지하고 있었다. 기가 상당 부분 빠져나간 묘귀는 조그마한 크기로 줄어들은 채 야옹거렸다. 메이린이 애달픈 심정에 고양이를 쓰다듬자 녀석은 털을 다리에 부비며 울었다.

"여보… 이 고양이 너무 불쌍해요. 여상의 술법에 걸려 묘귀가 되었지만 원래는 착한 짐승이었을 거예요."

"음… 아무래도 이 방울에 혼이 갇혀 있는 듯하오."

승주는 고양이 목에 걸려 있는 금빛 방울을 가리켰다. 그는 방울을 목에서 떼어내더니 한 손으로 힘을 주었다. 쩽 소리와 함께 방울에 금이 가더니 금세 산산조각이 나버렸다. 여상은 방울이 없어진 고양이의 목을 찬찬히 쓰다듬었다.

"이제 넌 자유다. 네가 가고 싶은 곳으로 가려무나."

야우우우웅~

고양이의 혼은 고맙다는 듯이 절을 하더니 공중으로 휙 날아올랐다. 고양이는 허공에서 쥐 잡듯이 뛰어다니더니 이내 어디론가로 사라져 버렸다. 승주와 메이린은 서로 다정히 껴안은 채 고양이가 사라진 공간을 따뜻한 시선으로 바라보았다. 승주는 메이린의 손을 꼬옥 잡으면서 애원하는 얼굴로 말했다.

"당신 고생이 많았구려. 이제 그만 우리의 근무처로 돌아갑시다."

"하지만 여보, 아직 음양의 조화를 되찾는 일이 끝나지 않았어요."

"음… 당신이 할 일은 이미 끝난 거요. 팬더 마왕의 일은 진진이 매듭 지어야 하오. 당신이 나설 일이 아니니 이제 그만 갑시다."

"걱정되네요. 진진이 혼자 잘해낼 수 있을까요?"

"물론. 이 모든 혼돈의 시작이 바로 진진으로부터 비롯된 것이기에 진진에게 맡겨두려는 것이오. 이건 옥황상제의 뜻이기도 하오."

"알겠어요. 그럼 이만 가요."

잠시 후 청룡 두 마리가 베이징 하늘을 뒤덮으며 날아오르더니 하얀 구름 속으로 사라졌다. 이를 목격한 베이징 시민은 극히 드물었다.

평생 물고기만 잡으며 살아온 어부 채문탁과 독고달은 서로 부둥켜 안고 덜덜 떨고 있었다. 바람 한 점 없고, 파도는 잔잔하고, 어선은 아무런 고장 없이 잘 나아가고 있었지만 지금 그들을 두렵게 하는 것은 일상적인 어부들의 적이 아니었다. 그것은 거대한 거미였다. 여덟 개의 다리에는 흉한 털이 숭숭 나 있고 날카로운 독 이빨이 섬뜩하게 반짝였다. 이 정체를 알 수 없는 거미는 뚱뚱한 배에서 실을 뽑아내면서 허공에 거미집을 짓고 있었다.

"으으… 도대체 바다 한가운데에 웬 거미지?"

"그러게…… 허공에다 거미집을 쳐서 뭐 어쩌자는 거야?"

"악!"

"왜 그러나?"

"저건 또 웬 고양이야!"

어선 크기의 거미에 놀란 어부들은 또다시 집채만한 고양이의 등장에 놀라야 했다. 고양이는 두 앞발을 들고 서더니 허공의 거미집을 뜯어냈다. 그리고 거미집을 바닷물 속에 깊숙이 담그더니 다시 건져 올리는 게 아닌가. 놀랍게도 거미줄 위에서는 큼지막한 물고기 수천 마리가 펄떡거리고 있었다. 고양이는 물고기를 보더니 기분이 좋아져서 씨익 웃었다. 그리고는 흥겹게 노래를 불렀다.

"두 번 다시 생선 가게 털지 않아~ 서럽게 울던 날들 나는 외톨이라네~"

두 어부는 어리둥절하여 서로의 얼굴을 쳐다보며 허탈하게 웃었다.

"뭐지, 저 이상한 고양이는?"

"글쎄… 근데 꽤 낭만적인 고양인걸."

고양이는 조그만 어선 따위는 신경 쓰지 않고 계속 고기를 잡으며 노래했다.

"이젠 바다로 떠날 거예요~ 더 자유롭게~ 거미로 그물 쳐서 물고기 잡으러~"

어부들은 고양이에 대한 공포가 어느 정도 수그러들자 자신들의 할 일을 시작했다. 그들은 이상한 일도 다 있다며 수근거릴 뿐, 억울한 죽임을 당해 묘귀가 되었다가 자유를 되찾게 된 고양이의 사연에 대해서는 짐작조차 하지 못했다.

제10장
팬더 최후의 일전

　이태리 산 가죽 의자에 파묻혀 심각한 표정으로 한없이 침묵하던 팬더 마왕 앙꼬르가 드디어 입을 열었다.

　"진진이 가까이 왔다."

　"그걸… 어찌 아십니까?"

　아리랑 백작의 양성(兩性) 얼굴이 제각기 놀라며 물었다. 표정 변화가 심해 여자 얼굴 쪽에 칠한 파우더가 조금 떨어졌다.

　"그냥 안다. 온몸의 세포 하나하나가 느끼고 있어. 결전의 날이 가까워졌음을!"

　죽림칠현 잔당 중 하나가 두려운 얼굴로 물었다.

　"추봉근도… 왔을까요?"

　막씨 움 브이에게 많은 형제들을 빼앗긴 지상과 요상에게는 봉근이 더욱 무서운 존재였다.

"그런 인간 따위야 오든 말든 상관 안 한다."

앙꼬르는 가죽 의자에 묻힌 몸을 천천히 빼내며 날카로운 이빨을 드러냈다.

"봉인을 풀어야겠다."

"봉인… 이라고요? 그게 무슨 말씀입니까?"

앙꼬르는 어이없다는 얼굴로 백작을 쳐다보다가 이내 알았다는 듯 고개를 끄덕였다. 봉인의 비밀을 알고 있는 자는 청룡에게 죽임을 당한 경호실장 여상뿐이었다.

"내가 고비 사막에서 연구원들에게 모르모트 취급을 받고 있을 때 이야기다. 그들은 날 가지고 갖가지 괴상한 실험을 하던 중에 내가 가진 거대한 잠재력을 발견했어. 이 세상을 멸망시킬 수 있을 만큼 엄청난 양의 에너지가 내 몸속에 잠들어 있다는 걸 알게 된 거지. 그들은 내가 두려웠다. 그래서 수술대에 눕혀놓고 척추에 마이크로 칩을 삽입했다. 일부 전기 신호를 제어함으로써 내가 잠재력을 끌어올리지 못하게 한 거지. 그래도 안심이 되지 않았던 연구소장은 날 커다란 냉장고에 넣고 얼려 버렸다. 난 마치 얼음 속에 갇힌 맘모스처럼 오랜 세월을 견뎌왔던 거다."

오늘따라 침착해 보이는 아리랑 백작이 조용한 목소리로 물었다.

"그…… 마이크로 칩이 봉인이군요."

"맞아. 근데 난 그 봉인을 푸는 방법을 가지고 있다. 크흐흐흐흐……."

앙꼬르는 품속에서 낡은 편지 봉투 하나를 꺼내 들었다. 봉투는 테이프로 단단히 봉해져 있었다.

"이건 고비 사막 연구소의 두터운 금고 속에 보관되어 있던 거다.

지난달에 폐허로 변한 연구소에서 솜씨 좋은 도둑이 금고를 따고 꺼내 온 거지."

앙꼬르가 편지 봉투에 앞발을 가까이 가져가자 발톱 하나가 쑤욱 솟아났다. 그는 마치 칼끝처럼 변한 발톱을 봉투 속에 찔러 넣고 횡으로 그었다. 봉투는 소리없이 갈라진 틈으로 조갯살처럼 하얀 속을 내보였다. 앙꼬는 긴장되는 얼굴로 속지를 꺼냈다. 종이 맨 윗단에는 20포인트 크기의 제목이 쓰여져 있다.

§ 앙꼬르의 봉인을 푸는 법 §

앙꼬르가 기대감에 부풀어 아래쪽을 읽어보려는 순간, 그의 얼굴이 짜증으로 일그러졌다. 봉인을 푸는 방법이 회색 빛 도료 같은 것으로 덮여져 있었다. 맨 아랫단에는 작은 글씨로 친절한 안내문이 써 있었다.

※ 동전으로 긁어내시오.

팬더 마왕 앙꼬르는 발톱을 세워 도료를 긁어내며 짜증을 냈다.
"크악! 뭐냐, 이거! 즉석 복권도 아니고……."
맨 위의 회색 사각형을 긁어내자 봉인을 푸는 첫 단계가 나타났다.

① BOA

앙꼬르는 발톱으로 머리통을 긁었다. 이게 무슨 뜻일까. 아리랑 백작이 손바닥을 비비며 참견했다.

"뱅크 오브 아메리카 아닐까요? 은행을 털라는 말일지도……."

지상이 고개를 도리도리 저으며 말을 끊었다.

"그건 뱀이에요. 어린왕자도 안 읽었어요? 코끼리를 통째로 삼키는 무서운 뱀이잖아요."

하지만 앙꼬르가 두 번째 사각형을 긁어내면서 백작과 지상은 자신들의 추측이 모두 틀렸음을 깨달았다.

② No.1

도통 짐작할 수 없는 수수께끼였지만 적어도 은행이나 뱀은 아니었다. 앙꼬르는 더 이상 생각하지 않고 과감히 세 번째 사각형을 긁었다.

③ DDR

고개를 갸웃거리던 팬더들과 아리랑 백작은 이제야 뭔가 좀 알겠다는 표정들이었다. 네 번째 사각형을 긁고 있는 앙꼬르.

④ Sing & Dance

네 번째 단서를 확인한 그들은 이제 모든 걸 이해한 듯한 얼굴로 고개를 끄덕거렸다. 아리랑 백작은 인터폰으로 부하들에게 무언가를 열심히 지시하기 시작했다. 앙꼬르는 매우 난감한 표정으로 고개를 절레절레 흔들었다.

검정 양복을 입은 부하들은 낑낑대며 무거운 DDR 기계를 들여놓았다. 전원을 연결한 뒤 곡명을 보아의 '넘버 원'으로 맞췄다. 앙꼬르는 뚱뚱한 팬더의 몸뚱이를 헐렁한 힙합 바지와 셔츠로 감싸고 노란 캡모자를 뒤로 돌려쓴 채 탐탁지 않은 얼굴로 기계 위에 올라섰다. 그들이 해석한 봉인 해제 방법은 '보아의 넘버 원을 따라 부르면서 DDR 기계 위에서 춤을 춘다'였다. 반주가 시작되더니 곧 이어 네 방향을 제각각 가리키는 화살표가 어지럽게 올라왔다. 앙꼬르는 엉덩이를 씰룩거리면서 춤을 추기 시작했다. 입으로는 되지도 않는 노래를 꽥꽥 질러댔다.

"어둠 속에 니 얼굴 보다가 나도 몰래 눈물이 흘렀어~"

빠른 댄스 곡이라서 따라 하기에 팬더의 운동 신경은 너무 둔했다. 앙꼬르는 엉뚱한 방향 키를 계속 밟아대다가 버럭 성질을 냈다.

"크악! 짜증나! 뭐가 이리 까다로운 거야!"

그는 앞발을 들어 올리더니 DDR 기계의 화면을 내려쳤다. 폭음과 함께 터져 버린 브라운관에서 폭죽 같은 불꽃이 쏟아졌다. 시커멓게 그슬린 얼굴로 씩씩대는 앙꼬르의 모습이 악귀처럼 무서웠다. 다른 부하들이 파랗게 질린 채 오들오들 떨고 있는 데 반해 아리랑 백작은 매우 태연한 모습이었다. 백작은 부하들에게 다른 기계를 가져오게 하고 앙꼬르를 타일렀다.

"봉인을 풀기 위해서는 가무(歌舞)를 완성해야 합니다. 성공할 때까지 계속하겠습니다."

백작의 냉징한 충고를 받아들인 앙꼬르는 감정을 추스르고 다시 노래와 춤을 시작했다.

"처음 내 사랑 비춰주던~ 너 나의 이별까지 본 거야~ 유 스틸 마이 넘버 원~ 날 찾진 말아줘~ 나의 슬픔 가려줘~ 크아아악!"

두 번째 시도에서도 자신의 순발력 부족과 가창력 미달을 절감한 팬더 마왕은 괴성을 지르며 폭력을 휘둘렀다. 폭발하듯이 퍼져 나간 앙꼬르의 정신파는 DDR 기계의 회로기판을 작살내고 불쌍한 부하들을 벽 쪽으로 날려 보냈다. 아리랑 백작은 만류하는 부하들의 손을 뿌리치고 앙꼬르에게 기어갔다. 입가에 피를 닦으며 섬뜩한 얼굴로 마왕을 닦달하는 백작.

"DDR 계속 하시오……."

백작에게 자극받은 앙꼬르는 세 번째 기계 위에 올라섰다. '음치 마왕'의 악전고투는 계속됐다. 댄스댄스 레볼루션 다섯 대가 추가로 대파되고 엄한 부하 두 명이 마왕 옆에 서 있다가 괜히 두들겨 맞고 대형 유리창이 모조리 깨져 나간 뒤에야 음정이 제대로 잡혀가고 DDR 화살표가 딱딱 맞아 들어가고 있었다. 노래가 절정을 향해 치닫자 지켜보는 이들도 손에 땀을 쥐었다.

"문득 잠든 나의 창에 찾아와~ 그의 안부를 전해줄래~ 나 꿈결 속에서 따뜻한 그 약속 느낄 수 있도록~ 워~"

앙꼬르의 열정적인 스텝에 DDR 기계가 통째로 흔들렸다. 깃발처럼 펄럭이는 헐렁한 셔츠 사이로 팬더의 뱃살이 비어져 나오자 비위가 좋지 못한 부하 몇 놈이 손을 입으로 가져갔다. 넘버 원의 하이라이트 부분을 따라 부르며 앙증맞은 포즈로 스텝을 밟는 팬더 마왕 앙꼬르.

"뚜~ 뚜루룹뚜뜨 뚜루룹뚜뜨~ 뚜루룹뚜 뚜루룹뚜 뚜루룹뚜뚜~"

아리랑 백작도 더 이상 참지 못하고 고개를 돌렸다.

"욱! 귀여운 척하니깐 쏠린다……."

얼마의 시간이 흘렀을까. 사위가 고요해졌다. DDR 기계의 반주 소리도, 발판 두드리는 소리도, 팬더 떡따는 소리도 멈추고 몇몇 부하들의 음식 게우는 소리만 간간이 들렸다. 아리랑 백작은 걱정스러운 얼굴로 팬더 마왕을 내려다보고 있었다. 앙꼬르는 고통의 신음 소리를 속으로 삼키며 바닥을 긁었다. 단단한 콘크리트 바닥에 팬더 발톱 자국이 길게 그어졌다. 앙꼬르는 머리를 쥐어뜯다가 앞발 발톱 사이에 낀 털 뭉치를 보고 놀랐다.

"크윽! 털이 빠진다……."

온몸에서 터럭이 뭉텅뭉텅 빠지고 있었다. 불판 위의 주꾸미처럼 온몸을 뒤틀던 앙꼬르는 얼마 후 백화점 진열대의 통닭처럼 징그러운 살색 팬더가 되어 비틀거리며 일어섰다. 그는 시뻘겋게 핏발 선 눈으로 아리랑 백작을 노려보며 쉰 목소리로 간신히 내뱉었다.

"봉인이… 풀렸다……."

앙꼬르의 비서가 따끈한 차를 쟁반 위에 받쳐 들고 그에게 다가왔다.

"마왕님… 괜찮으십니까?"

앙꼬르는 차의 뜨거운 열기가 뺨에 훅 끼쳐 오자 비서를 향해 콧방귀를 뀌었다.

"킁!"

"까악—"

바위 동굴 같은 콧구멍에서 뿜어져 나오는 폭풍 같은 바람에 가냘픈 여비서는 종이 인형처럼 날아가 버렸다. 대리석 기둥에 충돌한 비서는 두려움에 떨고 있는 부하들 앞에서 눈을 까뒤집고 죽었다. 앙꼬르는 코로 더운 열기를 뿜어내며 씩씩거렸다.

"덥다! 찬물 떠와라."

베이징 시 외곽에 위치한 여인숙. 침대 밑에서 쭈그리고 있던 너구리는 깜짝 놀라 위로 뛰어 올라갔다. 침대에 누워 있던 진진은 소리를 지르며 몸을 뒤척였다. 이마에는 땀방울이 송골송골 맺혔다. 진진은 잠을 잘 때도 인간의 모습으로 자곤 했다. 둔갑이 일상화되어 있는 것이다. 노파의 모습으로 둔갑한 소청이 진진을 흔들어 깨웠다. 진진은 퀭한 눈으로 상체를 일으키더니 멍한 얼굴로 중얼거렸다.

"웅… 악몽을 꿨다……."

"쿵? 무슨 꿈인데? 굶어 죽기라도 했니?"

진진은 대답 대신 침대에서 일어나 주섬주섬 옷가지를 챙겼다. 궁금한 소청이 다그쳐 묻자 진진에게서 좀처럼 보기 힘든 결연한 표정이 스쳐 지나갔다.

"앙꼬르의 마성(魔性)이 눈을 떴어… 지금 당장 자금성으로 가자."

"쿵! 좋았어! 가서 결판을 내자고!"

소청이 덩달아 힘을 냈다. 그녀는 씩씩하게 앞장서 여인숙을 나왔다가 한참 만에 자신이 묵었던 방으로 돌아와야 했다. 혼자 열내서 뛰어가다 보니 진진의 모습이 보이지 않았기 때문이다. 여인숙 주인은 고개를 갸웃거리며 진진이 방에서 나오지 않았다고 말했다. 소청은 불길한 예감과 함께 방문을 열었다. 역시… 그랬구나……. 소청의 예상대로 진진은 침대 위에 누워 코까지 골며 세상모르게 자고 있었다.

"으이구~ 잠탱이. 침대 위에서 내려오기도 전에 또 잠들었구나."

소청은 진진이 아침 잠에서 깨어날 때까지 기다려야 했다.

북경성 중심부에 위치한 자금성(紫禁城)은 15세기 초 명(明)나라의 3대 황제인 영락제가 북경으로 천도할 때 원대(元代) 유적을 기초로 세우기 시작하여 영락(永樂) 18년에 완성한 것으로, 남북으로 긴 장방형을 이루고 있고, 면적 72만 평방 미터에 8백여 개의 궁전과 주각, 9천2백여 개의 방이 있는 거대한 건축물이다. 진진과 소청은 지금 이 중화 문명의 정수 속에 들어와 팬더 마왕의 기(氣)를 탐색하는 중이었다.

"쿵… 앙꼬르가 베이징에 있긴 한 거야? 괜히 헛다리 짚은 거 아냐?"

"웅~ 아니야… 분명 여기 어딘가에 있어. 그것도 이 자금성 주변에."

소청은 고개를 갸웃거렸다. 사람들이 북적대는 이런 관광지에 팬더 마왕의 또 다른 아지트가 있다는 사실이 상식적으로 납득이 가지 않았다. 하지만 진진은 앙꼬르의 소재를 확신하고 있었고, 지금은 차가운 돌 바닥에 귀를 대고 무언가를 들으려 하고 있다. 소청은 그런 진진이 답답했다.

"쿵~ 차가운 돌에 얼굴 대고 자면 입 돌아가. 일어나, 진진."

"웅~ 역시 예상대로 앙꼬르의 은신처는 자금성 지하에 있었어."

"지하에 있다구? 말도 안 돼. 궁성 밑에는 굴을 뚫고 올라오는 침입자를 막기 위해 벽돌이 두텁게 깔려 있는걸."

소청의 말이 끝나기 무섭게 지축이 흔들리고 굉음이 들렸다. 소청은 균형을 잃고 바닥에 엎어지며 두 손으로 땅을 짚었는데 어느새 손이 너구리 발로 변했다. 순간적으로 기(氣)가 약해지면서 둔갑이 풀리고 있었다. 진진은 너구리로 돌아온 소청을 품에 안고 치분한 얼굴로 대화전(太和殿) 쪽을 지켜보았다. 난데없는 지진에 놀란 관광객들이 비명을 지르며 오문(午門) 쪽으로 달려갔다. 진동은 점차 심해졌다. 한없이 견고해 보이기만 하던 돌 바닥이 쩍쩍 갈라지고 태화전 기왓장이 땅에 떨어져 퍽퍽 깨졌다. 겁먹은 너구리가 진진의 품속으로 파고들었다. 갑자기 진동과 소음이 멈췄다. 곧 이어질 재앙을 예고하는 불길한 정적이었다.

"콰콰!"

돌 깨지는 소리가 폭탄 터지는 소리보다 더 요란했다. 돌 가루가 하늘 높이 튀어 올랐다. 벽돌을 뚫고 올라온 허연 물체는 태화전 계단 위로 사뿐히 내려앉았다.

"웅? 뭐지, 저게?"

진진은 눈앞에 나타난 기묘한 생물을 보다 자세히 살펴보기 위해 태화전 쪽으로 걸어갔다. 허연 생물체의 십 미터 앞까지 바짝 다가선 진진은 어이가 없어 입을 벌렸다. 단단한 돌 바닥을 뚫고 올라온 것은 털이 홀랑 벗겨진 살색 팬더였다. 털 빠진 통닭처럼 우스꽝스러운 모습이었다.

"웅~ 누드 팬더다."

"크엑! 이 건방진 둔갑 팬더!"

살색 팬더가 발을 동동 구르며 분해했다. 진진은 그가 앙꼬르임을 단번에 알아보았다. 앙꼬르의 모습이 갑자기 사라져 버리자 진진은 주위를 두리번거렸다.

"웅? 어디 갔지? 누드 팬더 녀석……."

"여기닷!"

진진의 코앞에서 팍 하고 나타난 앙꼬르는 진진의 턱을 향해 묵중한 주먹을 날렸다.

"꾸에엑~"

진진의 몸뚱이가 십 미터나 공중으로 솟구쳤다가 땅으로 떨어졌다.

"아구구구구… 저 녀석 순간 이동을 하네."

진진이 아픈 허리를 어루만지는 동안 앙꼬르는 어느새 태화전 금빛 옥좌에 청나라 황제처럼 앉아 있었다. 그는 한껏 거만한 표정을 지으며 다리를 꼬아서 앉았다.

"둔갑 팬더 진진, 네 명성은 익히 들어서 알고 있었다. 하나 오늘 이렇게 만나고 보니 한갓 허명(虛名)이었음을 알겠구나. 난 너보다 훨씬 강해! 크하하하하!"

왼손으로는 얻어맞은 턱을, 오른손으로는 삐끗한 허리를 두들기며 간신히 일어서는 진진의 모습은 확실히 어설프고 약해 보였다. 하지만 얼굴에는 여유만만한 미소가 가득했고, 이것이 팬더 마왕을 끊임없이 불안하게 만들었다.

"앙꼬르야, 우리 팬더들은 다리가 짧아서 꼬고 앉으면 저리고 힘들어. 폼 잡지 말고 다리 풀어."

"크르르르… 시끄러! 내 맘이다!"

"웅~ 누구처럼 굉장히 다혈질이구나. 내가 전에 변절한 둔갑 팬더들에게도 말했듯이, 느긋함을 잃어버린 팬더는 진정한 팬더라고 말할 수 없어."

"닥쳐! 감히 누구 앞에서 설교냐!"

태화전 지붕을 덮고 있는 붉은 기왓장들이 무중력 공간의 우주인들처럼 한꺼번에 둥실 떠올랐다. 진진은 앙꼬르의 무한한 염력에 감탄했다.

"웅~ 저 녀석, 초능력을 대(竹) 먹듯이 쓰네. 지치지도 않나 봐."

앙꼬르가 입을 한번 씰룩거리자 붉은 기와 수백여 장이 진진을 향해 총알처럼 날아들었다. 진진은 다급하게 주문을 외우면서 북방의 사신(四神) 현무를 불러냈다.

콰콰콰쾅!

기왓장 깨지는 소리가 자금성 전체를 흔들어놓았다. 산산이 부서진 기왓장 파편들 사이로 붉은 먼지가 안개처럼 일어났다. 한줄기 바람이 불어와 붉은 먼지를 걷어내자 거대한 거북을 닮은 현무가 나타났다. 현무는 단단한 등 껍질을 앙꼬르를 향해 세우고 있었다. 현무의 등 뒤에 숨어 있던 진진이 고개를 살짝 내밀었다.

"웅~ 현무야, 괜찮니?"

"그그그그… 괜찮을 리가 없지……. 등 껍질 깨졌나 봐… 너무 아파……."

"웅~ 미안해, 현무야~ 그만 가봐도 돼."

"그그그그… 그럼 난 이만……. 다친 등 껍질 아물 때까지 호출하지 말아줘… 그그그그……."

현무가 신비로운 푸른 안개에 싸여 사라지자 진진의 본격적인 반격이 시작됐다. 태화전 앞 넓은 광장이 새카만 그림자로 뒤덮이더니 그 검은 그림자가 점차 앙꼬르가 앉아 있는 옥좌를 향해 죄어들어 왔다. 앙꼬르는 두 눈을 크게 뜨고 움직이는 음영(陰影)을 자세히 관찰했다. 놀라운 일이었다. 새끼손가락보다도 작은 팬더들이 뒤뚱거리며 자신에게 달려오고 있었던 것이다. 한 놈이 벼룩처럼 뛰어오르더니 앙꼬르의 매끈한 목덜미를 물었다.

"크악! 이놈들 분신이로구나!"

앙꼬르는 앞발을 귀에 붙이고 미간을 찡그렸다. 물결 모양의 파장이 앙꼬르를 중심으로 퍼져 나갔다. 파장이 점차 거세지면서 폭풍처럼 진진의 분신들을 휩쓸고 지나가자 새카만 팬더 터럭들만 방정맞게 날렸다. 앙꼬르의 무서운 정신파였다. 자신의 분신들이 맥없이 나가떨어지자 진진은 기운이 쭉 빠졌다.

"웅…… 팬더 마왕이 세긴 세구나……."

"크르륵! 각오해라, 진진!"

앙꼬르의 정신파가 다시 한 번 진진을 덮쳤다. 얼굴이 부르르 떨리면서 뒤로 땡겨지더니 털이 비죽비죽 솟아 나왔다. 진진은 전신의 기운이 빠지면서 두 손이 팬더의 앞발로 변해가는 걸 지켜봤다.

"웅… 둔갑이 벗겨진다……."

팬더로 변한 진진은 몸이 저절로 하늘을 향해 로켓처럼 솟구쳤다. 앙꼬르의 염력이었다. 바닥으로부터 백 미터쯤 떨어졌을까. 진진은 자신의 몸이 빠른 속도로 낙하하는 걸 느끼고 급히 외쳤다.

"팬더 글라이딩!"

다리와 옆구리 사이에 익막(翼膜)이 생기면서 공기의 저항을 만들었다. 진진은 바닥을 스치듯이 활공하며 똑바로 팬더 마왕에게 날아갔다.

"웅~ 간다~"

"크엑!"

정면으로 충돌한 둔갑 팬더와 살색 팬더는 태극 모양으로 섞인 채 태화전 마루 위에서 요란하게 뒹굴었다. 마룻바닥이 압력을 못 이겨 사방으로 깨져 나갔다. 두 마리의 팬더는 서로 몸이 얽힌 채로 데굴데굴 굴러 태회전 기둥을 들이받고 멈췄다. 보통 짐승이라면 실신할 정도의 충격이었지만 앙꼬르는 이를 악물고 일어섰다. 진진 역시 궁둥이를 툭툭 털고 일어났다.

"웅……."

"크엑……."

두 마리의 팬더는 마치 링 위의 레슬러들처럼 앞발을 마주 잡고 힘을 썼다. 진진이 약간 밀리는가 싶더니 다시 앙꼬르가 주춤주춤 물러서고, 둔갑 팬더가 주저앉는가 싶으면 팬더 마왕이 손목을 꺾어 버둥댔다. 우열을 가릴 수 없는 팬더들의 힘 자랑은 게으른 팬더가 방심하는 사이 야비한 팬더가 정신파를 날리면서 끝이 났다. 앙꼬르의 급작스러운 정신파 공격을 받은 진진은 머리가 깨지는 듯한 두통과 함께 오문(午門) 앞까지 날아가 버렸다. 기진맥진한 진진이 땅을 짚고 일어서려는데 휭하고 공기를 가르는 소리가 나면서 주위가 어두워졌다. 고개를 들어보니 집채만한 바위가 하늘을 뒤덮고 있었다. 비명을 지를 틈도 없이 거대한 바위에 깔려 버리는 진진. 앙꼬르는 거친 숨을 내쉬면서 자신이 염력으로 날려 보낸 바위에 다가갔다. 발톱을 바짝 세우고 긴장하는 팬더 마왕 앙꼬르. 바위를 옆으로 굴려 버리자 머리에 피를 흘리고 누워 있는 팬더가 나타났다.

"둔갑 팬더 진진, 자금성에서 압사(壓死)하다. 쿡쿡쿡……."

앙꼬르는 앙천대소(仰天大笑)하며 통쾌해했다. 너구리 한 마리가 쪼르르 달려와 진진의 얼굴을 핥더니 눈물을 뚝뚝 흘렸다.

"진진! 아악! 안 돼! 진진!"

앙꼬르는 별일을 다 본다는 표정이었다.

"말을 하는 너구리라… 오래 묵었나 보군."

그는 이내 심드렁해져서 발길을 돌렸다. 홍콩으로 돌아가서 아방궁에 숨겨둔 암컷 팬더들이랑 놀아야겠다고 생각했다.

소청은 진진의 비닐 스포츠백을 입에 물고 질질 끌고 왔다. 가방 안을 뒤져서 비단 보자기를 찾아낸 소청은 보자기의 매듭을 물어뜯었다. 붉은색 구슬이 가득했다. 바로 호명산 여우 일족이 뱉어낸 여의주들이었다. 소청은 가장 작은 놈을 골라서 입에 물더니 진진의 벌어진 주둥이 사이에 넣어주었다. 여의주는 삼키지 않았는데도 저절로 진진의 식도를 타고 내려가 위장까지 들어갔다. 숨이 끊어졌던 팬더가 가늘게 호흡을 시작했다. 소청은 조금 큰 여의주를 하나 더 넣어주었다. 숨소리가 더 크고 편안하게 들렸다. 소청은 신이 나서 부지런히 여의주를 물어다 진진의 입 안에 떨어뜨렸다. 붉은 여의주는 마치 살아 있는 것처럼 진진의 몸속으로 파고들었다. 붉은색을 띤 상서로운 기운이 팬더의 몸 전체를 휘감았다. 진진이 붉게 물든 두 눈을 치떴다.

"웅! 나 아직 안 죽었다, 팬더 마왕!"

앙꼬르는 난데없는 호통 소리에 뒤를 돌아보았다. 죽은 줄 알았던 진진이 되살아나 자신에게 걸어오고 있는데, 그 모습이 사뭇 달라져 있었다. 느긋하고 졸린 듯한 눈매에 늘어지는 목소리는 사라지고 부리부리하고 붉은 광채가 도는 눈빛에 쩌렁쩌렁 울리는 호통 소리가 늠름하고 강인해 보였다. 아랫배는 여의주를 잔뜩 삼켜 산처럼 불러 있었다. 앙꼬르는 이런 진진을 보고 경악하여 외쳤다.

"맙소사! 너, 복부 비만이냐?"

"호명산 여우 일족이 나에게 맡긴 여의주들이다! 그들의 한 맺힌 신통력을 나의 하단전에 모아 너를 꺾겠다!"

"쿡쿡쿡… 봉인에서 풀려난 팬더 마왕을 네가 막을 수 있겠느냐? 어림없는… 크엑!"

얼굴 가득히 조소를 띠던 앙꼬르는 난데없이 불어온 강한 바람에 뒤로 벌렁 넘어지면서 돌 바닥에 머리를 찧었다. 진진은 붉은 기운이 이글거리는 앞발을 쭈욱 내밀고 있었다.

"웅! 진진 팬더 장풍!"

앙꼬르는 아픈 뒤통수를 문지르며 일어나 으르렁거렸다.

"어디서 발 냄새 나는 바람을 날리는 거냐! 너, 죽고 싶냐!"

"웅! 진진 돌개바람!"

진진이 양 앞발을 내밀며 외치자 조그만 회오리바람이 뽀얀 먼지를 안고 팬더 마왕에게 달려들었다. 회오리바람은 앙꼬르의 몸체와 만나자 갑자기 수백 배로 커지며 주위의 공기를 사정없이 휘저었다. 앙꼬르는 세탁기 속 빨랫감처럼 뱅글뱅글 돌면서 하늘 높이 빨려 올라갔다. 털 없는 살색 팬더가 공중에서 빙빙 돌고 있는 모습은 가관이었다. 자존심 강한 팬더 마왕으로서는 참기 힘든 치욕이다.

"갈!"

앙꼬르가 괴상한 소리를 내지르며 앞발을 좌우로 펼치자 거센 바람이 잦아들면서 몸체가 수직으로 바로잡혔다. 그를 하늘 높이 밀어 올린 회오리바람이 사라졌지만 앙꼬르는 여전히 공중에 둥둥 떠 있는 중이다. 진진은 놀라는 얼굴로 외쳤다.

"웅! 저건 공중 부양술! 그럼 나도 한다!"

진진이 힘껏 숨을 들이마시어 배를 부풀리자 몸이 풍선처럼 둥실 떠올랐다. 앙꼬르는 자신을 향해 떠오르는 진진을 향해 대갈일성하며 앞발을 내밀었다. 발톱 주위로 공기가 모여들어 압축되면서 진진을 향해 폭발적으로 분출되었다. 앙꼬르가 날린 장풍이 복부 중앙에 작렬하자 진진은 바람 빠지는 소리를 내면서 지상으로 추락했다. 진진이 바닥에서 뒹구는 동안 앙꼬르의 육체는 공중에서 점차 거대화(巨大化)하고 있었다. 봉인이 해제되면서 폭주하는 에너지가 세포 크기를 수십 배로 불려놓는 것이다. 자동차만한 팬더 발바닥이 진진을 밟으려 했다. 몸체를 굴려서 날렵하게 피할까… 하고 생각했던 진진은 에라 귀찮다 어디 한번 밟아보라는 생각으로 양쪽 앞발을 모아 변형 주문을 외웠다. 그러나 주문이 끝나기도 전에 거대한 팬더의 발이 그를 덮쳤다.

"크아아악!"

진진을 밟았던 거대한 팬더의 뒷발이 황급히 위로 올라가며 앙꼬르는 균형을 잃고 뒤뚱거렸다. 진진은 날카로운 창으로 변한 두 앞발을 머리 위로 한껏 쳐들고 있다. 창끝에서 팬더 마왕의 피가 뚝뚝 떨어졌다.

"웅~ 이 틈에 도망쳐야지."

진진은 앞발의 변형 주문을 풀고 짧은 다리를 부지런히 움직여 도망치기 시작했다. 분기탱천한 팬더 마왕이 쿵쾅거리며 뒤를 쫓았다.

쫓고 쫓기는 두 마리의 팬더는 어느새 격렬한 시위가 벌어지고 있는 천안문 앞 광장까지 이르렀다. 광장을 가득 메우고 타도 앙꼬르의 구호를 외치는 자들은 몇 달째 임금을 받지 못하고 있는 국영 기업 노동자들이었다. 그들의 눈에 비친 수십 미터 크기의 살색 팬더는 지옥에서 튀어나온 마귀와도 같았다. 겁을 집어먹은 시위대가 일부는 '걸음아 나 살려라' 하고 도망치고 일부는 오줌을 지리면서 얼어붙은 듯이 서 있는데 앙꼬르가 성난 얼굴로 노동자 십여 명을 두 앞발 사이에 끼워 들어 올렸다.

"받아라, 진진!"

성난 얼굴의 팬더 마왕은 한 노동자의 발목을 잡고 거꾸로 들어 올리더니 머리 위로 휑휑 돌렸다. 머리로 피가 쏠린 노동자가 내지르는 고통스런 울부짖음이 진진을 뒤돌아서게 만들었다. 진진이 자신의 몸을 부풀리고 있었다.

"웅! 왜 죄없는 인간을 괴롭히는 거냐! 어서 놔줘!"

"갈! 그렇지 않아도 놔줄 생각이다!"

앙꼬르의 말이 끝나기 무섭게 노동자가 진진을 향해 똑바로 날아왔다. 진진은 급격히 공기를 들이마시며 배를 산처럼 만들어 그를 받아냈다. 에어 쿠션처럼 푹신한 팬더의 뱃속으로 파묻혔던 노동자는 어안이 벙벙해져서 동료들의 품으로 돌아갔다.

"웅! 더 이상 참을 수가 없구나! 난동 부리는 것도 여기까지다, 팬더 마왕!"

분노한 진진은 몸체를 풍선처럼 부풀렸다. 진진이 삼켰던 호명산 여우 일족의 여의주들이 뱃속에서 제각기 강렬한 빛을 내뿜기 시작했다. 진진의 뱃가죽을 뚫고 새어 나오는 붉은 빛이 앙꼬르로 하여금 눈살을 찌푸리게 만들었다.

"크르륵… 뭐냐……. 네놈 뱃속에 싸이키 조명이라도 달았더냐……."

앞발로 눈을 가리던 앙꼬르는 잠시 후 진진의 몸체가 자신만큼 거대해진 것을 보고 표정이 굳어졌다. 하지만 이내 이빨을 드러내고 호탕하게 웃었다.

"크헬헬헬! 좋다. 그럼 정식으로 팬더 대전(熊猫大戰)을 시작해 볼까?"

앙꼬르는 자신의 앞에 놓인 붉은 천안문의 양쪽을 앞발로 조였다. 대포의 폭렬음 같은 고함 소리가 광장 가득히 울려 퍼졌다.

"팬더 건물 뽑기!"

굉음과 함께 붉은 벽돌 가루가 사방으로 튀었다.

콰드드드드—

광장의 정면을 바라보며 서 있던 당당한 위용의 천안문은 깨진 벽돌을 후둑후둑 흘리며 앙꼬르의 머리 위에 들려 있었다. 앙꼬르는 씨익 웃으며 머리 위의 천안문을 집어 던졌다.

"받아라, 진진!"

한때 승천문(承天門)이라고도 불렸던 명대의 걸작 축조물이 광장에 커다란 그림자를 드리우며 잠시 공중을 날았다. 진진과 충돌하는 순간 쾅 하고 폭음이 일었다. 깨진 벽돌과 돌 가루가 우수수 떨어지고 뽀얀 먼지가 일었다. 앙꼬르가 눈을 크게 치뜨고 큰대자로 뻗어버린 둔갑 팬더의 모습을 기대하는데, 익숙한 색깔의 거북이 등 껍질 같은 게 눈에 들어왔다.

"크르륵! 뭐냐, 저놈. 또 사신 소환을!"

현무는 뱀대가리 같은 머리를 쳐들며 자신의 배 쪽에 숨어 있는 진진에게 물었다.

"그그그그… 진진… 내가 네 총알받이냐……."

"웅~ 미안. 세상에 네 등 껍질보다 단단한 건 없어서."

천안문이 사라진 천안문 광장에는 아직 군데군데 사람들이 모여 두 팬더 라이벌의 일전을 구경하고 있다. 진진은 무고한 인명 피해를 내고 싶지 않았다. 숨을 들이마셔 배를 부풀린 진진은 공중으로 떠오르면서 앙꼬르에게 손짓했다.

"웅~ 장소를 옮기자, 팬더 마왕! 나 잡으면 용하지."

털을 휘날리며 날아가는 진진. 앙꼬르 역시 공중 부양술을 쓰면서 진진을 추적했다. 거대한 팬더 두 마리가 빠른 속도로 날아가는 모습은 지상의 인간들에게 공포심과 혼돈을 안겨주었다. 커다란 그림자 두 개의 무언가가 태양을 가리며 날아가는데 너무 순식간에 지나가는지라 그 모습을 분간하기 어려웠다. 산촌의 어린 손자는 노인의 앙상한 손을 꼬옥 잡고 소리쳤다.

"으악! 할아버지! 저게 뭐예요?"

"저건 산해경에 나오는 비산(飛山)이란다. 날으는 산이지."

"에? 산이 왜 날아다녀요?"

"옛말에 '십 년이면 강산도 변한다' 고 했지? 고산(高山)은 십 년마다 자리바꿈을 하고 장강(長江)은 물길을 돌린단다."

"아항~ 그렇구나."

아직 어리지만 총명한 손자는 고개를 끄덕이면서 속으로 생각했다.

'이 노인네가 어디서 구라치고 있어.'

앞장서서 날아가던 진진은 앙꼬르가 꼬리 뒤까지 바짝 따라잡자 아래쪽을 쳐다보았다. 인적 드문 누런 땅이 눈에 들어왔다. 황토 퇴적층이 100미터나 쌓여 있는 황토 고원이었다. 진진은 쏜살같이 아래로 내려갔다. 지표면이 가까워도 익막을 펼치지 않는 진진.

콰쾅!

그대로 지면과 충돌한 진진은 거대한 황톳빛 먼지구름을 만들어냈다. 황토 먼지구름 주위를 빙빙 날아다니던 앙꼬르는 사정을 살피기 위해 충돌 지점 근처에 내려왔다. 마치 운석이 떨어진 것처럼 거대한 구멍이 패였다.

"크르르르… 이 녀석 자살한 건가?"

구멍 속에서는 모락모락 수증기가 피어올랐다. 구멍 근처에 귀를 기울이자 놀랍게도 진진의 목소리가 들렸다.

"웅~ 시원하다~ 웅~ 좋다~"

"크르르르… 이 녀석! 지금 거기서 뭐 하는 거냐?"

어둠 속에서 진진의 목소리가 메아리치며 들려왔다.

"웅… 황토 찜질 하고 있어. 아이 좋아~"

"커억… 태평한 놈……."

황토 속에서 마법으로 증기를 피워 올리며 망중한(忙中閑)을 즐기는 진진. 성질 급한 앙꼬르는 제 분을 못 이기고 가슴을 두들겼다.

"카악! 이놈, 거기 그대로 있어라! 익사시켜 주마!"

앙꼬르는 휘익 공중으로 솟아오르더니 그대로 황하(黃河)까지 날아 갔다. 봉인이 풀린 앙꼬르는 척추를 타고 거꾸로 올라오는 파괴의 힘을 주체하지 못해 안달이 났다. 누런 황톳물이 넘실대는 황하까지 단숨에 날아간 앙꼬르는 앞발을 귀에 붙이고 염력을 일거에 끌어냈다.

"크르르륵! 황하에 머무는 잠룡(潛龍)이여! 너의 물을 조금만 빌려가마!"

거대한 기둥 같은 물길이 하늘로 치솟았다. 앙꼬르는 미간을 찡그리며 힘을 짜내어 물길의 방향을 바꾸었다. 하늘로 솟아오른 수십 미터 지름의 물길은 마치 용처럼 구불텅대며 황토 고원 쪽으로 날아갔다. 거대한 물줄기가 하늘을 날아가는 모습은 일대 장관이었다. 공중에 투명 송유관이라도 깔아놓은 듯이 보였다. 앙꼬르는 먼저 황토 고원 쪽으로 날아가 진진이 찜질을 즐기고 있는 구멍 위에서 멈췄다.

"진진! 죽어랏!"

곧 이어 날아온 누런 물줄기가 구멍 위로 폭포처럼 쏟아졌다. 황토 고원 일대는 금세 누런 황톳물로 넘실대고 있었다. 그야말로 상전벽해(桑田碧海)! 아니, 고원황해(高原黃海)! 앙꼬르의 경이할 만한 힘이었다. 진진이 익사했다고 확신한 앙꼬르는 좋아서 공중에서 둥실둥실 궁둥이춤을 췄다.

"크히히… 죽었다, 죽었어. 진진이 죽었어…….."

"웅~ 나 아직 살아 있다!"

황톳물을 가르고 튀어 오른 진진이 공중에서 몸을 부르르 떨며 젖은 털을 말렸다. 그의 얼굴은 어느 때보다 상쾌해 보였다.

"웅~ 황토 찜질 하고 샤워까지 하니 너무 개운하구나~"

"크르르르… 질긴 놈! 내 발로 직접 죽여주마!"

앙꼬르가 발톱을 날카롭게 세우고 날아와 진진의 목줄기를 노렸다. 단숨에 급소를 찔러 죽이려는 속셈이었다.

카각!

발톱과 발톱이 부딪는 순간 불똥이 사방으로 튀었다. 두 번째 공격은 진진의 부풀어 오른 복부를 노렸다. 하지만 이미 진진이 뒷발을 들어 올려 앙꼬르의 살기 어린 찌르기 공격을 막아냈다.

딱!

진진의 목덜미를 물어뜯으려던 앙꼬르의 이빨이 허공에서 맞물렸다. 진진이 앞발에 공력을 실어 가슴께를 밀어내자 앙꼬르는 혀를 빼며 뒤로 물러났다.

"크엑……."

충격파가 온 신경을 타고 퍼져 나갔다. 앙꼬르는 고통을 삼키고 다시 달려들었다. 네 다리를 번개처럼 움직이며 온몸의 급소를 공격하는 팬더 마왕 앙꼬르. 하지만 진진의 방어 능력도 만만치 않았다. 초당 수십 번의 연타를 날리는 앙꼬르의 공격을 하나하나 정확히 막아내며 간간이 역습을 해왔다. 천 미터 상공에서 팬더 발톱 부딪치는 소리가 온 천하에 퍼져 나갔다. 진진과 앙꼬르의 몸은 이미 평상시의 수천 배로 늘어나 있었다. 태양을 가리고 우레 같은 소리를 내는 두 팬더의 싸움은 인간들을 두렵게 만들기에 충분했다.

"아… 맑던 하늘이 왜 갑자기 어두워진 거지?"

"그러게… 마치 밤처럼 깜깜해졌어. 일식인가?"

"하늘에서 들리는 우르르쾅쾅 하는 소리는 뭐지? 천둥 소리인가?"

"글쎄… 내가 듣기에는 동물 울음소리 비슷한데?"

너무도 높은 곳에서 너무도 큰 덩치의 팬더가 싸우는 형세는 인간들이 지각하기 힘들 정도였다.

온 힘을 모아 마지막 일격을 날렸던 앙꼬르는 비명을 지르며 뒤로 물러났다. 진진의 발톱과 충돌하는 순간 앞발에서 뜨거운 통증이 느껴졌다.

"크악! 발톱 빠졌다!"

"웅~ 옛말에 '팬더 싸움에 발톱 빠진다' 더니 정말이네."

"크으윽… 닥쳐! 죽여 버리겠다!"

"웅~ 나 잡아봐라~"

진진은 한반도 쪽으로 몸을 틀어 달아났다. 언뜻 보기에 도망치는 듯싶었지만 실은 앙꼬르의 기가 약해지는 장소로 유인하여 결판을 지으려는 속셈이었다.

한편 격렬한 싸움 도중에 튕겨져 나온 앙꼬르의 발톱은 무시무시한 운동 에너지를 싣고 동쪽으로 동쪽으로 날아갔다. 거대해진 앙꼬르의 몸체 덕분에 고래보다 훨씬 더 커져 버린 팬더 발톱은 휘릭휘릭하는 무서운 바람 소리를 내며 바다를 건너고 산을 넘어 대한민국 수도권 북쪽의 북한산까지 날아갔다.

북한산의 얼굴미담이랄 수 있는 인수봉에는 오늘도 암벽 등빈을 즐기는 클라이머들이 스파이더맨처럼 바위에 달라붙어 있었다. 봉우리 전체가 화강암으로 이루어진 인수봉은 대표적인 암벽 등반 장소다.

꽝!

난데없는 폭음 소리에 등반가들은 나락으로 떨어질 뻔했다. 흔들리는 자일을 잡고 몸을 추스른 등반가 한 명이 소리가 난 쪽을 쳐다봤다가 깜짝 놀라고 말았다.

"으악! 뭐야, 저건!"

반달 모양의 거대한 팬더 발톱이 인수봉 중앙에 깊숙이 박혀 있었다.

"북한에서 날아온 미사일인가?"

"아냐! 일본 놈들이 또다시 민족 정기를 끊기 위해 쇠말뚝을 날려 보낸 게 틀림없어!"

암벽에 매달린 등반가들 사이에 때 아닌 토론이 벌어졌다. 앙꼬르의 발톱이 흔들거리더니 암벽에 수직으로 미세한 금이 가기 시작했다.

쩌억—

발톱이 꽂힌 부분을 중심으로 균열이 순식간에 확대되었다. 마치 모래 위를 미끄러지며 나아가는 방울뱀처럼 이리저리 방향을 틀며 나아가는 암벽의 균열은 등반가들을 경악하게 했다.

"으악! 인수봉이 갈라진다!"

누군가 소리치자 인수봉은 대답이라도 하듯이 반쪽으로 갈라졌다. 암벽에서 빠진 팬더 발톱이 소리없이 추락하더니 커다란 바위 위에 푹 꽂혔다. 자일에 매달린 채 이쪽과 저쪽으로 갈라진 등반가들은 당황하여 서로 고함을 지르고 난리였다. 가장 황당한 경우를 당한 자는 정상을 정복했던 박씨였다. 누구보다 먼저 정상에 오른 박씨는 기분이 좋아서 만세를 부르고 있었는데 발 밑의 바위가 두 쪽으로 갈라지면서 왼쪽 다리와 오른쪽 다리가 반대 방향으로 벌어진 것이다. 두 쪽으로 갈라진 인수봉 꼭대기에서 다리를 일자(一字)로 벌리고 있는 중년 남성의 모습은 무척 기이했다. 밑에 있던 동료 하나가 외쳤다.

"와아~ 박 형, 언제 발레 배웠수? 유연성 한번 죽이는데!"

박씨는 눈물을 줄줄 흘리며 쌍욕을 뱉어냈다.

"시벌눔아, 가랭이 찢어졌어… 흑……."

강원도까지 팬더 마왕을 유인해 날아온 진진은 의미심장한 미소를 지으며 몸을 돌렸다. 양쪽 앞발에 부분 둔갑 주문을 거는 진진. 팬더 앞발이 천천히 금속성 물질로 변하더니 이내 거대한 포크레인이 되었다. 진진은 포크레인을 태백산맥 밑둥에 박아 넣으며 주문을 외웠다.

"웅~ 암석경화 형태유지 낙석방지 토사유실방지 웅~ 사바사바……."

곧 이어 등장한 팬더 마왕 앙꼬르는 고개를 갸웃거렸다. 진진의 폼이 너무나 이상했기 때문이다. 기계처럼 변한 앞발로 산을 끌어안고 허리를 구부린 채 마왕을 노려보고 있었다.

"크르르륵. 너, 뭐 하냐? 산에다 오줌 누냐?"

"웅~ 너, 태백산맥으로 한번 맞아볼래?"

"뭐라고?"

"웅차!"

진진이 불끈 힘을 주자 황당한 일이 벌어졌다. 낭림산맥과 더불어 한반도의 중추를 이루는 태백산맥이 불쑥 뽑혀진 것이다. 진진은 태백산맥을 끌어안고 허리를 회전시켰다.

"크에에엑!"

앙꼬르의 넙적한 얼굴을 거대한 산줄기가 덮쳤다. 태백산, 오대산,

설악산, 함백산 등 한국을 대표하는 명산(名山)들이 차례로 팬더 마왕을 두들겨 팼다. 민족 정기 가득한 영산으로 두들겨 맞다 보니 온몸의 힘이 쭉쭉 빠져나가고 뼈 부러지는 소리가 천지에 진동했다. 산맥에 붙어 있는 작은 산들이 충격을 못 이겨 후두두 떨어져 내리며 한반도의 지형을 바꿨다. 그야말로 경천동지(驚天動地), 천지개벽(天地開闢)! 앙꼬르는 죽는소리를 하며 살려달라고 빌었지만 진진은 태백산맥으로 마왕 두들겨 패기를 멈추지 않았다.

"꾸에에엑― 꾸에에엑―"

결국 진진의 공격을 이겨내지 못한 앙꼬르가 동해 쪽으로 도망치기 시작했다.

"웅~ 거기 서!"

머리 위로 태백산맥을 휘두르며 뒤를 쫓는 진진. 자신의 내공과 호명산 여우 일족의 힘을 합해 괴이한 힘을 발휘하고 있는 진진이었지만 조금씩 체력이 저하되고 있었다. 도력(道力)이 약해지자 산줄기를 묶어주고 있는 결박의 힘이 느슨해지면서 산이 뭉텅뭉텅 빠져나갔다. 한편 진진과 앙꼬르의 싸움 속에 어부지리(漁父之利)를 얻게 된 인간들이 있었으니.

이곳은 한 · 일 양국이 양국이 영유권을 놓고 오랜 세월 신경전을 벌여온 동해상의 외로운 섬 독도. 지금 이 독도에는 살기마저 어린 팽팽한 긴장감이 감돌고 있다. 독도가 우리 영토임을 주장하는 대한민국 독도 수호대 청년들과 인근 해역에서 무력 시위 중인 일본 자위대 순양함의 대치 상태 때문이다. 갈매기처럼 하얀색으로 도장된 순양함은 무시무시한 포문을 독도 수호대 쪽으로 돌려놓고 있었다. 목소리 크기로 소문난 독도 수호대장이 옆 사람 고막 터지는 음량으로 순양함을 향해 외쳤다.

"야, 이 쪽바리들아! 독도는 우리 부동산이여! 어디서 토지 사기를 치려고 그래!"

우익 성향을 띠고 있는 순양함의 키타노 함장도 지지 않고 맞고함이다.

"빠가야로! 다케시마와 니뽄노 땅이다! 어서 꺼지지 못해!"

영유권 분쟁이 한창인데 마침 진진과 앙꼬르가 그들의 머리 위를 날아서 지나갔다. 진진과 앙꼬르의 싸움은 높이를 가늠할 수 없는 고공 전투인지라 인간들은 잠시 하늘이 어두워진 정도밖에는 지각하지 못했다. 하지만 거대한 팬더가 태백산맥으로 두들겨 맞는 상황이다. 산줄기에서 떨어져 나온 작은 산 조각이 바다에 떨어지자 엄청난 물기둥이 일었고 독도 수호대는 이를 적군의 선제공격으로 인식했다.

"이 쪽바리들아! 어디다 대포질이냐!"

대한민국 해군에서 지급한 자동 소총이 일제히 불을 뿜었다. 깜짝 놀란 일본 순양함도 대응 사격을 개시했다. 기관포가 먼저 불을 뿜고 주포도 장전에 들어갔다. 치열한 공방이 오가고 독도 수호대원 두 명과 자위대 해군 한 명이 목숨을 잃었다. 키타노 함장이 주포 사격을 명하려는 순간이었다. 순양함 근처의 바다가 한밤중처럼 캄캄해졌다. 어리둥절한 해병들이 위를 쳐다보고는 비명을 질렀다. 앙꼬르의 머리통을 후려치는 순간 떨어져 나온 오대산이 순양함 위로 똑바로 떨어지는 중이었다.

"칙쇼! 야마山다!"

굉음이 울려 퍼지고 작은 해일이 일었다. 수호대도 자위대도 마지막 순간에는 아무 생각 없이 눈을 질끈 감았다. 일본 자위대원들은 순양함과 함께 오대산 밑에 깔려 수장되고, 독도 수호대원들은 어마어마한 파도에 휩쓸려 대부분 익사했다. 얼마의 시간이 흘렀을까. 독도 수호 대장은 어질어질한 느낌을 갖고 바위에서 몸을 일으켰다. 그리고 놀라운 일을 목격했다. 독도 바로 앞에 섬이 하나 생겨난 것이다. 그는 호탕하게 한번 웃어주고는 일본 열도 쪽을 향해 사자후를 토했다.

"야, 이 쪽바리들아! 독도가 새끼 쳤다!"

새로운 섬이 생겨난 이후로 독도는 더 이상 외로운 섬으로 불리지 않았다. 정겹게 솟아 있는 독도와 오대산을 바라본 관광객들은 마치 금실 좋은 한 쌍의 원앙과도 같다고 해서 '원앙섬' 이라 불렀다.

도민을 위해 불철주야 일하는 강원도 지사 유길평은 긴급 보고를 받고 의자에서 한 길이나 뛰어올랐다.

"뭐라고! 그게 정말인가!"

"태, 태백산맥이 통째로 없어졌다니까요."

"태백산맥이! 오… 이런 괴이한 일이 있나!"

그는 한동안 충격에서 헤어나지 못하는 듯하더니 이내 현실적이고 긍정적이고 계산에 밝은 정치인의 모습으로 돌아왔다. 그리고 격정에 가득 찬 얼굴을 만들어 보이면서 두 주먹을 불끈 쥐었다.

"오… 이것은 오천 년 역사 속에 변방의 주민으로 홀대받고 살아온 우리 강원 도민을 위해 하나님이 역사하신 기적이다!"

"기, 기적이라구요? 산줄기가 뽑혀져 나갔는데요?"

"그렇네! 엄청난 넓이의 평야가 생겨나지 않았는가!"

유길평 도지사는 공보실에 지방지 기자들을 모조리 불러 모아 자신의 신도시 구상을 발표했다.

"에? 강원도에 아파트 오십만 채를 건설하시겠다구요? 그게 정말인가요?"

"그렇소! 두고 보시오! 강원도는 앞으로 서울과 경기도에 버금가는 정치 경제 문화의 중심지가 될 것이외다!"

기자들이 어이없어하며 공보관을 따라 밥 먹으러 나가 버리자 홀로 남겨진 도지사는 의기양양한 기분으로 집에 전화를 걸었다.

"여보세요? 당신이오? 요새 한가하지? 다음 주에 나랑 땅 좀 보러 다닙시다."

몇 년 뒤 강원도는 공무원들이 주도한 땅 투기로 지가가 급상승했고, 류길평 도지사는 삼대가 먹고 살 수 있는 재산을 모았다는 후문.

이런 엄청난 결과를 초래한 장본인, 아니, 장본웅인 진진은 아무 생각 없이 태백산맥을 휘두르다가 점점 지쳐 가고 있었다. 결박력이 급속도로 약해지면서 산맥은 공중에서 붕괴되었다. 흙과 바위와 삼림이 우수수 무너져 내리고 진진의 앞발에는 커다란 덩어리 하나가 남아 있었다. 웅장하고 수려한 명산(名山) 설악산이다. 그는 뒷다리를 한껏 들어 올리는 멋진 투구 폼으로 앞발에 들고 있는 설악산을 던져 버렸다. 진진이 뿌린 불 같은 강속구… 아니, 강속산은 죽을힘을 다해 달아나던 팬더 마왕 앙꼬르의 뒷골을 때렸다.

"크엑!"

설악산에 뒤통수를 얻어맞은 앙꼬르가 두 발을 벌리고 지상으로 낙하하기 시작했다. 정신을 잃지는 않았기에 염력을 발휘해 낙하 속도를 늦추고 있었다. 진진도 익막을 펼치고 유유히 하강하며 앙꼬르의 뒤를 쫓았다. 일본 관서 지방 이느 이름 모를 바닷가에 떨어진 앙꼬르는 숨을 헐떡거리며 몸을 뒤집었다. 기(氣)가 흩어지면서 몸체가 오그라들더니 어느새 본래의 크기로 돌아와 있었다. 진진 역시 여의주의 도력으로 한껏 팽창한 몸을 축소시켰다. 털 빠진 살색 팬더는 초라한 모습으로 하얀 백사장에 몸을 누이고 눈을 껌뻑였다. 설악산에 맞아 깨진 뒷머리에서 피가 흘러나와 모래를 적셨다. 그는 입을 달싹거리며 무언가를 말하려 했다. 진진은 가만히 귀를 기울여 팬더 마왕의 유언을 들었다.

"김몽… 당신 허풍이 너무 심해……."

고개를 떨구며 숨을 거두는 불세출의 망나니 팬더 앙꼬르. 진진은 그의 유언에 동감하며 고개를 끄덕였다.

"웅… 불쌍한 녀석……. 고이 묻어줘야지……."

진진은 강아지 흙 파듯 뒷다리를 딸딸거리며 구덩이를 팠다. 금세 팬더 한 마리가 들어갈 정도의 공간이 만들어졌다. 앙꼬르의 시신을 구덩이에 밀어 넣으려 어깨로 부축하던 진진은 입을 딱 벌리고 동작을 멈췄다. 그의 두 눈에 들어온 것은 측천무후체의 한자(漢字)가 새겨진 앙꼬르의 앞발이었다.

前足 [앞발].

진진은 앙꼬르의 시신을 모래톱에 내려놓고 앞발을 자세히 들여다 보았다.

"웅… 이건… 내가 쓴 글씨잖아……. 그렇다면 이 팬더는……."

눈물이 그렁그렁 맺힌 눈으로 앙꼬르의 창백한 얼굴을 바라보는 진진. 그의 입이 열리며 뜻밖의 소리가 튀어나왔다.

"…형……."

대숲에 서늘한 바람이 불자 서걱서걱 댓잎 스치는 소리가 들려왔다. 눈 내리듯 떨어지는 푸른 댓잎들 사이에서 조용히 책장을 넘기는 한 마리의 팬더가 있었다. 아직 조그만 팬더 새끼지만 졸린 듯한 두 눈에는 총명함과 노회함이 깃들어 있다.

"공부는 잘 되어가니?"

"네, 이제 인간들의 문자는 어느 정도 익숙해졌어요."

"그래, 쓸 줄도 알아야 제대로 배웠다고 할 수 있다."

책을 덮는 팬더 새끼에게 말을 건넨 자는 팬더 마을의 장로 쥬쥬였다. 신선의 연단술을 익혀 수백 년을 살았다는 팬더로 둔갑술을 마음대로 구사해 다른 팬더들의 존경과 두려움을 한 몸에 받고 있었다. 인간들의 서책을 들여다보던 팬더 새끼는 쥬쥬의 둘째 아들 진진으로, 그가 낳은 삼 형제 중에 가장 똑똑하고 심성마저 착해 일찌감치 둔갑술의 계승자로 지목되었다. 쥬쥬는 오소리 털로 만든 붓을 둘째 아들의 손에 쥐어주었다. 진진은 눈을 동그랗게 떴다.

"아빠, 이건……."

"선물이다. 글자 공부 열심히 해라. 잠은 충분히 자고."

"웅~ 고맙습니다, 아빠!"

진진은 붓을 들고 엄마에게 뛰어갔다. 진진의 모친은 장남 칙칙과 막내 핑핑에게 자장가를 들려주는 중이다. 칙칙과 핑핑은 진진과 달리 인간들의 학문에는 영 관심이 없고 오로지 먹고 자는 일에만 열심이었다. 모친은 신이 나서 달려오는 진진에게 발가락 하나를 입에 대며 쉿! 하는 소리를 냈다.

"아이들 자는데 시끄럽게 하지 마라. 칙칙이와 핑핑이는 요새 열 시간밖에 못 잔단다."

"웅~ 먹느라고 못 자는 거잖아요. 하루에 열네 시간씩 먹으면서."

"그래, 한창 자랄 때라 많이 먹는 거지. 너도 충분히 먹고 있겠지? 대는 섬유질만 많고 칼로리가 적어서 아주 많은 양을 끊임없이 먹어줘야 된단다."

진진은 대답 대신 오소리 털로 만든 붓을 들어 보였다.

"엄마, 이거 보세요! 아빠가 선물로 줬어요!"

진진의 모친은 왠지 걱정스러운 표정이었다.

"휴… 너, 요새도 글공부하니? 하라는 농땡이는 안 부리고 맨날 서책만 들고 파니……. 걱정이다. 나중에 커서 뭐가 될지……."

"뭐가 되긴. 둔갑 팬더가 되는 거지."

이렇게 말하며 진진의 모친을 안심시키는 자는 쥬쥬였다. 그는 아내의 어깨를 토닥거리며 그녀의 근심을 덜어주려 애썼다.

"진진은 총명하고 용감하니 훌륭한 둔갑 팬더가 될 거요. 당신도 알다시피 우리 집안의 둔갑술은 여우 둔갑술을 흉내 낸 사이비와는 차원이 다르지."

"여보, 전 그냥 우리 진진이를 평범한 팬더로 키우고 싶어요."

"난 싫소. 평범한 야생 팬더는 칙칙이와 핑핑으로 족하오. 진진은 집안 대대로 전해 내려온 둔갑술을 반드시 계승해야 하오."

진진의 모친은 쥬쥬의 고집을 꺾을 수 없다는 것을 깨닫고 더 이상 입을 열지 않았다. 진진은 모친의 걱정스러운 시선을 받으며 붓을 놀리고 있었다. 종이가 없는 진진은 글자 공부를 할 여백을 찾다가 평평하고 윤기 흐르는 털가죽을 발견했는데, 바로 칙칙의 배였다. 잠자는 팬더의 뱃가죽에 정성스럽게 한 획 한 획 써 내려가는 진진. 마침내 진진이 처음으로 완성한 글자가 칙칙의 배 위에 새겨졌다.

腹(복).

앞발로 박수를 쳐가며 기뻐하는 진진. 그는 신이 나서 작은 형 뒷발에 또 하나의 글자를 써넣었다.

足(족).

앞발에는 前足(전족)을 써 넣었다. 오소리 털 붓을 칙칙의 이마 위로 가져간 진진은 잠시 망설였다. 머리 두(頭) 자가 떠오르지 않았다. 어떻게 쓰더라? 순간 칙칙의 지능 지수에 어울리는 한자를 찾아낸 진진은 빙그레 웃으며 작은 형의 이마에 石(석) 자를 썼다.

"크엑! 뭐야, 이 녀석!"

이마가 간지러워 잠에서 깬 칙칙이 소리를 질렀다. 놀란 진진이 움찔 뒤로 물러섰다. 칙칙은 이내 자신의 몸에 새겨진 글자들과 진진의 손에 들려진 붓의 연관성을 간파했다.

"크아악! 진진이 너, 내 몸에 무슨 짓을 한 거야!"

칙칙의 앞발이 진진의 주둥이를 후려쳤다.

"꾸웅~"

진진은 주둥이가 찢어질 듯이 아파 앞발로 감싸고 발을 동동 굴렀다.

"이 자식! 더 맞아봐라!"

칙칙의 뒷발차기가 진진의 복부에 작렬했다. 진진은 눈알이 튀어나올 듯한 고통을 느끼며 뒤로 데굴데굴 굴렀다. 칙칙은 바닥에 엎어져 있는 진진에게 달려들다가 커다란 어른 팬더에게 목덜미를 물렸다. 날카로운 이빨이 목줄기를 파고들자 생명의 위협마저 느낀 칙칙. 머리를 흔들어 빼낸 칙칙은 잽싸게 뒤로 물러섰다. 그를 물었던 어른 팬더는 바로 자신의 부친인 쥬쥬였다.

"칙칙! 동생에게 무슨 짓이냐!"

"씨잉… 저 자식이 내 몸에 낙서했단 말이에요."

"무식한 녀석, 진진이가 이쁘게 바디 페인팅 해줬는데 왜 때리고 그래?"

"쳇……."

쥬쥬는 총명하고 착한 진진을 편애하는 만큼이나 욕심 많고 포악한 칙칙을 미워했다.

"칙칙! 어서 동생에게 사과해라."

칙칙은 못 이기는 척 진진에게 다가와 상처를 핥아주었다. 귓가를 핥을 적에 나지막하게 속삭이는 칙칙.

"너, 또 붓지랄하면 죽어……."

칙칙이 궁시렁대며 잠자리로 돌아가는 뒷모습을 바라보던 쥬쥬는 못마땅한 얼굴로 뇌까렸다.

"에잉, 칙칙한 놈……."

자식은 잘났거나 못났거나 똑같이 사랑해야 하는 법. 쥬쥬의 편향된 애정은 결국 엄청난 결과를 초래하게 된다.

비록 연단술을 익혀 오래 장수한 쥬쥬였지만 그 역시 나이를 많이 먹어 죽을 날이 가까워오자 두려움이 앞섰다. 이승을 떠나는 것은 대수롭지 않았으나 가문 대대로 전수된 둔갑술의 계승자를 정하지 않은 사실이 마음에 걸렸던 것이다. 그는 결국 일가 친척들을 모두 불러 모아놓고 정통 팬더 둔갑술의 계승자를 발표했다. 대부분의 가족들이 예상했던 대로 계승자는 쥬쥬의 총애를 받아온 진진이었다.

"여러분들이 알다시피 우리 가문의 둔갑술은 여우나 너구리의 것을 흉내 내지 않은 팬더 고유의 둔갑술이다. 팬더의 체형과 성품에 가장 적합한, 우리 조상들이 수세대에 걸쳐 갈고닦은 세상에 하나뿐인 둔갑술이란 말이다. 난 이런 소중한 기술의 후계자로 나의 아들 진진을 지명하게 된 것을 매우 기쁘게 생각한다."

막내 펑펑이는 오히려 침을 질질 흘리며 좋아했다.

"으히~ 귀찮은 거 안 익혀두 되니깐 좋다. 헤~ 난 대나무나 많이 먹구 얼른 커서 장가가야지. 질질~"

하지만 장남 칙칙은 강하게 반발했다.

"크엑! 왜 진진이가 계승자인 거죠? 제가 나이도 많고, 힘도 세고,

덩치도 크고, 몸도 재빠른데! 아빠 미워!"

"칙칙! 왕자의 난이냐? 감히 나의 결정에 불만을 표시하다니!"

"왕자의 난? 아빠가 무슨 정주영인 줄 알아요? 가진 건 밑 닦는 나뭇잎뿐이면서!"

"이… 칙칙한 녀석!"

쥬쥬의 커다란 앞발이 칙칙의 주둥이를 때렸다. 칙칙은 콧등에 난 상처를 혀로 핥으면서 도망쳤다. 숲 속으로 사라지면서 발악하듯 소리치는 칙칙.

"당신들 다 죽여 버릴 거야! 다 죽일 거야!"

"저, 저 녀석이!"

쥬쥬는 아들의 발칙한 선언에 두 앞발을 부들부들 떨면서 분노했다. 하지만 무심한 친척들은 대나무를 씹으며 있던 자리로 돌아가고, 피곤한 쥬쥬의 아내는 조용히 잠을 청했다. 모자라는 펑펑이는 침을 질질 흘리면서 하늘을 보고 웃었고, 천진한 진진이는 오소리 털 붓으로 아빠의 궁둥이에 臀(둔)이라고 썼다.

비수처럼 날카로운 어금니로 수많은 야생곰들을 찍어 죽여 살웅저(殺熊猪)라고 불리는 돈돈은 콧구멍을 벌렁거리며 팬더가 가져온 전병의 냄새를 맡았다.

"킁킁, 맛있겠는데? 인간들 음식이잖아. 이거 어디서 났지?"

"인간들 사는 마을에서 훔쳐 왔지. 난 둔갑술을 쓸 줄 알거든."

"꿀… 네가? 팬더가 둔갑술을 쓴다는 이야기는 처음 듣는걸."

"우리 아빠는 둔갑술의 일인자야. 치… 하지만 오늘부터 우리 아빠 아니다. 진진이 녀석만 이뻐하는 사람은 우리 아빠 아니야!"

"꿀… 그래서 아빠를 죽여달라는 거냐? 다른 가족들과 함께?"

"그래, 다 죽여 버려. 너희는 곰들과도 싸운다면서?"

"꿀… 원래 멧돼지들은 곰들한테 상대가 안 돼. 이 돈돈님이 계시기 때문에 가능한 거지."

"어쨌든. 오늘 오후 낮잠 자는 시간에 없애줘."

"꿀… 팬더는 처음이라 좀 켕기는데. 곰들보다 약하고 겁이 많아서 쉽겠지만……"

칙칙은 당근 한 뿌리와 전병 두 개를 내려놓았다.

"성공하면 맛있는 걸 얼마든지 가져다 줄게. 뭐든지."

돈돈은 꿀꿀거리며 당근을 우적우적 씹어 먹었다. 달고 맛있었다. 이 맛을 못 잊어 가끔 산 밑으로 내려가지만 너무 위험한 일이었다.

칙칙은 돈돈의 어금니에서 풍기는 비릿한 피 냄새가 왠지 좋았다.

한가롭고 조용한 대숲에 난데없는 비명 소리가 울려 퍼지고 수북이 쌓여 있는 댓잎이 풀썩거렸다.

"꾸에엑— 멧돼지다! 멧돼지가 나타났다!"

밀짚모자를 눌러쓴 조그만 팬더 소년이 작대기를 들고 헐레벌떡 달려왔다. 하지만 대나무를 씹고 있는 어른 팬더들은 의심쩍은 눈초리로 소년을 노려볼 뿐이다.

"뭐야, 저 녀석? 거짓말쟁이 '대(竹)치기 소년' 이잖아?"

"그러게. 지난번에도 멧돼지가 떼로 나타났다고 장난 신고를 해서 난리법석을 피웠잖아."

"끄응… 저 녀석 다시는 거짓말 못하게 때려주자!"

"그래! 두들겨 주자!"

불쌍한 대치기 소년은 자신을 둘러싼 팬더들을 보고 겁먹은 눈망울을 굴렸다.

"꾸에엑~"

팬더 앞발이 소나기처럼 날아왔다. 콧등이 발톱에 긁혀 피가 나고 머리가 띵했다. 대숲 한가운데서 뻗어버린 소년을 보고도 팬더들은 분이 가라앉지 않았다.

"그동안 속은 걸 생각하면 더 때려줘도 시원치 않은데."

까만 눈자위를 훔치며 울먹이는 대치기 소년.

"큭… 이번엔 진짠데……."

대치기 소년을 늘씬하게 두들겨 준 팬더들은 잠시 후 자신들의 실수를 깨달았다. 댓잎을 풀썩이며 달려오는 거대한 짐승의 형체를 보고 놀란 팬더 한 마리가 뒤로 벌렁 넘어지며 소리쳤다.

"으악! 정말로 멧돼지가 나타났다!"

한두 마리가 아니었다. 평화로운 팬더들의 대숲은 흉칙한 잿빛 털의 물결로 뒤덮였다. 어림잡아 오십여 마리는 훨씬 넘어 보였다.

"돈돈이다! 돈돈이 팬더 죽이러 왔다!"

팬더들은 직접 습격을 받은 적은 없었지만 살웅저(殺熊猪) 돈돈의 악명은 익히 들어 알고 있었다. 유난히 크고 날카로운 어금니를 앞세우고 멧돼지 무리의 맨 앞에서 전차처럼 달려오는 돼지가 돈돈임을 단번에 알아보았다. 돈돈이 이끄는 멧돼지 무리는 살생에 익숙했다. 곰들을 죽일 때처럼 팬더들의 급소에 송곳처럼 날카로운 어금니를 쑤셔 박았다.

"꾸에에엑~"

아직 짝을 못 만난 노총각 팬더 한 마리가 옆구리를 붙잡고 쓰러졌다.

"아… 옆구리 시려……."

"애인 없어서?"

"아니… 옆구리에 구멍났어……."

참혹한 살육이었다. 멧돼지에 받혀 죽은 팬더 시신이 땅바닥에 아무렇게나 뒹굴고 비릿한 피 냄새가 진동했다. 돈돈은 동료 멧돼지들이 닥치는 대로 학살을 저지르는 동안 칙칙이 일러준 장소로 곧장 달려갔다. 과연 패륜아 칙칙의 말대로 팬더 둔갑술의 창시자 쥬쥬가 처자식을 데리고 낮잠을 즐기고 있었다. 쥬쥬는 대숲에 울려 퍼지는 팬더 울음소리와 피 냄새에 놀라 단잠에서 깨어났다.

"으음… 이게 웬 소동이지? 어? 저건? 억!"

돈돈의 어금니가 번쩍하더니 쥬쥬의 명치께를 찔렀다.

"꾸웅……."

팬더의 피가 어금니를 타고 흘러내리자 돈돈은 쩝쩝거리며 피 맛을 다셨다. 쥬쥬는 이렇게 평생을 갈고닦은 둔갑술을 써보지도 못하고 상황 파악조차 되지 않은 상태에서 유명을 달리했다. 팬더 마을의 장로를 해치운 돈돈은 기세가 올라 피 묻은 어금니를 하늘 높이 쳐들고 꿀꿀댔다.

"꿀꿀, 나는야 무적의 어금니. 꿀꿀, 나는야 공포의 삼겹살. 꿀꿀."

무소불위의 폭력을 휘두르는 이 살웅 멧돼지에게 일격을 가한 용감한 팬더가 있었으니, 그가 바로 쥬쥬의 막내 아들 핑핑이었다.

딱!

돈돈은 눈앞에 별이 보일 정도로 아팠다. 누군가 자신의 앞머리를 둔기로 세게 내려쳤다는 사실을 깨달은 돈돈은 발끈해서 눈을 부라렸다.

"꿀! 어떤 놈이냐!"

"……."

두 앞발로 대나무 한 개를 집어 들고 돈돈을 노려보는 소년 팬더. 입은 앙다물었으나 침이 계속 흘러나왔다. 약간 모자라 보였지만 방금 전에 돈돈에게 가한 일격은 매서웠다. 팬더는 눈물을 글썽이며 입을 달싹거렸다.

"아빠의 원수!"

"꿀~ 무협지 쓰냐? 원수를 갚으려면 고수 밑에서 십 년은 수련하고 오너라."

딱!

대답 대신 단단한 대나무가 멧돼지의 머리통을 갈겼다.

"아이고, 내 대갈통!"

돈돈은 머리통을 좌우로 흔들면서 통증을 털어냈다. 콧구멍 사이로 분한 숨소리를 내쉬며 땅바닥을 앞발로 긁어보는 돈돈.

"꿀… 각오해라, 꼬마 팬더. 넌 오늘 어금니에 찔려 죽는 거야."

탱크처럼 돌진해 오는 멧돼지 앞에서 흔들림없이 침을 흘리는 핑핑. 하늘을 향했던 핑핑의 대나무가 서서히 아래로 내려왔다. 돈돈은 콧구멍이 찢어지는 통증을 느끼고 돼지 멱따는 소리를 질렀다.

"꽤애액― 꽤액―"

핑핑이 대나무 끝을 달려오는 멧돼지의 콧구멍 속에 쑤셔 넣은 것이다. 코피를 줄줄 쏟는 돈돈은 하늘을 향해 울부짖었다.

"헬프 미― 메딕―"

우두머리의 절규를 들은 멧돼지들이 하나둘씩 모여들기 시작했다.

"꿀꿀…… 뭐야, 누가 우리 대장 때렸어?"

"꿀꿀, 대나무 휘두르는 꼬마 팬더다. 혼내주자!"

성난 멧돼지 무리가 한꺼번에 핑핑에게 달려들었다. 침을 질질 흘리는 핑핑은 금세라도 멧돼지 어금니에 찔려 죽을 것 같은 위태로운 형세였다. 하지만 얼핏 모자라 보이는 핑핑은 놀라운 검도 실력의 소유자였다. 두 앞발로 꼭 움켜쥔 대나무는 그대로 죽도(竹刀)가 되어 적들의 정수리를 내려쳤다. 멧돼지 한 마리가 입에 거품을 물고 기절했다. 허연 배를 드러내고 하늘을 향해 네 다리를 뻗어버린 멧돼지. 이를 보고 흥분한 멧돼지들이 더욱 악을 쓰고 덤볐다. 핑핑의 발놀림은 더욱 빨라졌다. 죽도는 푸르스름한 궤적을 그리며 이리저리 때리고 찌르고 막았다. 그야말로 일당백(一當百)의 솜씨. 하지만 시간이 흐름에 따라 핑핑의 체력은 조금씩 떨어지고 있었다. 대나무 끝의 움직임도 점차 둔해지고 간간이 멧돼지의 공격을 허용했다. 치열한 싸움 도중 어금니에 받힌 허벅지에서 질펀하니 피가 흘렀다. 멧돼지를 열 마리째 때려눕힌 핑핑이 잠시 숨을 돌리는 사이 빈틈을 노리던 멧돼지 한 마리가 등 뒤에서 들이받았다.

"꾸엑……."

핑핑은 태어나서 지금까지 흘린 침보다 더 많은 피를 쏟으며 땅바닥에 고꾸라졌다. 간신히 몸을 뒤집어 하늘을 바라보는 핑핑. 멧돼지들은 팬더의 죽음이 가까워왔음을 알자 더 이상 공격하지 않고 물러났다. 가쁜 숨을 몰아쉬는 핑핑에게 달려오는 한 마리의 암컷 팬더가 있었다. 왠지 고현정의 이미지를 닮은 팬더다. 암컷 팬더는 핑핑을 한쪽 앞발로 일으켜 세우며 울먹였다.

"재희! 죽지 마, 재희!"

멧돼지들은 재밌다는 듯이 꿀꿀대고 웃었다. 핑핑이 눈을 희번덕거리며 그녀에게 물었다.

"나… 쫄고 있니?"

"……."

그녀는 말없이 고개를 가로저었다.

"그게 겁나. 내가 쫄까 봐……."

핑핑은 죽기 전에 입을 씰룩거리며 불평 섞인 유언을 남겼다.

"에이, 쓰펄… 이게 도대체 언제 적 드라마야……."

팬더 대학살에서 간신히 살아남은 진진은 입에 조그만 서책을 물고 대숲을 빠져나왔다. 겁을 잔뜩 집어먹은 어린 팬더의 눈에는 눈물이 그렁그렁했다. 일가친척과 친구들까지 모두 잃어버린 그의 마음속에는 공포심과 외로움, 절망과 아득함이 가득했다. 앞으로 어떻게 살아갈 것이며 팬더 둔갑술을 계승, 발전시켜야 하는 자신의 책무는 어떻게 할 것인가.

"크크크… 어딜 그리 서둘러 가시나."

진진은 익숙한 냄새에 놀라 앞을 쳐다보았다.

"칙칙이 형!"

반가움에 소리를 지르자 입에 물고 있던 서책이 바닥에 툭 떨어졌다. 칙칙의 찢어진 눈이 반짝하고 빛났다. 아무것도 모르는 진진은 금세라도 울음을 터뜨릴 듯한 얼굴로 형에게 말했다.

"칙칙이 형… 흑… 아빠, 엄마가 돌아가셨어……. 핑핑이도… 마을 어른들도… 대치기 소년도……."

진진은 마침내 닭똥 같은 눈물을 떨어뜨렸다. 하지만 칙칙은 싸늘한 표정으로 앞발을 내밀었다.

"그 책 이리 줘."

칙칙의 엉뚱한 요구가 진진의 눈물을 그치게 했다. 형의 얼굴과 자신이 떨어뜨린 서책의 표지를 번갈아 보는 진진.

웅묘둔갑대법.

지은이 쥬쥬.

도서출판 청어람.

"하지만… 이 책은 아빠가 나에게 물려주신 거란 말이야."

"순진한 녀석. 아빠가 너한테 책을 물려줬다고 네가 둔갑술의 계승자가 되는 건 아니지. 팬더 둔갑술은 재능이 있는 자가 계승해야 되는 거야!"

진진은 갑자기 이빨을 드러내고 적의를 보이는 칙칙의 반응에 흠칫 놀라며 뒤로 물러섰다가 앞발로 재빨리 서책을 집어 들었다. 진진을 더욱 놀라게 한 것은 바스락거리며 나타난 거대한 멧돼지였다. 피 묻은 어금니를 쳐들고 코를 벌름거리는 저 멧돼지는 분명 살웅저(殺熊猪) 돈돈! 진진은 칙칙에게 조심하라고 소리치려다 이내 입을 다물고 경악했다. 칙칙이 태연스럽게 돈돈의 등에 올라타는 것이었다. 포악한 멧돼지와 야비한 웃음을 흘리는 팬더는 분명 한패거리였다.

"혀… 형… 설마… 형이 팬더들을 배신……?"

"둔갑대법을 나에게 넘겨라. 그럼 형제 간의 정을 생각해서 목숨만은 살려주마."

진진은 머리 속이 아득해져 옴을 느꼈다. 살웅저 돈돈은 앞발로 땅을 긁었다. 금세라도 진진을 향해 달려들 태세다. 진진은 떨리는 앞발로 웅묘둔갑대법의 표지를 넘겼다. 빠른 속도로 첫 장을 읽어보는 진진.

1장 둔갑술의 기초.

둔갑술을 처음 시작하는 대부분의 팬더들은 벌써부터 멋지게 인간으로 변신하는 자신의 모습을 상상하겠지만 꿈에서 깨어나라. 여우든 너구리든 족제비든 둔갑을 하는 동물은 인간 문명에 적응하고 싶어하지만 인간은 모든 동물 중 가장 둔갑하기 어렵다! 털이 없기 때문이다! 인간들은 털이 퇴화되어 머리와 거시기에만 털이 난다! 이 얼마나 괴상한 모습인가(물론 예외도 있다. 어떤 인간들은 가슴에도 난다). 아무튼 인간으로 둔갑하려면 털을 숨겨야 하는데 보통 난해한 술법이 아니다. 털을 모공 속에 거꾸로 집어넣어 피부 속에 갈무리해야 하는데, 세포 변형술을 완벽하게 익히지 않으면 불가능한 일이다. 그래서 둔갑술을 처음 배우는 팬더에게는 곰부터 시작하라고 권한다. 곰으로 어떻게 둔갑하냐고? 곰과 팬더는 겉모습이 비슷해서 아주 쉽다. 털 색깔만 바꿔보라!

난데없이 나타난 갈색 곰은 앞발을 벌리며 무시무시한 소리로 포효했다.

"그워어어어어—"

칙칙은 놀라서 돈돈의 등에서 떨어졌다.

"뭐, 뭐야, 저 녀석. 불곰으로 둔갑했잖아? 아빠가 벌써 저런 걸 가르쳤나?"

당황하는 칙칙에 비해 돈돈은 오히려 기세등등한 모습이었다.

"꿀~ 저 녀석 내가 살웅저라는 걸 잊었나? 크크크… 내 어금니에 스러져 간 불곰이 몇 마리던가? 불곰의 시체를 넘고 넘어~ 앞으로 앞으로~"

돈돈은 콧노래를 흥얼거리며 진진에게 달려들었다.

"그워어어어어—"

진진은 앞발을 휘두르며 멧돼지를 공격했지만 돈돈은 의외로 기민하게 움직이며 불곰의 공격을 흘려보냈다. 둔갑술을 처음 사용하는 진진은 불곰의 신체에 적응하지 못하고 실속없는 앞발질을 남발했다. 진진의 허점을 노리던 돈돈은 이내 기회를 포착하더니 날카로운 어금니를 앞세우고 질풍같이 돌진했다.

"쿠엑! 쾌액!"

돈돈은 자지러지는 비명을 지르며 뒤로 물러섰다. 멧돼지의 머리통에서는 세로로 길게 핏자국이 생겼다. 어디선가 나타난 인간 남자가 쇠꼬챙이를 들고 웃고 있었다. 나이는 스무 살에서 서른 살까지 임의로 볼 수 있고, 선혈처럼 붉은 입술에 눈처럼 하얀 얼굴이 신비로운 귀공자의 분위기를 풍겼다. 칙칙은 진진이 둔갑한 줄로 착각했으나 뒤에 덜덜 떨고 선 불곰을 보고서 또 다른 상대가 나타났음을 깨달았다. 귀공자는 꼬챙이를 검처럼 휘두르며 씩씩하게 말했다.

"네놈이 곰들을 학살하고 다니는 돈돈이란 돼지구나. 내 오늘 자연의 법칙을 거스르는 산돼지 하나를 죽여 도(道)를 구하겠다."

"쿠에에엑! 무슨 잡소리냐! 너부터 죽여주마! 쿠에에엑!"

돈돈이 뽀얀 먼지를 일으키며 귀공자를 향해 돌진했다. 귀공자의 쇠꼬챙이가 잠시 땅을 향하더니 벼락같이 뻗어 나왔다.

"쿠에에에에엑―"

멧돼지의 단말마가 하늘 높이 울려 퍼지며 숲 속의 새들을 날려 보냈다. 칙칙은 가슴이 뜨끔하여 뒷걸음질치고 있었다. 쇠꼬챙이는 돈돈의 입으로 들어가 항문을 뚫고 밖으로 나왔다. 멧돼지를 단숨에 꿰어 버린 귀공자는 소매에서 무언가를 한 움큼 꺼내 바닥에 휙 하고 뿌렸다. 갑자기 땅 밑에서 화악! 하고 불길이 일었다. 뱀의 혀처럼 날름거리는 불꽃. 귀공자는 쇠꼬챙이를 빙글빙글 돌리며 외쳤다.

"이게 바로 통돼지구이다!"

귀공자의 뒤에 숨어 있던 진진이 샐쭉 웃으며 말했다.

"혹은 멧돼지 바비큐~"

겁을 집어먹은 칙칙은 걸음아 날 살려라 줄행랑을 놓았으나 귀공자는 뒤를 쫓지 않았다. 진진은 서투른 둔갑술을 풀고 팬더로 돌아온 뒤 공손하게 포권하며 인사했다.

"도와주셔서 감사합니다. 인간에게 도움을 받게 될 줄은 꿈에도 몰랐어요."

"하하하, 돈돈은 그동안 저지른 악행이 쌓여 오늘 그 죄과를 받게 된 거란다. 넌 아직 죽을 때가 아니라 살아난 거고. 그러니 나한테 고마워할 건 아무것도 없는 셈이다."

진진은 자신을 구해준 신비로운 인간을 물끄러미 바라보았다. 깎아놓은 조각처럼 수려한 외모였으나 뭔가 허전한 구석이 있었다.

"웅? 근데 눈썹이 없으시네요?"

"눈썹이 없다고? 이런이런! 내가 또 실수했군."

귀공자가 검지로 눈 위를 쓱쓱 문지르자 숯처럼 검은 눈썹이 솟아났다.

"웅~ 아저씨, 요술을 부리시네요?"

"하하하… 요술이라고? 이건 그냥 둔갑술이란다."

"두, 둔갑술이요?"

귀공자는 대뜸 뒤로 풀쩍풀쩍 재주넘기를 했다. 이건 또 무슨 조화인가. 수려한 외모의 귀공자가 어느새 커다란 개구리로 변한 게 아닌가.

"우왓! 당신 개구리였어요?"

"개굴~ 만나서 반갑다. 난 호구와투(虎狗蛙鬪) 마법 학교의 교장 푸로구만이야."

"호… 호구? 마법 학교?"

"흠… 우리 학교는 워낙 폐쇄적이라 같은 숲 속에 살면서도 모르는 경우가 많지. 하지만 마법사들에겐 꽤 알려진 명문 아카데미란다. 근데 너, 혹시 우리 학교에 입학할 생각 없니?"

"마, 마법 학교에 입학을? 제가요?"

"개굴~ 너 아까 보니까 어린 녀석이 둔갑을 제법 하던데. 혼자서 배운 거니?"

"웅~ 우리 아빠가 가르쳐 주신 거예요. 우리 아빠는 팬더 둔갑술의 창시자예요."

"개굴~ 잘은 모르지만 너희 아빠는 아주 유능한 둔갑술사 같구나."

"네… 하지만……."

진진은 아빠가 죽었다는 말을 내뱉지 않고 속으로 삼켰다. 눈물과 슬픔도 함께. 푸로구만은 다시 인간으로 휘리릭 변신을 하더니 밝게 웃으며 손을 흔들었다.

"난 이만 가봐야겠구나. 우리 학교에 입학하고 싶은 마음이 생기거든 언제든지 찾아오너라."

푸로구만은 잘 익은 통돼지를 어깨에 둘러메고 콧노래를 부르며 숲 속으로 사라져 갔다. 진진은 푸로구만의 뒷모습을 응시하며 '호구와투'라는 이름을 되뇌고 있었다.

　잡목과 잡풀이 어지럽게 뒤엉켜 자라고 있는 야산. 인적은 찾아볼 수 없고 갖가지 야생 동물들이 서식하는 곳이다. 팬더는 다리를 벌리고 눈을 게슴츠레 뜨면서 나지막이 주문을 외웠다. 그러자 털 색깔이 금세 짙은 갈색으로 변하고 덩치가 불어났다. 모습이 변한 팬더는 입을 달싹이며 말했다.

　"불곰."

　이번에는 양손을 모으며 다리를 오므렸고, 짤막한 주문이 끝나자 체구가 자그마한 동물로 줄어들었다.

　"너구리."

　너구리는 숨을 깊게 들이마시더니 뒤로 팔딱 재주를 넘었다. 펑— 하는 연기와 함께 나타난 것은 작고 귀여운 다람쥐였다.

　"다람쥐."

다람쥐는 제 꼬리를 물고 시계 방향으로 뱅뱅 돌았다. 도는 속도가 점점 빨라지더니 몸이 고무처럼 주욱 길어지면서 징그러운 구렁이 한 마리가 똬리를 틀고 앉았다.

"구렁이."

구렁이는 턱을 한껏 벌리며 커다란 알을 토해냈다. 알에 착착 금이 가더니 살쾡이 한 마리가 껍질을 깨고 나왔다. 알을 토해낸 뱀은 흐물흐물 형체가 무너지더니 허물만 남았다.

"살쾡이."

살쾡이는 다시 한 번 힘을 주어 풀쩍 재주를 넘었다. 몸체가 불어나고 털 색깔이 변하면서 애초의 팬더가 나타났다. 둔갑하는 모습을 처음부터 지켜보고 섰던 족제비 노인이 고개를 끄덕거렸다.

"축하한다, 진진. 이제 기본적인 5종 둔갑술을 숙달했구나."

"웅~ 감사합니다."

진진은 정중하게 포권하며 족제비 노인에게 답례했다. 길고 허연 수염을 가진 족제비는 오백 년 이상 묵은 영물로, 부모를 잃은 진진의 후견인 역할을 하고 있었다. 족제비의 마음속에는 이제 자신의 역할을 다했다는 뿌듯함과 작고 나약해 보이던 팬더 새끼가 어느 정도 자신을 보호할 수 있을 정도로 자라주었다는 안도감이 교차했다.

"진진아."

"예, 어르신."

"부모 잃은 너를 거두어 키운 지도 어언 일 년이 다 되어가는구나."

"웅~ 항상 고맙게 생각하고 있습니다, 어르신."

"그래서 말인데……."

진진은 족제비의 슬픈 눈빛을 알아채고 약간 긴장되었다.

"아무래도 이제 그만 널 떠나보내야 할 것 같구나."

"어르신 곁을 떠나라구요? 응~ 전 언제까지고 어르신 곁을……."

"아니다."

진진의 말을 자르는 족제비의 어조는 단호했다.

"이제 성인 팬더와 비슷한 크기로 몸이 자랐으니 넌 더 이상 나의 보호가 필요없다. 게다가 기본적인 둔갑술은 너 혼자 책을 보고 터득했으니 내가 전혀 도움이 되지 않고……. 넌 이제 훌륭한 스승을 만나 쥬쥬의 웅묘둔갑술을 완전히 깨우치고 현묘한 도를 익혀 천하의 기운을 바로잡고 도탄에 빠진 억조 창생을 구해야 한다."

"어르신, 제가 어찌 그런 엄청난 일들을 할 수 있겠습니까? 옛말에도 송충이는 솔잎을 먹고, 코알라는 유칼리 잎을 먹고, 팬더는 댓잎을 먹고, 교사는 촌지를 먹는다고 했습니다. 전 그냥 대나무나 씹고 잠이나 자면서 살겠습니다."

"진진아, 내 너의 발바닥 주름을 보아하니 머리가 총명하고 기운이 강해 앞으로 큰일을 할 운명이다. 이런 야산에 처박혀 족제비와 인생을 허비해서는 안 돼."

진진은 족제비의 결심이 확고함을 알고 마음이 무거워졌다.

"스승님의 말씀은 잘 알아들었습니다. 그런데 전 어디로 가야 합니까? 그리고 앞으로 어떻게 살아야 합니까?"

"후후, 큰일을 하려면 큰 가르침을 얻어야 한다. 둔갑술 외에도 다양한 기술을 배울 수 있는 호구와투로 가거라."

"호구와투!"

진진이 무언가 생각난 듯 크게 외치며 눈을 반짝이자 족제비 노인이 물었다.

"호구와투 마법 학교에 대해 알고 있느냐?"

"예, 일전에 그 학교 교장이 제 목숨을 구해준 적이 있습니다. 이름도 똑똑히 기억하고 있습니다. 푸로구만 교장입니다."

"후후후후, 푸로구만 교수는 호구와투 설립자 중 하나인 개구리 마법사지. 혹시 호구와투의 공동 설립자들에 대해서는 알고 있니?"

"웅~ 그런 건 모르고 있습니다."

"그래. 그럼 내가 유서 깊은 호구와투 마법 학교의 역사를 말해 주지. 여기서 북쪽으로 오만 걸음쯤 올라가면 측백나무가 빽빽이 들어찬 숲이 나오는데, 그 숲은 땅의 기운이 강해 걸출한 영물들이 많이 나왔단다. 그중에 유명한 자들이 앞발로 바위를 부수고 한 번 포효하면 천지가 진동한다는 호랑이 타이구마수구, 용을 물어 죽였다는 사나운 들개 황구, 비바람을 부르고 저주와 둔갑에 능한 개구리 푸로구만이다. 이 세 마리의 동물은 숲의 패권을 놓고 평생을 싸웠단다. 하지만 셋 다 명줄이 길어 쉽게 결판이 나지 않았지. 그러다 나이가 들어 죽을 때가 가까워오자 싸움의 허망함을 깨닫게 된 거야. 호랑이와 들개와 개구리는 종전 협정을 맺고 후학들을 양성하기 위한 마법 학교를 세우기로 합의했어. 그렇게 해서 생겨난 것이 호구와투(虎狗蛙鬪) 마법 학교란다."

족제비는 눈을 가늘게 뜨더니 진진의 귓불을 칵 물어주었다.

"아야야! 아파요, 어르신!"

"인석아! 기껏 설명했더니 꾸벅꾸벅 졸고 있냐?!"

"웅~ 그래도 내용은 대충 알아들었어요."

"마법 학교에 들어가거든 수업 시간에 졸지 말아라. 넌 잠이 많은 게 단점이야."

"네, 어르신."

"그럼 이만 가보아라. 짐은 내가 다 꾸려놓았다."

진진은 족제비 노인에게 큰절을 올리고 길을 떠났다.

부모의 죽음과 타향에서의 고된 수련은 진진이 세상에 태어나서 처음 겪는 엄청난 시련이었다. 하지만 불행과 고독은 진진을 오히려 더 낙천적이고 여유로운 성격으로 만들어주었다. 족제비 노인과 결별하는 아픔을 금세 잊어버리고 빙글빙글 웃으며 노래를 부르는 진진.

외로워도 슬퍼도 나는 안 울어.

먹고 자고 또 먹지 울긴 왜 울어.

웃으면서 핥아보자, 푸른 죽순.

푸른 하늘 바라보며 노래하자.

내 이름은 내 이름은 내 이름은 진진.

나 혼자 있으면 어쩐지 쓸쓸해지지만

그럴 땐 얘기를 해보자, 연못 속의 나하고.

웃어라, 웃어라, 둔갑 팬더야.

즐겁게 노래를 부르고 신나게 궁둥이를 흔들며 발걸음도 가볍게 길을 걷다 보니 오만 걸음이 후딱 지나갔다.

진진의 눈앞에는 높이가 20여 미터에 달하고 잎이 비늘같이 생긴 상록교목들이 촘촘히 늘어서 있다. 마치 이방인의 출입을 거부하는 것처럼 오만하게 서 있는 식물들을 보고 주눅이 든 팬더는 슬금슬금 뒷걸음질치며 주위를 살폈다.

측백나무 숲의 입구에는 오래된 나무 간판 하나가 덜렁거리며 붙어 있었다.

虎狗蛙鬪 魔法學校(호구와투 마법 학교).

간판 밑으로 쭉 뻗은 숲길이 나 있었다. 진진은 큰맘 먹고 숲길 속으로 한 걸음 한 걸음 걸어 들어갔다. 숲에 들어서자 강한 지기(地氣)가 온몸을 휩싸는 것을 느낄 수 있었다. 양쪽으로는 높다란 측백나무가 빽빽이 늘어서서 길을 가는 자를 위압했다.

"웬 놈이냐!"

진진은 난데없는 호통 소리에 놀라 그대로 땅에 주저앉았다. 양 앞발로 두 눈을 가린 진진은 발가락 사이로 호통 소리의 주인을 쳐다보았다. 기괴한 형상이었다. 소시지 같기도 하고 몽둥이 같기도 한 괴상한 생물이 허리를 굽혔다 폈다 하면서 진진을 관찰했다.

"넌 누구냐!"

"웅~ 저… 저… 팬더인데요."

"누구냐니까?!"

"호, 호구… 에 들어가려고……."

"호구? 누굴 호구로 알아?!"

"그, 그게 아니고… 호, 호구와투에……."

괴물은 껄껄 웃으면서 진진의 어깨를 툭툭 쳤다.

"뭐야, 신입생인가? 하하하하! 미안미안. 난 또 무단 침입자가 아닌가 해서."

"웅~ 근데 아저씨는 누구세요?"

"나? 호구와투에 지원했다면서 날 모른단 말이냐?"

괴물이 또다시 버럭 소리를 지르자 진진은 찔끔했다.

"하하하! 놀랐냐? 난 숲지기 해구신이란다."

"해, 해구신?"

"소리쳐서 미안하구나. 요새 신경이 예민해졌어. 정력에 좋다고 날 먹겠다는 놈들이 많아서 말이야. 날 따라오너라. 호구와투 교정까지 안내해 주마."

숲지기 해구신은 발도 없이 스프링처럼 펄쩍펄쩍 뛰어서 저만치 앞서 갔다. 진진은 숲지기를 따라서 수월하게 호구와투에 다다를 수 있었다.

마법 학교는 거대한 통나무집들이 중앙의 광장을 빙 둘러싸고 있는 모습을 하고 있었다.

"저 가운데 있는 제일 큰 통나무 건물이 행정실이야. 그럼 건투를 빈다, 팬더 꼬마. 안녕!"

숲지기 해구신은 쾌활하게 인사하고 다시 펄쩍펄쩍 뛰어 사라져 갔다. 진진은 밝게 웃으며 손을 흔들어주었다.

"웅~ 왠지 힘찬 기운이 느껴지는 아저씨야."

행정실에 들어서자 높다란 나무 책상이 시야에 들어왔다. 웬 처녀가 책상에 다리를 올린 채 건들거리며 호리병에 든 술을 마시고 있었다. 짧은 치마를 입어 다리가 훤히 드러났는데 제법 미끈했다.

"웅~ 누나는 누구예요?"

"누나? 건방지게!"

처녀는 책상 위에 펼쳐져 있던 서책을 집어 던졌다.

"쿠엑……!"

진진은 책 모서리에 이마가 찍혀 바닥에 쭈그리고 앉아 고통스러워했다. 처녀는 벌떡 일어나 책상 위에 걸터앉았다.

"난 호구와투 마법 학교의 교장 미내루바 막가나걸 교수님이시다!"

"웅~ 마, 막가나걸 교수? 호구와투 교장은 푸로구만 씨가 아니었던가요?"

"푸로구만이라고? 도대체 언젯적 이야기를 하는 거야! 오호호호호호!"

막가나걸 교수는 고개를 젖히며 앙천대소(仰天大笑)했다. 진진은 그제야 막가나걸 교수의 얼굴을 자세히 볼 수 있었다. 주름이 자글자글하고 코가 매부리 같은 것이 마치 마녀와도 같은 형상이다. 그럼에도 목 아래로는 이십 대 초반의 탄력있는 몸매를 가지고 있는 점이 기괴했다.

"꼬마야, 푸로구만 씨는 일 년 전에 돼지 고기를 잘못 먹어 식중독으로 죽었단다."

"웅? 그게 정말이에요?"

"그래. 살웅저 돈돈을 통째로 구워서 뜯어 먹다가 죽었지. 어리석은 양반."

"웅~ 그랬구나."

진진의 얼굴에 잠시 어두운 그림자가 드리웠다. 자신의 목숨을 구해준 은인이 그 일로 인해 죽었다는 사실이 몹시나 죄스러웠다. 하지만 막가나걸 교수는 왠지 즐겁다는 표정이다.

"푸로구만 씨가 죽은 뒤 아베크 족 출신의 마법사 덤불 공자가 뒤를 이었지. 하지만 그도 한 달 전에 덤불 속에서 심장 마비로 죽고 말았어."

"웅~ 그래서 막가나걸 교수님이 교장이 되신 거군요."

"오호호호! 그렇단다, 꼬마야. 근데 넌 누구지? 우리 학교 학생은 아닌 것 같은데……."

"전 진진이라고 합니다. 호구와투에 입학하고 싶어서요."

"호구와투에? 덜 익은 팬더 주제에? 오호호호!"

교장은 고개를 젖히고 한껏 웃어준 뒤에 냉정한 얼굴로 돌아왔다. 매부리코와 날카로운 눈매에서 서늘한 한기마저 느껴졌다.

"꼬마야, 호구와투는 중국 최고의 마법 명문이야. 여기에 들어오고 싶으면 마능 시험에서 최소한 370점 이상 고득점해야 된다."

"마, 마능 시험이요? 그게 뭔데요?"

"이런 한심한 녀석 같으니라구! 마법 능력 시험도 모른단 말이냐! 썩 꺼져! 입학하고 싶으면 고득점한 마능 성적표를 가지고 오란 말이야!"

막가나걸 교수의 호통 소리에 쫓겨나듯 행정실에서 나온 진진은 궁시렁대며 교정을 어슬렁거리다 고슴도치 한 마리를 만났다. 고슴도치는 처음 보는 동물을 보고 가시를 세우고 경계를 했다.

"넌 누구지? 지금 둔갑한 거니?"

"웅~ 아니. 난 원래 팬더야. 호구와투에 들어오고 싶어서."

"신입생이니? 아니면 호구와투에 지원하는 수험생?"

"웅~ 후자야. 근데 마능 시험이 뭐니? 막가나걸 교수가 마능 점수도 없이 왔다고 막 야단치더라."

고슴도치는 배를 잡고 한참 동안 웃어준 뒤에 대답했다.

"어떻게 마능 시험도 모르는 애가 호구와투에 다 지원을 했을까? 마법 교육 당국자들은 각성해야 돼."

"웅~ 그래서 묻는 거잖아. 마능 시험이 뭐니?"

"흠… 마능, 곧 마법 능력 시험이란 마법 학교에 입학할 만한 자질이 있는지를 객관적인 척도로 평가하는 시험이야. 주문이나 달달 외우는 암기식 교육에서 탈피하고자 만들어진 제도지. 마법 교육 평가원에서 주관하는데, 통합 유파적인 소재를 바탕으로 사고력과 응용력을 측정하는 문제가 주를 이루고 있어. 점수 분포는 둔갑 영역이 120점, 약리 영역 80점, 정령 탐구/영계 탐구 120점, 고대어 영역이 80점이야. 총 400점 만점에 최하 300점 이상은 맞아야 중국 대륙 내에 있는 마법 학교에 입학할 수 있어. 호구와투 같은 명문 학교에 들어오려면 막가나걸 교장 말대로 370점 이상은 맞아야 하지."

"웅~ 네 말을 들어보니 만만치 않은 시험 같은데. 전혀 감을 잡을 수가 없어."

"히히, 원래 마능이 좀 이상한 시험이야. 하지만 걱정 마, 내가 도와줄게."

진진은 친절한 고슴도치의 등을 쓰다듬어 주다 가시에 앞발을 찔려 눈물을 찔끔거렸다.

"웅~ 아파라……. 여하튼 정말 고맙다. 난 진진이라구 해."

"난 위주리야. 우리 집안은 대대로 마법사들이 많이 나왔어. 나도 부모님의 뜻에 의해 호구와투에 왔는데 잘될는지 모르겠어. 마법에는 영 소질이 없어서……. 하지만 마능 시험은 경험이 많으니까 도와줄 수 있을 거야."

"웅~ 근데 마능 시험은 언제 보는데?"

"일 년에 한 번 보는데, 지난달에 있었어. 앞으로 일 년 정도 남았으니까 꾸준히 하면 잘 볼 수 있을 거야."

그날 이후 진진은 호구와투 기숙사 근처 수풀에 기거하면서 고슴도치 위주리에게 마능 시험 대비 족집게 과외를 받았다. 위주리는 호구와투에서 그다지 우수한 학생은 아니었다. 하지만 호구와투에 들어오기 위해 오랜 세월 분투했던 경력이 있어 마능 시험에는 일가견이 있었다. 위주리는 전혀 개념없는 진진에게 핵심 사항들을 알기 쉽게 정리해서 설명해 주었고, 시험에 자주 나오는 문제들은 따로 묶어서 완전히 숙달토록 했다. 진진은 위주리가 전해주는 '누드 약술서', '디딤돌 개념 원리 정령학', '성문 기본 룬 어', '둔갑의 정석' 같은 교재들을 열심히 통독하는 한편 마능 기출 문제도 열심히 풀었다.

시간은 유수와 같이 흘러 어느새 마능 시험일이 되었다. 진진은 마법 교육 평가원 시험장에서 다른 응시생들과 함께 시험지 배부를 기다렸다. 옆구리에 시험지 뭉치를 끼고 들어온 감독관은 응시생들을 날카롭게 쏘아보며 경고했다.

"부정 행위를 하는 놈은 마법을 써서 새로 만들어 버린다. 저기 저 녀석처럼!"

감독관은 손끝으로 시험장 구석에 세워진 홰를 가리켰다. 구관조 한 마리가 슬픈 표정으로 앉아 있었다.

"저 녀석은 작년 마능 시험 부정 행위자 싸이라는 놈이다. 일벌백계로 세워놓았으니 절대로 부정 행위하지 말도록."

구관조는 부리를 움직이며 노래를 불렀다.

"나 완전히 새 됐어~"

감독관이 시험지를 나눠 주기 시작했다. 진진은 담담한 심정으로 둔갑 영역 첫 번째 문제를 읽었다. 평이한 수준이어서 빙그레 웃음이 나왔다.

문제 1) 도움이 필요해 예쁜 처녀로 둔갑을 했다. 다음 중 어떤 자에게 도움을 청해야 하나?

① 20대 총각

② 30대 유부남

③ 40대 중년 남성

④ 70대 할아버지

⑤ 위 모두 괜찮다.

진진은 주저없이 5번에 마킹했다.

"웅~ 남자들은 다 똑같애~"

둔갑 영역의 문제들은 그 이후로도 순조롭게 술술 풀렸다. 약리 영역은 약간 까다로웠지만 위주리가 골라준 예상 문제들이 많이 나왔고, 정탐/영탐도 평이한 수준이었다. 고대어 영역은 전혀 예상 밖의 문제가 나와 진진을 당황하게 했다.

문제 3) 어그야 어강됴리 아으 다롱디리?

① 위 두어렁셩 두어렁셩 다링디리

② 지국총 지국총 어사와

③ 경긔 엇다하니잇고

④ 옵하 재 버딋 아딋 ㅊ ㅣ ㄴ구등록 해ㅈㅜ새효

⑤ 흐미 옵하 넘흐 머쪄효

진진은 식은땀을 흘렸다.

"웅~ 도대체 이게 뭔 소리야……."

5분 넘게 끙끙대던 팬더는 발가락을 오므려 얼굴에서 털을 뽑았다.

"한 개… 두 개… 세 개… 네 개…….."

털 뽑기로 4번을 찍은 진진은 계속해서 나타나는 난해한 문제들을 붙잡고 씨름했다. 채팅 고어와 룬 어 정도만 공부했던 진진으로서는 예상 밖의 복병을 만난 것이다.

잠시 후 시험 종료를 알리는 구관조의 노래가 들려왔다.

"나 완전히 새 됐어~"

진진은 풀 죽은 얼굴이 되어 시험장을 나왔다. 응시생들을 격려하는 플래카드가 시험장 입구에 걸려 있었다.

꿈★은 이루어진다. 마능 점수 대박나세요~

시험장 밖에서 기다리던 위주리가 밝게 웃으며 다가왔다.

"잘 봤냐? 몇 점이나 나올 것 같아?"

"웅~ 글쎄… 둔갑 영역이랑 정탐은 잘 봤는데… 고대어를 망쳤어."

"괜찮아. 다른 애들도 어려웠대. 호구와투 입학은 성적 순으로 결정되니까 절대 점수는 중요한 게 아니야."

마법 능력을 측정하는 시험답게 마능 시험 채점은 마법을 이용해 순식간에 이루어졌다. 시험장에 배치되었던 감독관들은 시험이 끝나자마자 채점자가 되어 응시생들이 제출한 답안지를 정리했다. 총감독관이 주의 사항을 일러준다.

"마법 판독 시트가 채점 도중 찢어지지 않도록 주의하세요. 오류가 발생하지 않도록 판독 속도는 분당 10장으로 제한합니다. 자, 그럼 채점 시작하세요!"

채점자들이 고대어로 주문을 외우자 채점용 붓이 저절로 움직이면서 정답과 오답을 가려내고 합산된 점수를 기재했다. 채점이 끝난 답안지는 저절로 홀렁홀렁 넘겨지면서 한쪽 귀퉁이에 차곡차곡 쌓였다. 채점자들은 손가락 하나 까딱하지 않고 그저 가만히 앉은 채로 중얼중얼 주문을 외우고 있을 뿐이다.

시험을 마친 응시생들은 집으로 돌아가지 않고 시험장 밖에서 웅성거리며 기다렸다. 마능 시험 결과는 시험 당일에 발표하기 때문이다. 진진 역시 위주리와 함께 결과를 기다리고 있었다. 느긋하고 낙천적인 성격이지만 이번만큼은 가슴을 졸였다.

진진은 웅묘둔갑대법의 유일한 계승자. 마능 시험 점수와 호구와투 입학 여부는 팬더 종족 전체의 자존심이 걸린 문제였다.

얼마나 기다렸을까? 수염을 허옇게 기른 인간 노인이 커다란 한지 두루마리를 들고 나왔다.

"자, 그럼 제128회 마법 능력 시험 결과를 발표하겠습니다."

응시생들이 웅성거리기 시작했다. 진진은 자신의 가슴이 콩닥콩닥 뛰는 소리를 들을 수 있었다.

노인을 시중 드는 청년들이 커다란 붓으로 한지에 풀을 발라 건물 벽에 붙였다. 응시생들이 우르르 벽보 앞에 몰려들었다. 어떤 이는 환호성을 지르고 어떤 이는 풀이 죽어 어디론가로 사라졌다. 인파를 헤치고 벽보 앞까지 다다른 진진은 눈을 크게 뜨고 자신의 수험 번호를 찾았다.

"웅~ 찾았다. 웅…… 357점이네. 치잇……."

팬더는 시무룩한 얼굴로 주둥이를 긁었다. 기대에 못 미치는 점수였다. 하지만 위주리는 밝게 웃으며 진진의 어깨를 두드렸다.

"걱정 마. 고대어 영역이 어렵게 출제되었던 모양이야. 다들 점수가 낮아. 호구와투도 희망이 있다구."

"그럴까? 웅~ 그럼 다행인데……."

허연 수염의 노인이 벽보 앞으로 나오면서 추가 발표를 했다.

"이번 마능 시험의 최고 득점자를 발표하겠습니다. 제128회 마법 능력 시험의 총점 기준 최고 득점자는 암여우입니다. 400점 만점에서 총 396점을 획득한 애루미온 양, 앞으로 나오세요."

여기저기서 탄성이 터져 나왔다. 예쁘장한 인간 여자 아이가 야무진 입술을 앙다물고 앞으로 걸어나왔다. 위주리가 진진의 귀에 대고 속삭였다.

"여우라고? 저 녀석 둔갑술도 제법인데? 감쪽같잖아?"

둔갑술이 제법이라는 위주리의 칭찬에 진진은 은근히 경쟁심이 일었다. 둔갑술에 재능이 있고 웅묘둔갑대법의 계승자라고는 하지만 아직 인간 둔갑은 꿈도 못 꾸는 진진이었다. 예쁜 여자로 둔갑할 수 있는 애루미온이 부럽지 않을 수 없었다. 애루미온은 샐쭉 웃으며 자신의 소감을 피력했다.

"안녕하세요. 호명산 여우 일족 애루미온입니다. 제 목표는 마능 시험 따위가 아니에요. 호구와투에 들어가서 수석으로 졸업한 뒤에 마법교육학을 공부해서 교수가 되는 겁니다."

애루미온의 말에 탄성과 신음 소리와 야유가 뒤섞여서 들려왔다. 위주리는 어깨를 으쓱하며 진진을 보고 웃었다.

"저 녀석 좀 건방진데?"

"웅~ 근데 진짜 공부를 잘하나 봐. 호구와투에는 저런 천재들만 들어오는 건가? 웅~ 합격할 수 있을까? 걱정되네……."

천재 여우의 등장에 주눅이 들었던 진진은 잠시 후 생기가 돌았다. 영역별 최고 득점자들 중에 자신이 끼어 있었던 것이다.

"웅~ 위주리, 방금 저 할아버지가 하는 말 들었어? 둔갑 영역 최고 득점자가 진진이래!"

"축하해. 팬더 둔갑술 계승자로서 체면은 세웠군. 키키."

"웅~ 왠지 느낌이 좋아. 호구와투에 합격할 수 있을 것 같아."

"그래, 자신감을 가져. 어서 성적표나 받아와라. 호구와투에 서류 접수하러 가야지. 이번에 시험이 어려워서 대부분 하향 지원할 게 분명해."

이후로는 모든 게 순조로웠다. 고슴도치의 말대로 호구와투는 어려운 마능 시험 여파로 사상 최저의 경쟁률을 기록했고, 진진은 한결 가벼운 마음으로 서류를 접수했다. 금편 다섯 닢이라는 어마어마한 전형료가 진진을 놀라게 했지만, 마음씨 좋은 숲지기 해구신 아저씨가 선뜻 돈을 빌려주었다. 일 년 전 진진을 행정실에서 야박하게 내쫓았던 막가나걸 교장도 한결 친절해졌다.

서류 접수 후 발표까지 일주일 동안 진진은 위주리와 호구와투 교정을 돌아다니며 마음껏 놀았다.

합격자 발표 날, 진진은 기분 좋은 예감대로 호구와투에 너끈히 합격했다. 물론 수석 합격자 애루미온과는 상당한 격차가 있었지만.

제13장

기숙사 대항 귀대회

호구와투 대강당에는 1천여 명에 달하는 마법 수련자들이 모두 모였다. 새 학기 신입생들의 입학식을 지켜보기 위해서였다. 막가나걸 교장은 보라색 스타킹과 가죽 치마라는 파격적인 의상을 입고 연단에 나타나더니 30여 분에 걸쳐 일장 연설을 늘어놓았다. 연설이 끝나자 수석 합격자 애루미온이 '마법 수련자의 선서'를 낭독했다. 마법 수련자의 선서는 패천마도사 패루아후부가 초안을 잡고 호구와투 교장들이 교정을 보았다고 전해진다.

마법수련자의 선서

하나. 둔갑하되 본분을 잊지 않는다.

하나. 탐구하되 천기를 누설하지 않는다.

하나. 민중을 미혹케 하지 않는다.

하나. 명이 다한 자를 살려주지 않는다.

하나. 마법으로 재물을 모으지 않는다.

하나. 자연 법칙을 존중한다.

하나. 등록금은 제 날짜에 낸다.

하나. 교수들에게 반항하지 않는다.

하나. 졸업 후 성공하면 모교에 기부금을 아낌없이 낸다.

애루미온이 선서문을 낭독할 동안 진진은 다른 신입생들 틈에 끼여 꾸벅꾸벅 졸고 있었다. 선서가 끝나자 교장이 다시 연단으로 올라왔다.

"그럼 지금부터 여러분들이 고대하던 기숙사 배정을 시작하겠습니다. 호구와투 전통에 따라 기숙사 배정은 마법의 감투로 하겠습니다."

막가나걸 교장은 커다란 감투를 꺼내더니 수석 합격자 애루미온의 작은 머리에 씌웠다. 감투에 희미한 눈, 코, 입 모양이 나타나더니 강당이 떠나갈 듯한 큰 목소리가 터져 나왔다.

"구리핀돌려!"

왁자한 박수 소리와 환호성이 터져 나왔다. 애루미온은 만족스러운 웃음을 지었다. 구리핀돌려는 호구와투 내에서도 가장 뛰어난 마법사들을 배출한 명문 기숙사였다. 애루미온 다음으로 차석 합격자인 말코가 감투를 썼다. 유명한 마법사 가문에서 태어났지만 건방지고 사악한 녀석이다.

감투는 주저없이 나쁜 마법사들의 고향이라 할 수 있는 '수레돌려' 기숙사를 외쳤다. 말코 역시 행복한 표정으로 수레돌려 선배들을 향해 걸어갔다. 말코의 아버지 역시 수레돌려 출신이었다.

신입생들은 즐거운 얼굴로 줄을 서서 제각기 기숙사를 배정받았다. 자신이 배정받은 기숙사를 마음에 들어하지 않는 학생들도 있었지만, 감투는 절대로 번복하지 않았다. 마법의 감투는 감투를 쓴 학생이 재능과 적성을 최대한 발휘할 수 있는 곳으로 보내기 때문이다. 진진은 자신의 차례가 왔을 때도 꾸벅꾸벅 졸고 있다가 뒤에 있던 학생이 쿡쿡 찌르는 바람에 잠에서 깨었다.

"웅~ 뭐야, 벌써 기숙사 배정인가?"

반쯤 감은 눈으로 걸어나와 감투를 쓰자 마법의 감투가 도통 모르겠다는 표정이다.

"음…… 알 수 없는 녀석이군. 여러 분야에 뛰어난 재능을 가지고 있어. 식욕과 수면욕이 굉장히 강한데… 영리하지만 순진하고 호기심이 많으면서도 게을러."

진진은 졸린 눈을 껌뻑이다가 구리핀돌려 테이블에 앉아 있는 애루미온을 발견하고 속으로 생각했다.

'웅~ 구리핀돌려 기숙사에 들어갔으면…….'

마능 시험장에서 압도적인 점수와 완벽한 인간 둔갑을 보여주었던 천재 여우에게 흥미를 느꼈던 것이다. 감투도 진진의 마음을 읽었는지 '구리핀돌려!' 라고 힘차게 말해 주었다. 진진은 기숙사 선배들에게 꾸벅꾸벅 절을 하고 테이블 구석에 자리를 잡았다.

어린 팬더는 아직 수줍음을 많이 탔다. 애루미온이 새침하게 웃으며 다가와 진진의 옆 자리에 앉았다.

"얘, 네가 진진이지?"

"웅~ 어떻게 알았니?"

"네가 마능 시험 둔갑 영역 일등이라며? 정말 놀랐어. 나머지 영역에서는 모조리 내가 수석이거든. 정말 놀랐어. 팬더에게 일등을 빼앗기다니……."

"웅~ 뭐 그걸 가지고. 넌 전체 수석이잖아."

"그야 그렇지. 하지만 제일 중요한 영역에서 뒤졌다는 게 좀 분해. 난 네가 차석일 줄 알았는데."

"웅~ 난 고대어를 망쳤어. 점수를 잘 맞은 건 둔갑 영역뿐인걸."

"아무튼 반갑다. 앞으로 잘 지내보자고."

"웅~ 그래, 많이 가르쳐 줘. 히……."

팬더와 여우가 서로 앞발을 내밀어 인사를 하는데 누군가 뒤에서 덮쳤다. 진진이가 의자에서 펄쩍 뛰어올랐다.

"아, 따가워! 누가 날 찔렀어!"

"아이구, 미안미안! 나야, 나! 너무 반가워서 그만……."

고슴도치 위주리였다. 진진은 등에 박힌 가시를 빼내며 반갑게 웃었다.

"웅~ 위주리 형~ 구리판돌려었어?"

"그래. 내가 말 안 했었나? 네가 우리 기숙사에 들어오게 해달라고 감투에게 얼마나 부탁했는데."

"웅~ 그랬어? 킥, 형의 청탁이 위력을 발휘한 거였군."

"청탁이라기보다 협박이지. 내 말을 들어주지 않으면 불꽃 마법으로 태워 버리겠다고 했거든."

위주리가 깔깔대고 웃었다. 진진은 애루미온의 어색한 표정을 발견하고 그녀를 소개했다.

"웅~ 위주리 형, 인사해. 이쪽은 애루미온."

"안녕하세요, 부스스한 고슴도치 선배."

"반갑다, 귀여운 여우 후배."

팬더와 고슴도치와 여우는 자연스럽게 어울렸다. 셋이서 한창 수다를 떨고 있는데 구리핀돌려의 지도 교수인 백사 교수가 혀를 낼름거리며 신입생들에게 말했다.

"에… 새내기들에게 부탁할 것이 있다. 우리 기숙사의 전통에 따라 새내기들은 선배들에게 구리핀을 선물해야 한다. 내일까지 돈을 모아서 선배들 숫자만큼 구리핀을 사 오도록."

애루미온이 뾰족한 입을 실쭉거리며 불만을 터뜨렸다.

"교수님, 구리핀이 얼마나 비싼 줄 아세요? 구리 자체가 비싼 데다가 유리 세공품까지 붙어 있어서 한 달 용돈으론 어림도 없다구요."

백사 교수는 작은 눈을 더욱 가늘게 뜨며 그녀를 노려봤다.

"애루미온 양, 이건 전통이야, 전통! 겨우 구리핀 가지고 엄살이야? 우리 옆 테이블 신입생들은 어떻겠어?"

애루미온은 고개를 오른쪽으로 돌렸다. '금송아지돌려' 기숙사 신입생들이 암담한 얼굴로 한숨을 푹푹 내쉬고 있었다. 진진이 희미하게 웃으면서 애루미온의 어깨를 토닥거렸다.

"웅~ 그래도 다행이야. 내 뒤에 있던 애는 '아파트돌려'로 갔어."

애루미온이 진진의 귀에 대고 속삭였다.

"저 백사 교수, 애들 엄청 갈구게 생겼다. 그치?"

진진은 멋쩍게 웃으며 고개를 끄덕거렸다.

학기가 시작되자 애루미온의 우려는 현실로 나타났다. 강의 도중 항상 냉소적인 미소를 머금고 있던 백사 교수는 이따금 어려운 퀴즈를 내어 학생들을 당황하게 만들었다.

햇빛 따뜻한 어느 날 오후, 호구와투 신입생들 중에서 '범생' 축에

끼는 진진도 결국 그의 희생양이 되고 말았다.

"에… 요약하면 수은과 굴 껍데기 분말, 검은 기름, 활석을 골고루 섞어서 36일 동안 가열하는 방법을 말하는데, 주의할 점은… 낼름낼름~ 캬악!"

연금술과 약리학을 가르치는 백사 교수는 그날도 쇠 긁는 소리로 열정적인 강의를 하다가 갑자기 분통을 터뜨렸다. 다른 학생들이 교수의 쇠 긁는 소리에 질려 얼굴을 찡그리며 고통스러운 표정으로 강의를 듣고 있는 데 반해 아주 태평하게 꾸벅꾸벅 졸고 있는 학생을 발견한 것이다.

"지, 진진!"

자신의 이름이 호명되는 줄도 모른 채 계속 꿈속을 헤매던 진진은 애루미온이 뾰족한 마법 지팡이로 옆구리를 찌르는 바람에 잠에서 깼다. 백사 교수는 눈을 비비며 주위를 두리번거리는 팬더를 쏘아보며 혀를 낼름거렸다.

"진진! 지금부터 내가 즉석 퀴즈를 내겠다. 풀지 못하면 벌을 내린다. 알았나!"

"웅~ 네에……."

진진은 벌써부터 기가 죽어 있었다. 백사 교수의 긴 혀가 낼름거렸다.

"잘 들어라. 노트에 적어도 좋아. 썩은 당근 두 개와 쉰밥 한 덩이, 양파 세 쪽, 깻잎 한 장, 먹다 남은 반찬 한 접시를 차우린 물에 넣고 10분간 끓이면 뭐가 되지?"

진진은 발톱으로 뒤통수를 긁으며 고개를 갸우뚱거리다가 한참 후에 어눌한 목소리로 대답했다.

"웅~ 개밥이요."

"뭐야? 이 멍청한 놈!"

학생들은 와~ 하며 폭소를 터뜨렸고 백사 교수는 열받아 아가리를 쫙 벌렸다. 애루미온은 자신있는 얼굴로 손을 바짝 들었다. 백사 교수가 간신히 화를 누르며 호구와투 최고의 수재를 지명했다.

"애루미온 양, 대답해 보도록."

"네, 그건 개구리의 감염증을 치료하는 항생제입니다!"

백사 교수는 고개를 끄덕거리며 마지못해 칭찬했다.

"그래… 뭐, 당연히 알아야 하는 상식이지만 잘 맞췄어. 하지만 진진! 너는 수업 중에 잠을 잔 데다가 간단한 퀴즈도 맞추지 못했으니 약속대로 벌을 내리겠다. 수업이 끝나면 교무실로 찾아와라. 알겠나?"

"웅~ 네……."

진진은 수업 시간 내내 풀 죽은 얼굴로 책상 위만 쳐다보았다. 창피하고 자존심 상하는 일이었다. 웅묘둔갑대법의 유일한 계승자가 이 무슨 망신이란 말인가. 진진은 와신상담하여 다음번 기말고사에서 추락한 자존심을 회복해야겠다고 다짐했다.

수업이 끝나고 교무실로 들어서자 백사 교수가 혀를 낼름거리며 말했다.

"진진, 네가 쥬쥬의 아들이라고 들었다."

백사 교수의 말에 진진은 눈을 크게 떴다.

"웅? 우리 아버지를 아세요?"

"후후, 여우 둔갑술의 잔재를 씻고 팬더 고유의 둔갑술을 창안한 자가 아니더냐. 팬더가 아니라도 마법을 공부하는 사람이라면 모두 알고 있는 사항이지. 하지만! 넌 오늘 쥬쥬의 이름에 먹칠을 한 게야."

"웅~ 죄송해요……."

백사 교수는 여전히 차가운 미소를 머금고 있었다.

"내가 어려운 숙제를 내주겠다. 이걸 성공하면 용서해 주지. 실패하면 이번 학기는 낙제 점수를 받을 줄 알아."

"웅~ 뭔가요?"

백사 교수는 은밀한 분위기를 조성하더니 나지막한 목소리로 말했다.

"행정실 지하에 가면 바닥에 금고가 있다. 그걸 열고 안에 든 걸 가져와."

"웅~ 그렇게만 하면 되나요?"

"킬킬, 그래."

생각보다 쉬운 숙제였다.

밖으로 나온 진진은 당장 행정실로 들어가려다 주춤하고 말았다. 막가나걸 교장이 도도한 얼굴로 책상에 앉아 있는 것이 눈에 들어왔기 때문이다. 행정실 지하로 가려면 교장 등 뒤에 있는 작은 문을 통과해야 했다. 할 수 없이 거사를 뒤로 미루고 발길을 돌리는데 위주리가 진진의 등을 탁 하고 쳤다.

"아, 따가워!"

"아, 미안미안~ 내가 또 실수했네."

"웅~ 괜찮아."

진진은 눈물을 찔끔거리며 등 뒤에 박힌 가시를 빼냈다. 위주리는 잔뜩 흥분한 얼굴이었다.

"진진, 축하해! 네가 귀대취(鬼大醉) 게임이 삐끼로 뽑혔어! 호구와 투 역사상 신입생이 삐끼로 뽑힌 건 아마 네가 처음일 거야!"

"응? 삐끼? 그게 뭐 하는 건데?"

"이런! 귀대취 게임의 포지션을 모른단 말이야?"

귀대취(鬼大醉)는 비행가마를 타고 날아다니며 술 취한 귀신을 호리병에 가두는 전통 놀이로, 4인 1조가 되어 움직인다. 귀대취는 호구와 투 마법 학교의 명물로, 모든 학생들이 입학하는 순간부터 주전 멤버를 희망하는 꿈의 마법 스포츠다. 위주리는 진진의 상식 부족에 어이없어 하며 귀대취 게임에 대해 설명하기 시작했다.

"잘 들어. 귀대취에는 네 가지 포지션이 있어. 마담, 삐끼, 주정꾼, 기도지. 마담은 호리병을 들고 다니며 귀신을 가두는 역할을 해. 네가 맡을 삐끼는 술 취한 귀신을 쫓아다니며 호리병으로 유혹하는 일을 하고, 주정꾼은 작은 나무 망치를 들고 상대 팀의 호리병을 깨부수는 게 임무야. 호리병이 깨지면 그 팀은 탈락이야. 마지막으로 기도는 주정꾼으로부터 자기 팀의 호리병을 수호하는 역할을 맡지."

"응~ 잘할 수 있을까? 귀대취는 처음인데……."

"연습하면 돼! 누구는 날 때부터 잘했다던?"

진진은 그날 이후 구리핀돌려 기숙사의 귀대취 주전 멤버들과 어울려 비행가마 타는 연습을 시작했다. 측백나무를 깎아 만든 목제 가마는 반중력 도료가 발라져 있어 가만히 두어도 공중에 둥둥 떠다녔다. 가마에 올라타는 귀대취 선수들은 정신을 집중해서 비행가마를 원하는 방향으로 움직여야 했다. 구리핀돌려의 마담, 주정꾼, 기도는 모두 2년 이상 주전으로 뛰어본 인간들로 하나같이 베테랑들이었다. 그들은 팬더 신입생이 삐끼를 맡았다는 데 놀라워하면서 기대와 우려가 뒤섞인 반응을 보였다.

"야, 신참! 잘해야 돼! 구리핀돌려는 개교 이래 최다 우승 팀이라구!"

"웅~ 열심히 하겠습니다."

처음에는 비행 연습만 하다가 어느 정도 숙달이 되자 귀신을 쫓아다니는 연습을 했다. 곡주가 든 호리병에 일주일 이상 갇혀 있었던 남자 귀신은 취기가 올라 비틀거리면서도 놀라운 속도로 날아다녔다. 진진은 귀신의 엄청난 속도에 질려 마담에게 물었다.

"우와! 어떻게 귀신이 저렇게 빠를 수가 있죠?"

"귀신의 음기가 술의 양기에 놀라서 그래. 귀신에게 술을 먹이는 이유는 보다 속도감있는 경기를 즐기기 위해서지. 자, 어서 가서 해봐."

진진은 비행가마를 귀신에게로 몰았다.

"웅~ 아저씨, 술 한잔 더 하실래요?"

"뭐라고? 딸꾹."

술 취한 귀신이 정신없이 핑핑 날아다니는 통에 삐끼가 제대로 호객 행위를 할 수가 없었다. 진진의 비행가마가 방향을 못 잡고 갈팡질팡하자 주장 격인 기도가 버럭 소리 질렀다.

"더 빨리 몰아야지! 그렇게 느려 터져서야 말이나 제대로 붙어보겠어?"

"웅~ 어지러워~"

진진은 귀신의 현란한 움직임과 비행가마의 급격한 방향 전환으로 인해 현기증과 구토 증세를 느꼈다. 비행가마 위에서 정신을 잃고 쓰러진 진진. 가마는 뱅글뱅글 돌면서 추락하고 있었다.

"앗! 위험해!"

"진진이 떨어진다!"

주정꾼과 마담이 급하게 날아왔지만 이미 가속도가 붙어버린 채 낙하하고 있는 진진의 비행가마를 붙잡기에는 역부족이었다. 측백나무 비행가마는 지면에 충돌하는 순간 와장창 하는 요란한 소리를 내며 산산조각이 났다. 나뭇조각이 사방으로 튀어 올랐다. 진진은 입을 반쯤 벌리고 바닥에 죽은 듯이 누워 있었다.

"형! 이 녀석 죽었나 봐. 숨을 안 쉬어!"

"이럴 수가… 야, 신참! 눈 좀 떠봐!"

기도는 커다란 손바닥으로 진진의 뺨을 찰싹찰싹 때렸다. 하지만 미동도 않는 팬더.

"젠장, 역시 귀대취는 너무 위험해. 어린 학생들이 즐길 만한 스포츠가 아니라구."

기도는 불만 섞인 목소리로 불평하다가 마침내 울음을 터뜨렸다. 그는 숨을 쉬지 않는 팬더를 끌어안고 오열했다.

"우리 그냥 공부하게 해주세요! 우리 그냥 공부하게 해주세요! 어흐흐흐… 으아아아악… 어흐흐흐!"

"이런이런… 귀대취도 교육의 연장이다."

구리편돌려의 기도는 눈물을 닦고 위를 올려다보았다. 백사 교수가 싸늘하게 웃으며 진진을 내려다보고 있었다.

"너희 삐끼는 죽은 게 아냐. 너무 놀라서 잠시 호흡이 멈춘 거야."

교수는 기다란 손가락으로 진진의 목젖 부위를 꾸욱 눌렀다.

"콜록… 콜록……."

팬더는 두어 번 기침을 하더니 이내 부드럽게 숨을 쉬기 시작했다. 학생들이 존경스러운 눈으로 백사 교수를 쳐다보았다. 그는 특유의 냉소적인 미소를 머금더니 나지막한 목소리로 중얼거리며 사라졌다.

"아직 죽어서는 안 돼… 숙제를 안 했거든."

저승 문턱까지 갔다가 살아난 진진은 후유증 때문에 어려울 것이라는 선배들의 우려와는 달리 오히려 실력이 일취월장, 구리핀돌려 귀대취 팀의 주전 삐끼로 확실하게 자리매김했다. 금송아지돌려 기숙사와의 친선 경기에서는 고량주에 만취한 귀신을 경기 시작 1분여 만에 호리병으로 유인, 팀의 승리를 이끌었다.

이를 지켜본 〈월간 마법 스포츠〉의 구리구리 기자는 '진진이야말로 이번 기숙사 대항전의 다크호스'라고 추켜올렸다.

시간을 흐르고 흘러 마침내 '호구와투 마법 학교장배 기숙사 대항 귀대취'의 막이 올랐다. 통나무를 정교하게 쌓아 올려 만든 귀대취 경기장에는 호구와투 학생들로 발 디딜 틈이 없었다.

막가나걸 교장은 30분짜리 연설을 준비했으나 학생들의 야유로 3분 만에 끝내고 개회를 선언했다. 예선 첫 경기는 해묵은 숙적 수레돌려와 구리핀돌려의 한 판 승부. 먼저 작년도 우승 팀인 수레돌려 팀이 비행가마를 타고 등장했다.

수레돌려 기숙사 학생들을 제외한 대부분의 관중들이 야유를 보냈다. 수단과 방법을 가리지 않고 이기는 수레돌려 팀의 과도한 승부 근성이 오히려 그들의 인기를 깎아먹는 주범이었다.

신입생 말코는 야유를 환호성으로 착각했는지 두 손을 맞잡고 머리 위로 들어 올려 보였다. 수레돌려에 이어 구리핀돌려의 선수들이 입장하자 관중들은 모두 일어서서 박수를 보냈다. 그들은 대부분 강력한 우승 후보인 구리핀돌려가 얄미운 수레돌려 팀을 꺾어주길 바랐다. 기도, 주정꾼, 마담, 삐끼 순으로 입장하는데 진진이 마지막으로 비행가마를 타고 들어오자 스탠드 한쪽에서 요란한 환호성이 들렸다. 대부분 어린 팬더 암컷들이다. 놀란 마담이 진진에게 물었다.

"진진, 저 여자 애들 누구니?"

"웅~ 팬더 빠순이들이에요."

진진이 쑥스러운 듯 얼굴을 붉히며 대답하자 선배들이 웃으며 등을 두드려 주었다.

"자식, 벌써부터 팬클럽을 몰고 다녀? 부러운데."

진진은 부끄러운 듯이 앞발로 까만 눈자위를 가렸다.

줄무늬 옷을 입은 귀대취 심판이 경기장 한가운데로 걸어나오더니 한 손에 든 술병의 꼭지를 열었다.

"으헤헤헤헤— 취한다아—"

술병에서 곡주에 전 귀신 하나가 머리를 풀어헤치며 튀어나오자 귀신은 총알같이 하늘로 솟구쳐 올랐다.

"잡아라!"

수레돌려의 기도가 외쳤다. 삐끼가 번개같이 귀신을 따라 올라가고 주정꾼은 망치를 들고 상대 팀 마담에게 달려들었다. 구리핀돌려의 기도는 비행가마로 마담의 앞을 가로막으며 주정꾼의 접근을 막았다.

"진진! 어서 따라가!"

"웅~ 알겠습니다!"

진진의 비행가마가 급상승했다. 수염이 빠지도록 가마를 가속하던 진진은 부드럽게 방향을 틀었다. 귀신이 수레돌려의 가마를 따돌리고 혼자서 지그재그로 비행하고 있었다. 진진은 귀신의 진로를 예측하고 벼락같이 추월한 뒤에 앞길을 막았다. 만취한 귀신이 딸꾹거리며 날아오는 걸 본 진진은 잽싸게 아가씨로 둔갑했다.

귀신을 향해 비음 섞인 애교를 떨어보는 진진.

"아조쒸이~ 한잔하고 가세요오~ 잘해드릴게요~"

"딸꾹… 그래? 그럼 한잔 더 하고 갈까?"

귀신이 기분 좋게 웃으며 진진을 따라왔다. 진진은 옳다구나 하고 가마를 마담 쪽으로 몰았다. 구리핀돌려의 기도는 수레돌려 주정꾼의 망치에 호리병이 깨지지 않도록 필사적으로 싸우고 있었다. 마담은 호리병을 감싸고 이리저리 도망 다니며 귀신을 기다렸다. 진진은 간드러지는 여인의 목소리로 말했다.

"언니이~ 손님 오셨어~"

구리핀돌려의 마담은 활짝 웃으며 호리병을 공중에 쳐들었다. 진진이 이를 놓치지 않고 귀신에게 말했다.

"아조쒸이~ 들어가세용~ 저 안에 향기로운 곡주가 가득해요~"

"딸꾹… 그래 볼까……."

귀신이 호리병 안으로 연기처럼 빨려 들어가자 마담은 부드러운 마개로 호리병 입구를 막았다.

"이겼다!"

수레돌려 주정꾼의 망치를 팔뚝으로 막아내던 기도가 아픔도 잊고 외쳤다. 관중들도 모두 자리에서 일어서더니 하나가 되어 열광했다.

"만세! 구리핀돌려 기숙사가 수레돌려를 이겼다!"

"구리핀돌려! 구리핀돌려!"

"구리핀! 구리핀!"

"구리구리! 구리구리!"

"양동근! 양동근?"

작년 우승 팀을 꺾었으니 구리핀돌려의 우승은 따놓은 당상이었다. 나머지 기숙사들은 워낙 약체들이라 어떤 팀이 올라오더라도 이길 자신이 있었다. 구리핀돌려 기숙사 학생들이 오늘 승리의 주역인 신신의 주위로 몰려들었다.

"와아— 대단해! 팬더 신입생이 해냈어!"

"어떻게 귀대취에서 둔갑할 생각을 했지? 천재적이야!"

진진이 승리에 취해 헤벌쭉 웃고 있는데, 누군가 음산한 기운을 내뿜으며 등 뒤로 다가서고 있었다. 진진은 뒤쪽에서 서늘한 한기를 느끼고 뒤를 돌아보았다. 백사 교수가 혀를 날름거리며 웃고 서있다.

"잘했다, 진진. 아주 인상적인 경기였어. 하지만 귀대취에서 이겼다고 내가 내준 숙제가 없어지는 건 아냐. 낙제하고 싶지 않으면 알아서 하도록. 기한은 기말고사 전까지다."

진진은 백사 교수의 말에 흥이 깨지고 말았다. 그는 승리를 자축하는 선배들 틈에서 슬그머니 빠져나왔다. 어깨가 축 처진 채로 귀대취 경기장을 나온 팬더는 호구와투 교정을 어슬렁거리다가 슬그머니 행정실 쪽으로 향했다.

창문 안을 들여다보니 마침 막가나걸 교장이 보이지 않았다. 귀대취 경기장에서 돌아오지 않은 모양이다. 주위에 지켜보는 이가 아무도 없는 것을 확인한 팬더는 행정실 안으로 들어갔다. 지하실로 향하는 쪽문이 진진을 기다렸다는 듯이 빠끔히 열려 있었다.

쪽문을 조용히 열어보는 진진. 지하실로 통하는 입구가 괴물처럼 검은 아가리를 벌리고 있다. 진진은 콩닥거리는 가슴을 누르고 한 발 한 발 내디뎠다. 낡은 나무 계단이 조금씩 삐걱거리는 소리를 냈다. 퀴퀴한 곰팡이 냄새가 얕은 숨을 쉬게 만들었다. 지하에는 꽤 넓은 공간이 있었는데, 작은 횃불이 희미하게 타오르며 내부를 밝히고 있었다.

"웅~ 어두워라. 지하 금고는 도대체 어디 있는 거지?"

어둠 속에서 두리번거리며 조심스럽게 발을 내딛던 진진은 무언가 물컹 하고 밟히는 바람에 화들짝 놀라 뒤로 물러섰다. 곧 이어 무시무시한 짐승의 울음소리가 들려왔다.

컹컹컹! 컹컹컹!

희미한 불빛 아래 드러난 형체를 확인한 진진은 모골이 송연해졌다.

"웅~ 저게 웬 개야……?"

개라고 하기엔 덩치가 너무 컸다. 황소만한 몸체에 사람 허벅지 굵기의 다리가 붙어 있었다. 하지만 더욱 기괴한 건 끈적한 침을 흘리며 요란하게 짖어대는 머리가 두 개라는 점이었다. 두 개의 머리는 마치 쌍둥이처럼 닮아 있었고 동시에 짖어대고 같이 혀를 늘어뜨리고 똑같이 침을 흘렸다.

"웅~ 쌍두견(雙頭犬)이네."

쌍두견은 두꺼운 쇠사슬로 만들어진 목줄에 매어져 있었지만 워낙 힘이 좋아 목줄이 당겨질 때마다 고정핀이 금세라도 뽑힐 듯이 요동쳤다. 진진은 겁을 먹고 슬금슬금 뒤로 내빼다가 쌍두견 발 밑에 깔려 있는 금고를 확인했다.

"웅~ 저 개가 깔고 앉은 것이 금고로구나. 나중에 다시 와야겠다."

지하실에서 빠져나온 진진은 냅다 달려서 기숙사로 돌아왔다. 마침 구리핀돌려 기숙사에는 귀대취 경기의 승리를 자축하는 연회가 벌어지고 있었다. 학생들은 삼삼오오 어울려 마시고, 떠들고, 주정 부리고, 게워내고, 추근대고, 자빠지고, 주접떨고, 욕 얻어먹고, 싸움질하고, 노래 부르고, 연애하고, 삽질하고, 놀고 있었다. 마침 도토리술을 홀짝대면서 대화를 나누던 위주리와 애루미온이 두리번거리는 진진을 발견하고 다가왔다.

"진진, 여기시 뭐 해!"

위주리가 등짝을 후려치며 인사했다.

"아, 따가워!"

진진은 눈물을 찔끔거리며 가시를 빼냈다. 애루미온이 생글거리며 축하 인사를 건넸다.

"진진~ 오늘 승리의 주역은 바로 너야. 정말 대단해."

"웅~ 고마워. 근데 지금 하나도 기쁘지가 않아."

"어머, 왜? 귀대취 역사상 최고의 플레이였는데."

"웅~ 그게… 백사 교수님이 내주신 숙제 때문에……."

"숙제?"

진진으로부터 자초지종을 듣고 난 위주리는 안타까운 표정으로 위로했고 애루미온은 백사 교수의 처사에 분통을 터뜨렸다.

"말도 안 돼! 그런 어려운 숙제는 나 같은 엘리트에게 내줬어야지!"

"웅~ 그러게 말이야."

"걱정 마, 진진! 내가 그 맹견을 겁주는 주문을 알고 있으니까."

애루미온이 자신있게 말하자 위주리도 고개를 끄덕거렸다.

"나도 도와줄게. 그 숙제는 너 혼자 하기엔 무리야."

세 친구는 이렇게 의기투합하여 행정실 지하 금고로 향하게 된다. 삐걱거리는 나무 계단을 조심조심 밟으며 지하로 내려간 진진과 애루미온, 위주리는 금세 쌍두견과 맞닥뜨렸다. 쌍두견은 또다시 나타난 침입자들을 발견하고 사납게 짖어댔다.

컹컹컹컹! 컹컹컹컹!

팬더는 앞발로 까만 눈자위를 가리며 뒤로 물러섰고 위주리는 가시를 세우며 온몸을 떨었다. 하지만 애루미온은 마법 지팡이를 앞세우며 당차게 맞섰다. 그녀의 뒤에 숨은 진진이 다급한 목소리로 애걸했다.

"웅~ 어서 네가 말한 주문을 써봐."

애루미온은 마법 지팡이를 소용돌이 모양으로 돌리면서 개들을 원초적인 공포 속에 몰아넣는 고대 주문을 외우기 시작했다.

"개~ 퍄슈~ 개~ 삽니다~ 개~ 퍄슈~ 개~ 삽니다~"

과연 주문이 효과를 발휘했다. 쌍두견은 이내 다리 사이로 꼬리를 집어넣고 낑낑대는 소리를 내면서 뒤로 물러섰다. 쇠사슬 목줄 때문에 도망치지는 못하고 뒷다리 밑에 주둥이를 집어넣고 눈치를 슬금슬금 본다. 애루미온은 쌍두견에게 찌릿~ 하는 무서운 눈길을 던지고는 마법 지팡이로 금고 문을 열었다.

"웅? 이게 뭐지?"

진진은 금고 속에 보관된 종이 묶음을 꺼냈다. 두터운 한 종이는 명주실로 단단히 묶여져 있고 깨알 같은 글씨와 숫자가 적혀 있었다. 진진은 첫 번째 종이를 훑어보았다.

예금주: 나가요걸

계좌 번호: 구만 오천육백삼십칠

두 번째 종이부터는 '금편 열두 닢, 입금자 왕룡' 하는 식의 목록이 가득 적혀 있다.

"어머! 이건 예금 통장이야."

"웅? 예금 통장?"

"그래, 돈을 보관해 주거나 빌려주거나 하는 기관에서 발행하는 증서야. 근데 나가요걸이 누구지?"

백사 교수는 통장을 받아 들고는 흡족한 웃음을 지었다.

"나가요걸은 막가나걸 교수의 본명이다."

"크엑…… 진짜예요? 학교장이 나가요걸이라니… 말세로다……."

백사 교수는 진진과 애루미온, 위주리를 대견한 눈빛으로 바라보며 말했다.

"너희들이 정말 장한 일을 해주었구나. 고맙다."

"웅~ 근데 도대체 무슨 일이죠? 막가나걸 교장선생님이 왜 예금 통장을 금고에 넣어둔 거예요?"

"음…… 막가나걸, 아니, 나가요걸은 교장에 취임한 직후부터 호구와투 부정 입학에 관여해 왔단다. 이 통장은 교장의 독직을 만천하에 드러내는 결정적인 증거란다."

"웅~ 그럴 수가…… 믿을 수가 없네요. 근데 교수님은 그 사실을 어떻게 아시게 된 거예요?"

"후후, 사실 난 호구와투에 위장 침투한 마법 감사국의 암행 감사란다. 호구와투에 낙방한 학생의 제보를 받고 나가요걸의 비리를 캐기 시작했지."

다음날 호구와투 마법 학교는 마법 감사국의 압수 수색으로 발칵 뒤집어졌다. 막가나걸 교장의 비리는 비엔나 소시지처럼 줄줄이 엮여져 나왔고, 교장은 온몸이 포승에 묶인 채 어디론가 끌려갔다. 교장에게 돈을 주고 부정 입학한 학생들은 퇴학 처분을 받았는데, 대부분 아파트 돌려 기숙사 소속이었다.

호구와투 마법 학교는 나가요걸 독직 사건으로 한동안 시끄러웠지만 금세 이전의 학구적인 분위기로 돌아갔고, 진진은 우수한 학생들과 어울려 열심히 둔갑술을 비롯한 각종 마법을 익혔다. 입학 당시만 해도 중하위권을 맴돌던 진진의 성적은 매년 급상승, 졸업할 때는 애루미온을 제치고 수석으로 졸업하게 되었다.

호구와투 졸업생들은 대부분 인간 세상으로 내려가 역사에 길이 남을 큰일들을 해내었다. 똑똑하고 영리한 애루미온은 인간으로 둔갑한 뒤에 진시황제의 눈에 띄어 황실 약제사가 되었는데, 호구와투에서 배운 약리학과 연단술 지식을 바탕으로 갖가지 신기한 약물을 개발해 냈다. 시황제의 방중술을 돕기 위해 만든 변강산(變剛散)은 후대에까지 전해져 서태후 때 주홍이 색마환(色魔丸)의 기본방으로 썼으며, 전쟁을 위해 고안한 마력정(馬力錠)은 말을 타는 장수들이 천 년 동안 애용하게 된다. 특히 그녀가 당대의 약리학을 집대성한 본초난강(本草蘭剛)은 한의학의 기틀을 잡은 명저로 꼽힌다. 본초난강의 첫머리에 보면 다음과 같은 구절이 나오는데, 질병으로 고통받는 민초들을 가여워하는 그녀의 마음을 읽을 수 있었다.

웬일이야, 이 늦은 시간에. 그랬구나, 무서운 병에 걸렸구나.

애루미온이 약제사로 이름을 떨친 데 비해 고슴도치 위주리는 역사 속에서 두각을 나타내지 못하고 조용하게 지냈는데, 중국 변방에서 침구사로 일하며 근근히 생활했다. 그는 돈을 받지 않고 아픈 환자들을 많이 돌봐줘 빈민들의 사랑을 받았다고 한다.

진진은 호구와투 졸업 후 산속에서 은거하며 오랜 세월을 보냈는데, 그를 찾아온 영웅들에 의해 세상 밖으로 나와 애루미온을 능가하는 큰 족적을 남겼다.

제14장
진진과 제갈량

　눈발이 몰아치는 험한 산길을 씩씩하게 걸어가고 있는 세 명의 건장한 사내가 있었다. 가장 앞에서 걷고 있는 자의 이름은 유비(劉備)로 후덕한 인상에 긴 팔이 부처님을 연상시켰다. 그는 매서운 바람에도 인상 하나 찡그리지 않고 잔잔한 미소를 머금고 있었다.

　그 뒤를 따르는 긴 수염의 사내는 유비의 의형제 중 하나인 관우(關羽). 대추처럼 붉은 얼굴에 쭉 찢어진 눈이 한눈에 봐도 천하의 호걸임을 알 수 있었다. 관우의 옆에서 투덜거리며 길을 걷는 자는 막내인 장비(張飛)로 뻣뻣한 돼지털 수염에 부리부리한 호랑이 눈이 불 같은 그의 성격을 간접적으로 말해 준다. 장비는 가래침을 카악 뱉으며 불평을 터뜨렸다.

　"유비 성! 아쒸… 우리가 꼭 이렇게 찾아가야 하우? 발 빠른 쫄따구에게 심부름시키면 될 것을……."

"비야! 넌 큰 형님에게 무슨 불만이 그렇게 많으냐?"

관우가 점잖게 아우를 꾸짖자 장비가 대뜸 화를 버럭냈다.

"관우 성! 날 비라고 부르지 마소! 난 그 비라는 가수 재수없단 말이오!"

"허허, 안녕이란 말 대신, 악수, 나쁜 남자… 이런 주옥 같은 노래들을 남긴 비가 왜 싫은 게냐?"

"기생오라비 같아서 싫단 말이오! 그냥 익덕이라 불러주시오!"

유비는 티격태격하는 동생들을 돌아보며 빙그레 웃었다.

"그만들 싸우거라. 지난번에도 우리가 몸소 찾아 나선 덕분에 제갈량을 얻지 않았느냐? 무릇 유능한 인재를 얻기 위해서는 인내심을 발휘하고 최선을 다해야 한다."

시무룩했던 장비가 다소 누그러지자 유비는 말을 이었다.

"내가 지난번에 은사(隱士)인 사마휘(司馬徽)에게 유능한 책사를 천거해 달라고 부탁했다. 그러자 '복룡(伏龍)과 복웅(伏熊) 둘 중의 하나만 얻어도 가히 천하를 얻을 수 있다'고 했다. 내 이미 복룡(제갈량)을 얻었고 이제 복웅까지 얻어 천하를 도모하고자 하니 어찌 몸소 움직이지 않을 수 있단 말인가?"

관우는 고개를 끄덕이며 조용히 대답했다.

"과연 형님의 말씀이 백 번 옳습니다."

장비도 시큰둥하게 유비의 말에 따랐다.

"잘났수. 그래, 성님 똥 굵소."

"비야!"

관우가 매섭게 꾸짖자 장비도 얼굴을 일그러뜨리며 대들었다.

"작은성, 날 비라고 부르지 말랬지!"

"비야……"

관우는 무시무시한 청룡언월도를 고쳐 잡고 긴 수염을 쓰다듬더니 엄숙하게 노래를 읊조렸다.

"안녕이란 말 대신~ 작은 미소 하나만 주면 돼~"

"작은성! 왜 그래, 진짜!"

장비가 흥분해서 펄쩍펄쩍 뛰자 유비도 깔깔대며 웃더니 관우와 장단을 맞췄다.

"잘 가~ 행복해~ 미안해~ 다른 부하 생겼어~ 이해해~"

"아이쒸! 큰성까지 왜 그래! 나 자꾸 놀릴 거야!"

장비는 씩씩거리며 머리 위로 사모창을 붕붕 돌렸고 유비와 관우는 막내를 실컷 골려주며 재밌게 놀았다. 세 형제는 웃고 떠들고 장난치다 보니 산길이 험한 줄도 몰랐다. 누가 보면 한 배에서 나온 친형제라고 착각할 만큼 돈독한 우애였다.

어느새 삼 형제는 복웅(伏熊) 진진이 은거하는 작은 초막에 다다랐다. 장비가 어이없다는 듯이 웃었다.

"참나… 무슨 천하의 기재가 이런 다 쓰러져 가는 초가집에서 산단 말이오? 제갈량이 살던 집보다 더 하잖아!"

"비야, 넌 이런 집이라도 한 칸 있니?"

"왜 이러서! 나 얼마 전에 강남에 150평짜리 기와집 분양받았단 말이오!"

유비가 헛기침을 하며 점잖게 꾸짖었다.

"얘들아, 조용히들 하거라. 진진 선생님 놀라시겠다."

유비가 싸리문을 열고 가만히 안으로 들어서자 조그만 초립동자가 마루에 걸터앉아 담배를 피우고 있었다. 장비가 버럭 화를 내며 사모창을 붕붕 돌렸다. 유비가 질겁을 해서 장비를 말렸다.

"비야, 이게 무슨 짓이냐!"

"이거 놓으시오! 청소년 흡연은 참지 못하오!"

"놔둬라. 제 목숨 깎아먹고 싶다는데 우리가 말릴 게 무어냐."

유비는 점잖게 동생을 타이르고 초립동자에게 물었다.

"진진 선생을 만나러 왔소만."

동자는 담배를 비벼 끄며 시큰둥하게 대답했다.

"다음에 오시지요. 사부님은 숲 속에 애인 만나러 가셨습니다."

장비는 눈을 둥그렇게 뜨고 초립동자에게 물었다.

"당신 사부는 아베크 족이오? 왜 애인을 숲 속에서 만난단 말이오?"

동자는 새로 담배를 다시 붙여 물고는 시건방진 말투로 대답했다.

"아저씨가 여관비 보태준 거 있어요? 왜 남의 일에 관심이죠?"

"저, 저 자식이! 너 오늘 죽어봐라!"

"비야, 참아라!"

유비와 관우는 사모창을 휘두르는 장비를 간신히 뜯어말리고 진진의 초막을 나왔다.

"성님! 다시는 오지 맙시다! 제자가 저 모양이니 스승은 안 봐도 뻔하우!"

"참아라, 비야. 싸가지없는 놈을 내치지 않는 걸 보니 진진 선생은 한없이 너그러운 분이다."

삼 형제는 불편한 심기로 산길을 내려왔다. 관우는 왠지 불길한 예감이 뇌리를 스쳤다. 제갈량을 발탁할 때와 비슷한 상황이 재연되고 있는 것이다. 장비도 같은 생각을 했는지 수염을 쥐어뜯으며 투덜거렸다.

"에이 씨, 또 몇 번씩 헛걸음하는 거 아녀?"

아니나 다를까, 다음날도 삼 형제는 갖은 고생 끝에 험한 산길을 올라갔건만 진진 선생의 모습은 보이지 않았다. 초립동자는 붓글씨 연습을 하다가 세 사람을 발견하곤 머리만 까딱하며 성의없이 인사했다.

"또 오셨네요? 선생님은 숲 속에 애인 만나러 가셨는데요."

장비가 콧김을 뿜으며 말했다.

"너희 사부는 체력도 좋구나! 매일같이 애인이랑 숲 속에서 뭐 한다던?"

"궁금하면 따라가서 구경하세요, 변태털보 아저씨."

"뭐얏! 이 쥐톨만한 새끼가!"

장비는 사모창을 집어 던지려다 관우의 만류로 가까스로 살생을 피했다. 초립동자는 그런 장비를 향해 비웃음을 던지며 글씨 연습하던 한지 두 장을 집어 들었다. 아홉 구(九) 자와 그물 라(羅) 자였다. 그러더니 빨래 방망이로 한지를 마구 치는 게 아닌가!

장비의 얼굴이 벌겋게 달아올랐고 관우도 청룡언월도를 잡은 손이 부들부들 떨렸다.

"저 자식이…… 구라치고 있네……."

동자는 두 사람이 화가 치미는 걸 아는지 모르는지 이번엔 날 생(生) 자를 들고 발로 차버렸다. 관우와 장비는 폭발 직전이었다.

"저 새끼가… 생까고 있네!"

유비는 두 형제의 심상치 않은 분위기를 느끼고 다급히 싸리문을 열었다.

"아우들아, 이제 그만 가자꾸나. 오늘도 진진 선생은 못 만날 운인가 보다."

분에 못 이긴 장비는 마당에 있던 맷돌을 들어 올려 초막 창문에다 던져 버렸고 관우는 청룡언월도로 정원의 오동나무를 베어버렸다. 유비는 동생들의 무례한 행동을 꾸짖고는 집을 나왔다. 산을 내려오는 동안 장비는 내내 불평이었다.

"큰성! 우리 관둡시다! 제갈량만 있어도 충분할 텐데 뭐 때문에 또 책사를 구하시오?"

"모르는 소리 말아라. 똑똑한 부하는 하나보다 둘이 낫다. 우선 서로 경쟁심이 생겨 분발하게 될 것이요, 서로의 세력을 견제하니 하극상을 막을 수 있다. 장차 제갈량이 너희들의 경쟁자가 될 터인데, 그를 견제할 인재가 하나쯤 있어야 되지 않겠느냐?"

관우는 탄복하는 얼굴로 수염을 쓰다듬었다.

"역시 형님은 속이 깊으십니다. 그런 것까지 생각하고 계시다니⋯⋯."

하지만 장비는 고개를 절레절레 흔들었다.

"어이구, 저 능구렁이."

"비야! 무슨 말버릇이냐!"

관우가 청룡언월도의 손잡이로 장비의 머리통을 내려쳤다. 장비가 죽는소리를 하며 머리통을 문질렀다.

"그만 때려! 가뜩이나 머리 나쁜데!"

아우들이 싸우거나 말거나 유비는 빙긋빙긋 혼자 웃으며 생각에 잠겼다.

'진진, 반드시 내 사람으로 만들고 만다.'

다음날 삼 형제가 아침 일찍 진진의 초막을 찾아왔다. 벌써 세 번째 방문이다. 시건방진 태도로 관우와 장비의 심기를 어지럽히던 초립동자는 웬일인지 공손한 태도로 절을 했다.

"어서 안채로 드시지요. 선생님께서는 동트기 전부터 손님들을 기다리고 계십니다."

"아, 기쁘도다. 오늘 드디어 진진 선생을 뵙게 되는구나!"

유비는 함박웃음을 지으며 초막 안으로 들어갔다. 변변한 가구 하나 찾아볼 수 없는 소박한 세간살이였지만 전체적으로 단아하고 깨끗한 느낌을 주는 집이었다. 그런데 이상하게도 주인이 앉아 있어야 할 상석이 비어 있었다. 유비는 짚 방석 위에 엉덩이를 올려놓으며 동자에게 물었다.

"진진 선생이 안 보이는구려. 혹시 측간에 가셨소?"

동자는 대답 대신 빙그레 웃으며 상석에 앉았다. 삼 형제가 어리둥절한 표정으로 쳐다보자 초립을 벗으며 낭랑한 목소리로 말하는 동자.

"웅~ 제가 바로 진진입니다."

장비가 너털웃음을 웃더니 사모창으로 동자의 목줄기를 겨누었다.

"꼬마야, 네가 지난번에 구라치는 걸 똑똑히 보았다. 목 달아나기 전에 사실대로 말해라. 너희 사부는 어디 갔느냐?"

동자는 맹장(猛將)의 서슬 푸른 협박에도 눈 하나 깜짝하지 않았다.

"웅~ 겉모습은 중요한 게 아닙니다. 어차피 둔갑한 거니까."

관우가 오른손으로 장비의 사모창을 잡고 천천히 들어 올렸다.

"참아라. 제갈량을 데려올 때도 새파랗게 어려서 놀랐잖니. 우리는 진진 선생의 재능을 구하러 온 거지 경륜을 보러 온 게 아니다."

진진은 관우의 말에 피식 웃음을 흘렸다.

"웅~ 제 나이는 당신들 나이를 모두 합친 것보다 많습니다."

유비는 의복을 단정하게 고쳐 입고 예를 갖추어 말했다.

"몰라봬서 죄송합니다. 그런데 선생께서도 장난이 심하십니다."

진진은 깔깔깔 한바탕 웃고 나더니 이내 정색을 하며 말했다.

"웅~ 무릇 작은 영웅은 천자 앞에서도 교만한 법이나 큰 영웅은 인걸을 알아보고 스스로 고개를 숙인다고 했습니다. 유현덕께서 소문대로 큰 영웅이신지 제가 한번 시험해 본 것뿐이니 부디 너그럽게 용서해 주십시오."

유비는 탄복하며 머리를 조아렸다.

"오! 진진 선생의 지혜에 두 번 놀랐습니다. 그럼 제가 여기 왜 찾아왔는지도 아시겠군요."

진진은 뜻밖에 고개를 절레절레 흔들었다.

"웅~ 죄송합니다만 전 당신을 따라나설 뜻이 없습니다."

유비가 허탈한 표정으로 물었다.

"아니, 왜 초장부터 판을 깨십니까? 세 번이나 찾아온 저희들로서는 무척 섭섭합니다."

진진은 잔잔한 미소를 띠며 대답했다.

"웅~ 당신께서 찾아올 줄 알고 미리 천문을 읽고 역점을 쳤습니다. 그리고 초막에 찾아온 당신의 관상을 보았습니다. 아무래도 천하통일의 대업을 이룩하시기는 힘들겠습니다. 제가 세상 밖으로 나갈 때가 아닙니다."

유비는 정신을 가다듬고 속으로 다짐했다.

'그 콧대 높던 제갈량도 감복시켜 내 사람으로 만든 나다. 여기서 포기하지 않아. 넌 내 거야, 진진!'

유비는 관우가 품에서 꺼내어준 누런 봉투를 받아서 탁자 위에 가만히 올려놓았다. 진진은 고개를 갸웃거리며 발톱으로 얼굴을 긁었다.

"웅~ 이게 무엇입니까?"

"열어보시지요. 저희들과 함께 일하시면 선생께서 받게 되는 혜택입니다."

진진은 봉투 안에 든 서류들을 읽어보고 눈이 휘둥그레졌다.

연봉: 제갈량의 두 배.

명절 보너스: 제갈량의 세 배.

직급: 제갈량보다 일 단계 상위 직급.

복리후생: 제갈량보다 무조건 많이!

진진은 헛기침을 하며 서류들을 봉투 안에 집어넣었다. 유비의 노골적인 스카우트 제의에 그다지 싫지 않은 표정이었다.

"웅~ 공명이 당신 밑으로 들어갔다는 소문이 있더니 정말이군요."

"오! 제갈공명 선생을 아십니까?"

유비는 진진과 제갈량의 관계를 알고 있으면서도 짐짓 모르는 척 능구렁이 짓을 했다.

"네, 호구와투 마법 학교 후배입니다. 물론 제가 한참 선배입니다만."

"그렇지요. 연배로 보나 능력으로 보나 진진 선생께서 한 수 위입니다. 저희들도 그에 걸맞는 대접을 하고자 노력하는 것이니 부디 혜량하여 주십시오."

"웅~ 하지만 전 돈을 받고 움직이는 소인배가 아닙니다. 명분이 뚜렷하고 시기가 맞아야 합지요."

관우의 대춧빛 얼굴이 더욱 붉어졌다. 평소에는 감정 조절을 철저하게 하는 그였지만 유비의 명예를 깎아내리는 발언에는 민감하게 반응하는 편이다.

"그게 무슨 말씀이시오! 유현덕께서 하시는 일이 명분에 맞지 않단 말이오? 기울어진 한실을 다시 세우고 역적 조조를 치자는데 이보다 더 뚜렷한 명분이 어디 있소이까!"

장비 역시 콧김을 쉭쉭 내뿜으며 사모창 끝으로 천장을 푹푹 찔렀다.

"맞소! 당신이 우리 큰형님을 따라나서지 않으면 이 초막을 태워 버리겠소!"

유비의 회유와 장비의 협박이 통했는지 진진의 얼굴도 단호한 거절의 표정에서 완곡한 수락의 모습으로 변해갔다. 무언가를 깊이 생각하더니 한참 만에 입을 여는 진진.

"웅~ 좋습니다. 제가 비천한 신분임에도 이 초라한 초막까지 몸소 찾아와 스스로 몸을 굽히신 당신의 겸양에 두 발 다 들었습니다. 진진은 오늘부터 유 장군을 위해 분골쇄신하겠나이다."

유비의 얼굴에 안도감과 기쁨이 떠올랐다. 씩씩거리던 장비와 관우도 병장기를 내려놓고 고개를 끄덕거렸다. 진진은 만면에 천진한 미소를 머금으며 말했다.

"귀한 분들이 힘든 걸음을 세 번씩이나 하게 만들었으니 죄송스런 마음을 금할 길이 없군요. 사과하는 뜻에서 간단한 음식을 대접하겠습니다."

장비가 두 눈을 번쩍 뜨며 외쳤다.

"술도 있나요?"

"웅~ 물론이지요. 죽엽청주라고 대나무 잎을 담가 만든 맑은 술이 있습니다. 향기가 일품이니 마음껏 즐겨주세요."

장비의 입이 함지박만큼 벌어졌다. 밖으로 나갔던 진진은 잠시 후 음식이 가득 올려진 소반 하나를 두 손으로 받쳐 들고 들어왔다. 진진은 소반 중앙에 놓여진 계란 반숙을 하나 집어 들었다.

"여러분, 계란은 삼 분 동안 삶아야 가장 맛있습니다. 드서보세요."

장비가 얼른 계란 하나를 입에 털어 넣었다. 진진은 만두 접시를 가리키며 빙그레 웃었다.

"만두 역시 삼 분간 쪄야 가장 맛있답니다."

관우가 긴 젓가락으로 점잖게 만두 한 개를 집어 올렸다.

"닭고기도 삼 분간 익혀야 가장 맛있지요."

유비는 피가 뚝뚝 떨어지는 닭고기를 쳐다보며 '이걸 먹어 말어?' 하는 표정이었다. 누가 봐도 덜 익은 고기건만 진진은 맛있게 닭다리를 뜯었다.

유비 형제들은 진진 선생이 도대체 무슨 말을 하려나 하고 궁금한 얼굴들이었다.

"무릇 천하의 모든 음식은 삼 분간 조리해야 천하일미가 나오는 법입니다."

"……?"

진진은 어리둥절해하는 세 호걸들의 얼굴을 바라보며 조용히 말했다.

"이것이 바로 '천하삼분의 계' 올시다."

이에 유비는 '과연 제갈량보다 낫다'고 감탄했고 관우는 호탕하게 웃었다.

세 형제가 진진식 삼분조리식품을 맛있게 먹었는지는 전해지는 사료가 없다. 사학자들은 진진이 아직 야생 동물의 습성이 남아 있어 덜 익은 음식을 좋아했던 것으로 추정할 뿐이다.

진진을 등용하는 데 성공한 유비는 나중에 거나하게 술이 취한 상태에서 이런 말을 했다고 전해진다.

—달콤한 말로 구워삶고 은근한 협박으로 쪼이면 천하의 기재라도 얻을 수 있다.

바로 여기서 그 유명한 사자성어 '삶고쪼여'가 유래한다.

제갈량은 좌불안석(坐不安席)이었다. 앞을 내다보는 데 있어 누구보다도 뛰어난 그는 자신에게 곧 닥칠 난관을 미리 예상하고 있었다. 그것은 자신의 입지를 넘보는 강력한 경쟁 상대의 등장이었다.

"인사하시지요. 이쪽은 새로운 책사로 등용된 진진 선생입니다."

조그만 체구의 어린아이지만 눈빛만은 예사롭지 않게 초롱초롱 빛났다. 제갈량은 진진의 외모를 보고 속으로 피식 웃었다. 호구와투 후배인 그는 진진이 팬더라는 사실을 알고 있었던 것이다. 마음만 먹으면 진진의 정체를 폭로하고 자신의 지위를 공고히 지킬 수 있었다. 하지만 제갈량은 뱀처럼 대가리를 쳐들었던 야비한 이기심을 내리눌렀다. 호구와투 졸업생들의 불문율을 깨는 짓은 명예롭지 못한 일이다. 그는 진진의 실력이 어느 정도인지 시험해 보기로 하고 성 주변의 병력 배치도를 꺼냈다.

"선생의 높으신 식견은 익히 들어 알고 있습니다. 우리 성의 병력 배치도를 보시고 선생의 고견을 들려주시지요."

진진은 병력 배치도를 대충 슬슬 훑어보더니 미간을 살짝 찌푸렸다.

"옳지 못한 용병술입니다."

진진의 지적에 제갈량은 불쾌한 표정을 지었고 유비는 놀라는 얼굴로 물었다.

"그, 그게 정말입니까? 어서 선생의 의견을 들려주십시오."

"흠…… 부족한 병력을 짜임새있게 배치했으나 치명적인 약점들이 보입니다. 이런 상태에서 조조군의 기습을 받으면 하루도 저항하지 못할 것입니다."

"아… 그렇게 허술하다니요? 공명 선생께서 직접 기획하신 것인데……. 그럼 어찌해야 합니까?"

유비는 능구렁이처럼 제갈량과 진진의 표정을 번갈아 살피며 약을 살살 올렸다. 진진은 지도를 하나하나 짚어가며 자신의 용병술을 설명했다.

"성 입구에 벙커를 짓고 파이어뱃과 마린을 섞어서 네 명씩 넣어두십시오. 벙커 옆에는 탱크를 시즈모드로 세워두고 성내에는 터렛을 건설해야 합니다."

"오오…… 그야말로 물샐틈없는 방어진입니다!"

"웅~ 이런 건 방어 전술의 기본입니다."

진진이 자신감에 차서 대답하자 제갈량의 얼굴이 자존심과 함께 일그러졌다. 유비가 자신의 거처로 돌아가고 진진과 단둘이 남겨지자 제갈량은 포권하며 조용히 물었다.

"호구와투 35회 졸업생이시지요? 전 403회 제갈량입니다."

"웅~ 알고 있어. 호구와투 개교 이래 최고의 수재라고 들었다."

"과찬이세요. 선배야말로 전설 속의 둔갑 팬더라고……."

"웅~ 둔갑술이야 어느 정도 경지에 이르렀으니까."

"마법과 역학에도 밝으시다고 들었습니다. 그래서 부탁드리는 건데……."

제갈량은 손가락을 갈고리처럼 만들며 권법 자세를 취했다.

"선배님께 마법 결투를 신청합니다. 받아주시면 영광으로 알겠습니다."

"웅? 선후배 간에 무슨 마법 결투를……. 꾸엑!"

진진은 제갈량의 느닷없는 공격을 받고 뒤로 벌렁 넘어졌다. 주먹에 강기를 불어넣어 타격력을 극대화하는 기술이었다. 진진은 아랫배가 터질 듯이 아팠지만 꾹 참고 일어났다. 자신을 공격하는 공명의 의도를 알 수가 없었다. 마법 결투는 해묵은 원한을 해소할 때나 쓰는 극단적인 분쟁 조정 수단이었다. 힘을 합쳐 일해야 할 학교 동문끼리 이 무슨 해괴한 짓거리란 말인가. 하지만 제갈량의 눈에는 살의가 넘쳤다. 천하통일 대업을 자신의 힘으로 이루고자 하는 웅지를 품은 그였다. 진진은 그저 장애물이었다.

"선배님, 용서하십시오! 이곳에 당신이 있을 자리는 없습니다!"

제갈량이 한 손을 들어 올리자 작은 돌개바람이 일어났다. 돌개바람은 주위의 서책과 벼루, 붓 등을 빨아들이면서 맹렬한 속도로 회전하고 있었다.

"공명흑살풍(孔明黑殺風)!"

진진은 자신에게 달려드는 검은 돌개바람을 향해 반대 방향으로 회전하는 돌개바람을 일으켰다.

"웅~ 팬더 맞바람!"

맹렬하게 돌던 흑살풍이 맞바람과 엉기면서 흐지부지 소멸되었다.

약이 오른 제갈량은 누런 괴황지를 집어 들더니 둥글게 뭉쳐서 불꽃 주문으로 불을 붙였다.

"공명귀화탄(孔明鬼火彈)!"

귀화탄은 살아 있는 생명체를 지옥불로 태워 재로 만들어 버리는 무시무시한 기술이었다.

점화된 귀화탄이 진진을 향해 쏜살같이 날아왔다. 방어 주문을 외울 틈도 없는 급박한 순간이었다. 당황한 진진은 몸을 틀어 뒤로 점프하며 다리를 들어 올렸다.

"차두리 오버헤드킥!"

호나우도가 울고 갈 만한 멋진 기술이었다. 진진이 오른발로 걷어찬 귀화탄은 총알같이 제갈량에게 되돌아갔다.

"으아아악!"

미처 피할 새도 없이 지옥불에 휩싸이고 마는 제갈량. 천하통일의 웅지를 품었던 천하의 기재(奇材)는 부질없이 한 줌 재로 화하고 말았다. 진진은 재로 변한 제갈량을 내려다보며 뒤통수를 긁었다.

"응~ 어쩌나… 공명이 죽어버렸네……. 유비한테 욕먹겠는걸."

어찌할까 한참을 고민하던 진진은 중얼중얼 둔갑 주문을 외우기 시작했다.

제15장
칙칙과의 재회

장수들과의 작전 회의가 끝나고 밖으로 나오면서 진진은 이마의 땀을 닦았다. 비록 제갈량의 모습으로 둔갑은 하였으나 그의 말투와 습성을 흉내 내기는 쉬운 일이 아니었다. 혹시라도 정체가 탄로날까 가슴을 졸였지만 다행히도 알아보는 이는 없었다. 다만 유비가 걱정스러운 얼굴로 진진의 행방을 물었을 뿐이다.

"공명, 혹시 진진 선생 못 보시었소?"

"글쎄요. 아침에 똥 누러 간다고 나갔는데 혹시 측간에 빠진 게 아닐까요?"

대충 둘러대고 집무실로 돌아온 진진은 제갈량이 정리해 놓은 서류들을 검토하기 시작했다. 제갈량은 병력 숫자, 보유 마필 수, 참모진에 대한 평가, 지형지물 등 유비군의 모든 사항들을 체계적으로 정리했을 뿐이니라 신병기나 용병술, 새로운 전략에 대한 방대한 자료를 수집해 남겨놓았다.

"웅~ 과연 공명이구나. 앞으로 내가 책사로 활약하는 데 이 자료들이 많은 도움이 되겠어."

뜻밖의 사고로 본의 아니게 제갈량 행세를 하게 된 진진. 그는 제갈량의 연구 성과를 기반으로 전투 때마다 혁혁한 전공을 세우며 유비군의 이인자로 확실한 자리매김을 했다. 이미 여러 번 눈부신 전과를 거두어 조조군 사이에서 두려움의 대상이 된 진진은 어느 날 뜻밖의 장소에서 자신의 혈육과 상봉하게 된다.

유비군은 적장의 기세에 눌려 사기가 바닥까지 떨어진 상태였다.

"차앗!"

몇 합 겨루기도 전에 붉은 투구의 장수가 기합을 내지르며 일격을 가하자 유비군 장수의 목이 떨어졌다. 붉은 투구의 장수는 체구가 거대하고 흉측한 인상에다 반달 모양의 날이 달린 기다란 죽창을 썼는데, 그 무공이 고강하여 유비군은 벌써 다섯 명의 장수를 잃었다. 아군은 위축되어 마른침만 삼켰고 조조군은 사기가 충천하여 전의를 불태웠다. 금세 물밀듯이 쳐들어올 기세였다.

군사를 총지휘하고 있던 진진은 휘하의 장수들에게 큰 소리로 물었다.

"웅~ 누가 저 죽창의 장수를 상대하겠느냐?"

하지만 적장의 막강한 무예 실력을 눈으로 확인한 뒤라 선뜻 나서는 이가 없었다.

"결국 제가 나서야겠군요. 격이 맞지 않아 청룡언월도를 더럽히지 않으려 했는데……."

이렇게 말하며 앞으로 나온 자는 긴 수염에 붉은 얼굴을 하고 있는 관우였다. 진진은 고개를 끄덕이며 관우의 출전을 허락했다. 진진은 관우의 귀에 대고 조용히 말했다.

"관 공, 죽이지 말고 사로잡아 주시오."

"그게 무슨 말씀이십니까? 공명께선 저자에게 자비를 베푸시겠다는 겁니까?"

"그렇지 않소. 내 친히 심문할 것이 있어 그러니 내 부탁을 들어주시오."

"음… 알겠습니다."

관우는 부하들에게 뜨거운 물과 컵라면을 가져오게 했다. 용기에 물을 붓고 청룡언월도를 집어 드는 관운장. 진진은 이상한 생각이 들어 그에게 물었다.

"싸우러 나가는 마당에 웬 라면이오?"

관우는 거만한 표정으로 수염을 쓰다듬으며 대답했다.

"컵라면이 식기 전에 적장을 끌고 오겠습니다."

"오오! 기개가 대단하구려."

진진은 관우의 자신감에 탄복하였다.

"이럇!"

관우가 말을 달려 붉은 투구의 장수에게로 향했다. 적장도 관우를 알아보고 죽창을 꼬나 쥐었다. 두 마필이 질풍처럼 달리며 흙먼지를 일으켰다. 병사들은 자욱한 먼지 속에서 두 장수가 겨루는 모습을 희미하게나마 구경할 수 있었다.

"으합!"

"차앗!"

승부는 단 일 합(一合)에 났다. 관우의 청룡언월도가 번쩍하더니 죽창 끝을 날려 버리고 적장의 옆구리를 베었다.

"크억……!"

붉은 투구의 장수는 말에서 떨어져 땅에 피를 뿌리며 괴로워했다. 관우는 청룡언월도의 시퍼런 날끝을 적장의 목줄기에 갖다 대며 협박했다.

"투항하라!"

적장도 눈을 밑으로 깔면서 자신의 패배를 인정했다.

"그래… 네가 짱이다……. 쿨럭."

적장을 사로잡아 늠름한 모습으로 돌아온 관우는 컵라면부터 찾았다. 젓가락으로 면발을 건져 내던 관우는 고개를 설레설레 흔들며 컵라면 용기의 뚜껑을 덮었다. 그러자 이를 궁금히 여긴 부하들이 관우에게 물었다.

"혹시… 면발이 불어서 안 드십니까?"

관우는 수염을 쓰다듬으며 점잖게 대답했다.

"아니, 아직 덜 익었구나."

"오옷! 역시 장군님은……!"

부하들은 면발이 익기도 전에 승부를 끝내고 돌아온 관우의 무예에 혀를 내두르며 탄복했다. 관우는 잔뜩 목에 힘을 주고 컵라면 용기 뚜껑을 지그시 누르고 있었다.

진진은 부관들을 시켜 적장의 포박을 풀어주도록 했다. 붉은 투구의 장수는 의아한 얼굴로 진진을 올려다보았다.

잠시 후 부관 한 명이 다가와 장수의 투구를 벗겼다.

"다들 나가 있게. 내가 친히 심문하겠다."

부관들이 포권하고 밖으로 나가자 진진은 빙그레 웃으며 장수에게 말했다.

"웅~ 네가 말을 타고 날뛰는 모습을 본 순간 놀라서 엉덩방아를 찧었다."

"제갈량, 날 아시오?"

"웅~ 물론이야."

진진은 오른손에 붉은 액체가 들어 있는 작은 종지를 들었다. 진진이 의미심장한 미소를 지으며 다가오자 장수가 움찔하며 물었다.

"제갈량, 손에 들고 있는 게 뭐요?"

"돼지 피와 염소 피를 섞은 거다."

"아, 아니, 그건!"

장수가 놀라며 오른팔을 들어 올리는 순간 진진은 종지에 든 피를 확 끼얹었다.

"크엑!"

머리부터 온통 피를 뒤집어쓴 장수는 괴로워하며 몸을 뒤틀었다. 피가 묻은 부위에서 살 타는 냄새와 함께 시커먼 연기가 피어올랐다. 놀라운 일이었다. 의복과 피부가 타 들어가더니 그 부위에 윤기나는 털이 솟아나는 것이 아닌가!

잠시 후 관우에게 사로잡혀 끌려온 적장은 한 마리의 거대한 팬더로 변해 있었다. 진진은 이빨을 드러내며 그르릉거리는 팬더를 향해 차가운 표정으로 말했다.

"오랜만이야, 칙칙."

"크르륵… 넌 누구냐?"

"서운한걸, 동생을 못 알아보다니."

"서, 설마… 진진?"

진진은 살짝 둔갑을 풀어 팬더 얼굴을 보여주었다가 다시 제갈량의 모습으로 돌아왔다.

"미안해. 보는 눈이 많아서 공명의 모습을 유지해야 돼."

"진진, 날 보내다오. 난 조조군에서 공을 많이 세웠어. 이제 곧 높은 자리에 오를 거다."

고개를 살래살래 흔드는 진진.

"형을 놓아주면 인간 세상을 어지럽히고 악행을 저지를 게 뻔해. 은거하는 동안 인간 세상에서 들려오는 끔찍한 소식들을 많이 접했지. 그때마다 형이 저지른 것이 아닐까 하고 얼마나 괴로웠는지 몰라. 게다가…… 형은 부모님의 원수야."

칙칙은 발톱을 날카롭게 하면서 경계의 눈빛을 보냈다.

"그래서… 날 없애겠다는 거냐?"

"형에게 마법 결투를 신청하겠어."

"마법 결투? 크하하하하!"

칙칙은 가소롭다는 듯이 웃어 젖히고 어깨를 들썩였다.

"좋다, 받아주마. 네가 뭔가 착각하고 있는 모양인데, 난 예전의 꼬마 팬더가 아니야. 천하를 주유하며 백 가지의 필살 무예와 천 가지의 공격 마법을 익혔다. 응묘둔갑대법 계승자 따위가 날 꺾을 수 있을까?"

"칙칙 형, 내가 익힌 건 둔갑술만이 아니야."

"그럼 어디 한번 내 공격을 막아봐랏! 갈가리 발톱 권법!"

갈가리 발톱 권법. 적의 신체를 가리가리 찢어 죽이는 극악의 살생 무술이다. 칙칙은 한 길이나 뛰어올랐다가 먹이를 낚아채는 독수리처럼 하강하며 진진에게 달려들었다. 야수의 발톱이 진진의 가슴팍을 파고들었다.

"크오옥!"

칙칙은 괴성을 지르며 진진의 몸뚱어리를 발기발기 뜯었다. 조각난 신체가 하늘에서 팔랑거리며 떨어졌다.

"응? 이게 뭐야!"

칙칙은 어리둥절해하며 공중을 바라보았다. 하얀 종잇조각들이 팔랑거리며 떨어지고 있었다.

"웅~ 분신술이야~"

"크엑?"

칙칙은 뒤에서 들려오는 목소리에 놀라 돌아보다가 이마에 뭔가가 푹 하고 꽂히는 느낌을 받았다. 진진이 칙칙의 미간에 긴 장침을 박아 넣은 것이다. 칙칙은 눈의 동공이 풀리고 입에서 침이 흘러나왔다. 진진은 칙칙의 눈을 똑바로 쳐다보며 중얼거렸다.

"웅~ 모든 걸 잊어라. 너의 이름도, 네가 저지른 악행도, 네가 익힌 무예와 마법도."

"꾸엑… 꾸엑……."

칙칙은 팬더 울음소리를 내며 멍하니 전방을 응시했다. 진진은 칙칙의 미간에 박힌 장침을 빼어내고 부관들을 불렀다. 부관 하나가 어리둥절한 얼굴로 물었다.

"엑? 이게 웬 팬더입니까? 포로는 어디로 갔습니까?"

"웅~ 명령이다. 이 팬더를 대숲으로 끌고 가서 놓아줘라."

부관들은 팬더의 목에 밧줄을 걸어서 밖으로 끌고 나갔다. 개처럼 끌려가는 팬더의 뒷모습을 보며 쓸쓸하게 중얼거리는 진진.

"칙칙… 아무것도 생각하지 말고 아무것도 기억하지 말고 그저 평범한 야생 팬더로 살아가라."

한참 동안 회상에 잠겼던 진진은 칙칙의 시신을 다시 구덩이에 밀어 넣었다. 도대체 어찌 된 일인가. 분명 미간에 침을 꽂아 평범한 야생 팬더로 만들어 버렸는데……. 대숲에서 조용히 자연사했어야 할 팬더가 어떻게 앙꼬르란 이름의 괴물이 되어 온 세상을 어지럽히는 악행을 저질렀단 말인가.

진진은 형제 간의 악연(惡緣)을 슬퍼하며 칙칙의 무덤에 흙을 덮었다. 잿빛 구름이 몰려오고 우울한 비가 추적추적 내렸다. 진진은 하염없이 내리는 비를 그대로 맞으며 앞발로 눈자위를 훔쳤다.

팬더 마왕의 난세는 이렇게 평정되고 세상에는 다시 조화와 균형이 찾아왔다. 중국의 공산당은 다시 권력을 잡았으며 웅묘왕국에 충성했던 자들은 대부분 숙청되었다. 모든 것이 급속하게 원상복귀되었다.

한국의 추봉근도 이에 영향을 받을 수밖에 없었다. 사도의 침략에 대비해 개발했던 인간형 병기 R−13호, 즉 막싸움 브이가 하루아침에 무용지물이 되었던 것이다. 막싸움 브이 파일럿으로 그나마 안정적인 생활을 할 수 있었던 봉근은 또다시 새로운 직장을 찾아 나설 수밖에 없었다.

제16장

선영아, 돈갚애

경주로 내려가는 우등고속버스는 평일이라 승객이 별로 없었다. 맨 앞좌석 창가에 자리를 잡은 봉근은 차창 밖을 내다보며 연신 싱글벙글이었다.

밖에는 따뜻한 햇살이 내리쬐고 봄바람에 갈대가 살랑거렸다. 나이 쉰다섯에 새로운 직장을 잡았다는 사실이 믿기지 않았다. 한창 나이에 막싸움 브이 파일럿을 그만두면서 안정된 직업을 갖지 못하고 날품팔이로 십여 년간 근근히 생계를 꾸려왔던 봉근이다. 힘든 생활고 속에서도 타고난 체력을 바탕으로 꿋꿋이 버티던 그는 어느 날 경주의 한 여자 고등학교에서 체육 교사로 와달라는 부탁을 받았다.

정말 신기하고 다행스러운 일이었다. 막싸움 브이 파일럿 퇴임 후 열심히 공부하여 어렵사리 취득했던 교사 자격증이었지만 그를 원하는 학교가 없어 엉뚱하게 막노동판을 전전하지 않았던가. 뒤늦게 오십을 훨씬 넘긴 나이에 교직 경험도 없는 그를 불러주는 학교라니!

"손님, 뭐 좋은 일 있으신가 보죠?"

운전 기사가 혼자서 계속 빙글거리는 봉근을 보고 물었다.

"네! 제가 이번에 경주에 교사로 부임하게 되었거든요."

"정말이세요? 어느 학교로 가시나요?"

"개나리 여고랍니다!"

"허억! 개, 개나리 여자 고등학교를 말씀하시는 건가요?"

"네."

운전 기사는 고개를 설레설레 내저었다.

"안됐군요. 그 학교 원래 이름이 뭔지 아세요?"

"모르는데요."

"개날나리 여자 고등학교."

"……."

"조심하세요. 개날나리에 빼순이 집합소랍니다."

운전 기사는 걱정스러운 얼굴로 충고했지만 봉근은 그다지 귀담아 듣지 않았다. 늦은 나이에 얻게 된 여고 교사 자리가 그의 가슴을 설레게 했기 때문이다.

개나리 여고는 경주 시내에서 5㎞ 정도 떨어진 곳에 위치한 신흥 사립교였다. 봉근은 택시에서 내리자마자 수위 아저씨의 안내를 받아 개나리 재단 이사장실로 향했다.

"안녕하십니까! 새로 부임한 체육 교사 추.봉.근. 입니다!"

문을 열고 들어서자마자 씩씩하게 인사하는 봉근. 둥글둥글 인상 좋게 생긴 이사장이 그를 반갑게 맞았다.

"어서 오세요, 추봉근 씨. 이쪽으로 앉으시지요. 그래, 경주에 와보니 어떠신가요?"

"좋네요! 어렸을 때 수학여행 한번 와보고는 올 기회가 없었는데. 옛 추억이 새록새록 떠오릅니다!"

"하하하, 나이에 비해 혈기왕성하시네요."

"그런데 이사장님, 질문이 있습니다."

"뭔가요?"

"저…… 젊고 생생한 교사들도 많은데 왜 하필 저같이 나이 많은 사람을 체육 교사로 데려오신 건지 그 이유를 알고 싶습니다."

"그야 옛친구가 보고 싶어서지요."

"네?"

이사장은 자신의 얼굴을 주물럭거리더니 중얼중얼 낮게 읊조렸다. 나이 든 얼굴이 조금씩 젊어지는가 싶더니 봉근에게 매우 낯익은 얼굴이 나타났다.

"웅~ 이 얼굴 알아보겠니?"

"너, 너는! 진진! 진진이가 아니냐!"

봉근은 놀라서 위로 한 길이나 뛰어올랐다. 진진은 방글방글 웃으며 차를 날라오는 예쁜 비서를 가리켰다.

"이 아가씨도 알아보겠니?"

비서 아가씨는 찻잔을 탁자 위에 내려놓더니 뒤로 팔짝팔짝 재주를 넘었다. 그러자 허리가 구부정해지고 몸이 오그라들더니 폭삭 늙은 노파로 변해 버리는 것이 아닌가.

"엥! 소청이잖아!"

"콩… 오랜만이야, 봉근."

"진진, 소청, 너희들 도대체 어떻게 된 거야? 이 학교에는 또 웬일이지?"

둘을 번갈아 보는 봉근의 눈가에 이슬이 맺히고 있었다. 진진은 부드럽게 웃으며 차를 권했다.

"웅~ 내가 개나리 재단의 이사장이 된 이야기를 하자면 오늘 하루 종일 떠들어도 다 못해. 이 학교에 오게 된 건 일 년 정도 되었어. 봉근이 너를 수소문해서 찾아낸 건 한 달 전이고. 마침 체육 교사 자격증을 갖고 있더군. 웅~ 다시 보게 돼서 너무 기쁘다."

"진진! 크흑… 넌 나를 끝까지 감동시키는구나! 짜아식!"

봉근은 진진을 끌어안고 말없이 눈물을 주르륵 흘렸다.

"웅~ 꾸엑! 숨 막혀라. 넌 나이가 들어도 여전히 힘이 세구나."

질식사하기 직전에 봉근에게서 풀려난 진진은 이마의 땀을 닦으며 말했다.

"웅~ 일단 교무실로 가서 같이 일할 동료들에게 인사하고 네가 맡은 반 아이들을 보러 가자."

"내가 맡은 반 아이들?"

"웅~ 오자마자 담임 교사를 시켜서 미안해. 2학년 3반이야."

교실 안은 여느 때처럼 시끄러웠다. 기회만 나면 참새처럼 재잘대는 생기발랄 여고생들은 국어 선생님의 결강으로 마음껏 수다를 떠는 중이었다.

깻잎머리 지혜가 눈을 초롱초롱 빛내며 말했다.

"애들아, 그거 아니? 우리 학교 이사장 비서가 너구리래."

"에? 말도 안 돼!"

"정말이야. 청소하는 아줌마가 화장실에서 둔갑하는 걸 봤다는 거야!"

"둔갑? 아아~ 아아~"

어여쁜 선영이는 몸을 배배 틀면서 신음 소리를 냈다. 깻잎머리 지혜, 주근깨 종아, 뚱땡이 은영이는 눈을 휘둥그렇게 뜨고 선영에게 일제히 물었다.

"왜 그래, 선영아!"

"아아… 나는 둔갑이란 소리만 들으면 몸이 꼬여……."

"그러니? 너 참 힘들겠다."

날라리 미지가 유리잔에 우유를 가득 부어 교탁 위에 놓았다. 두꺼운 안경을 쓴 반장이 고개를 갸웃하며 물었다.

"그 우유는 뭐니?"

"킥, 가만있어 봐. 새로 온 담임 줄 거야."

교실 문이 드르륵 열리면서 근엄한 표정의 교장 선생님과 신임 담임 교사가 들어왔다. 앞 자리에 앉은 여학생들은 기가 죽어 침을 꼴딱꼴딱 삼켰다. 엄청나게 큰 머리에 험상궂은 인상이 조폭 같은 선생님이었다.

"자, 인사드려. 새로 오신 담임 선생님이시다."

"안녕들 하세요! 추.봉.근. 입니다! 우리 잘해봅시다!"

창문 쪽에 앉은 아이들은 공포에 질렸다. 추봉근의 쩌렁쩌렁한 인사 말에 유리창이 덜렁거리며 진동했기 때문이다. 예쁜이 선영이는 가슴이 콩닥콩닥 뛰고 뺨이 발갛게 달아올랐다.

"아… 왠지 저 선생님… 나를 설레게 만들어. 뭘까, 이런 감정은?"

선영이가 은밀한 내부의 떨림을 탐구하는 동안 날라리 미지는 교탁 위의 우유잔을 내밀었다.

"선생니임~ 우유 드세요~ 저희가 준비한 거예요~"

"오! 고맙습니다! 마침 목이 말랐는데!"

추봉근 교사는 솥뚜껑 같은 손으로 우유잔을 받아 들고 벌컥벌컥 들이켰다. 날라리 미지가 생긋 웃으며 자신의 왼쪽 가슴을 쥐어짰다.

"맛있게 드세요~ 저희가 조금씩 짰어요~"

봉근은 미지의 말에 아랑곳하지 않고 우유를 다 마셔 버린 뒤 대답했다.

"어쩐지 젖비린내가 나더라! 잘 먹었다! 고맙다!"

"캑……!"

날라리 미지를 비롯해 반 전체가 확 깨면서 뒤집어졌다.

"크윽… 새로 온 담임 만만치 않은데?"

"그러게. 강적이다."

순진한 교사 놀려먹기가 취미인 날라리들은 앞으로 학교 생활이 순탄치 않음을 예감하고 마른침을 삼켰다.

봉근은 두 주먹을 불끈 쥐고 씩씩거리며 시내 유흥가를 걷고 있었다. 봉근은 눈앞의 룸살롱 간판을 확인한 뒤에 기도를 제치고 안으로 들어갔다.

"당신 뭐야? 거기 안 서?"

몇몇 어깨들이 봉근의 앞을 막아섰지만 박치기 한 방에 다들 나가떨어지고 말았다. 이 방 저 방을 뒤지던 봉근은 간드러지는 여자애들 목소리를 듣고 한달음에 뛰어갔다.

쾅!

문을 발로 차고 안으로 뛰어든 봉근은 깜짝 놀라 그 자리에서 굳어버린 여자애들을 보고 인상을 구겼다.

"니들 여기서 뭣들 하는 거야! 아우우~ 열받아!"

"서, 선생님, 잘못했어요!"

날라리 미지와 깻잎머리 지혜는 무릎을 꿇고 싹싹 빌었다.

"이리 나왓!"

봉근은 미지와 지혜의 귓불을 잡고 룸 밖으로 끌어내려 했다. 그러자 머리가 곱슬곱슬하고 구마적같이 생긴 남자가 봉근을 잡고 물었다.

"니 머꼬?"

"나? 선생이다!"

"선생? 이런…… 야, 아그들아! 니들 고삐리 썼나? 하이고, 미치겠네."

미지와 지혜는 거의 죽을상이 되어 봉근에게 싹싹 빌었다.

"선생님, 한 번만 용서해 주세요. 저희는 그냥 음료수만 날랐어요. 정말이에요."

"시끄러워! 이런 날라리들! 아우~ 열받아!"

봉근이 조폭들 기를 죽이며 룸 밖으로 나오는데 핸섬한 청년 하나가 뒤따라 나왔다.

"어이, 추봉근!"

"어?"

봉근은 누군가 난데없이 자신의 이름을 부르자 의아한 표정으로 뒤돌아보았다. 도회지 샐러리맨처럼 말끔하게 차려입었지만 분명 조폭으로 보이는 남자였다.

"너, 개봉고 24회 추봉근 맞지?"

봉근은 아련한 기억을 더듬어가다가 입을 떠억 벌렸다.

"박… 영준? 너, 박영준이냐?"

"하하하, 반갑다. 너, 근데… 선생질하는구나."

"교직에 몸담고 계시지. 넌 깡패가 된 거냐?"

"하하하, 기왕이면 건달이라고 불러다오."

잠시 후 봉근과 영준은 학교 근처 포장마차에서 소주잔을 기울이고 있었다. 봉근이 영준의 잔을 채워주며 너털웃음을 웃었다.

"캬~ 정말 우습네. 그 어리버리하던 공부벌레가 어떻게 해서 깡패가 되었을까? 응? 너, 어떻게 하다 그렇게 인생을 조졌냐?"

영준은 소주잔을 홀짝거리며 냉소를 흘렸다.

"너야말로 개봉고를 주름잡던 짱이 어쩌다가 이런 시골 학교에서 선생질이나 하고 있을까? 하여간 너같이 공부 못하던 애가 선생이 된 건 정말 기적이다. 암, 놀라운 일이야."

"하하하… 짜아식, 갈구긴."

"녀석, 까불긴."

두 친구는 주거니 받거니 정답게 잔을 기울였지만 눈빛만은 불꽃을 튀기며 싸우고 있었다.

"그런데 영준이 너, 경주에는 웬일이냐?"

"응, 이곳에 사업을 확장하려고 잠시 내려왔어. 아까 그 곱슬머리가 라이벌 조직의 두목이야."

"쳇, 깡패들 세력 다툼이구만. 가자! 많이 취했는데 라면이나 먹으면서 해장하러."

"좋지, 선생이 사는 라면 한번 먹어볼까."

포장마차에서 일어나 십 분 정도를 걷자 허름한 '해수네 라면집' 간판이 보였다. 고급 요리집에 익숙한 영준이 고개를 삐딱하게 기울이며 시니컬한 표정으로 물었다.

"이 집 라면 맛있나?"

"그럼. 들어가자! 우리 반 학생인 선영이네 어머니가 하시는 집이
야."

조잡한 판박이 장식의 유리문을 젖히고 들어서자 얼굴이 둥그런 아
줌마가 환하게 웃으며 두 사람을 맞았다.

"아이고, 선상님 오셨는교? 어서 들어오시소."

"해수 씨, 더 이뻐지셨네요. 우리 라면 두 개만 얼른 끓여주세요."

"알겠심더~ 좀만 기둘리라예~"

"저 아줌마 어떠냐? 이쁘지?"

"글쎄……."

영준은 라면집 주인의 이름이 해수라는 사실은 알게 되었지만 그녀
가 봉근이 마음속에 점찍어둔 과부인 줄은 몰랐다. 시큰둥한 얼굴로
면발을 후룩거리며 빨아들이던 영준은 눈앞에 나타난 소녀를 보고 쿨
럭거렸다.

"캑… 캑… 물 좀… 다고……."

"영준이 너, 사레들렸냐? 그렇게 천천히 먹지."

물을 마시고 기침을 가라앉힌 영준이 이마의 양 옆에 흐르는 땀을
닦으며 봉근에게 물었다.

"누, 누구냐, 저 여자애는?"

봉근은 꾸벅 인사를 하고 안채로 들어가는 여고생을 보고 아무렇지
도 않은 듯이 답했다.

"응, 이 집 딸인데 우리 반 학생이야. 오면서 이야기했잖아, 선영이
라고."

"선영이… 정말 귀엽고, 청순하고, 예쁘고, 사랑스러운 소녀구나. 자

식, 좋겠구나. 일터에서 매일 저렇게 이쁜 애를 볼 수 있다니."

영준의 말에서 이상한 느낌을 감지한 봉근은 두 눈을 부라리며 옛친구를 협박했다.

"너, 우리 반 학생한테 껄떡대면 내 손에 죽어."

"아이구, 무서워라. 그래, 알았다, 알았어. 왕년의 개봉고 짱이라 이거지? 나이 오십이 넘어가지곤 개폼은… 자식."

"우씨, 건방진 쫘아식. 조직 물 좀 먹었다고 어깨에 힘 주냐? 너, 졸업한 지 오래 돼서 내가 누군지 잊었구나. 나 추봉근이야, 추봉근! 개봉고 전체 짱 추봉근!"

"그래, 알았다. 나 이만 간다. 라면 잘 먹었고. 참, 그 해수탕인지 뭔지 하는 아줌마 너랑 딱이더라."

영준은 뒤로 손을 흔들면서 라면집을 나가 버렸고 왠지 자존심이 뭉개진 봉근은 혼자서 소주잔을 연신 털어 넣었다.

"저 자식이 내가 선생질한다고 무시하는구만. 에이 씨… 아예 그냥 그 길로 나가는 건데……."

안방에 들어와 누워 있던 선영은 발딱 일어나 조심스럽게 홀이 보이는 창문에 얼굴을 가져다 대었다. 담임 선생님은 뭔가 심기가 불편한 듯 연신 소주잔을 기울이고 있는 중이었다. 그녀는 콩닥콩닥 뛰는 심장을 오른손으로 꼬옥 눌렀다.

'아, 왜 선생님만 보면 내 가슴은 이리도 뛰는 걸까? 마치 오래전부터 알던 사람 같은 느낌이 자꾸 들어…….'

그녀는 가슴 깊숙한 곳에서부터 솟아나는 알 수 없는 그리움과 회한, 슬픔에 휩싸였다. 커다란 눈물 방울 하나가 그녀의 뺨을 타고 이슬처럼 굴러 내렸다.

이사장실에서 테이블을 가운데 두고 마주 앉은 소청과 진진은 머리를 맞대고 소곤소곤 뭔가 긴밀한 대화를 나누고 있다. 소청은 2학년 3반 23번 김선영의 이름을 검지로 가리켰다.

"생년월일 음력 7월 8일. 경기도 가평에서 출생. 이 아이가 틀림없어."

"웅~ 드디어 찾았구나. 언제 이 사실을 알려주지?"

"큥, 굳이 알려주지 않아도 두 사람은 인연의 법칙에 따라 서로를 찾게 될 거야."

소청은 따끈한 차를 홀짝거리며 자꾸 말려 올라오는 치맛자락을 잡아당겼다.

"아이 씨, 역시 젊은 여자들 옷은 불편해. 미니 스커트도 그렇고, 뾰족 구두도 그렇고… 그냥 할머니로 둔갑할 걸 그랬나 봐."

"웅~ 할머니로 둔갑하면 어디 있으려고. 불편해도 여비서에 적응해 봐."

"큥, 예쁜 처녀 둔갑은 여우들이 선수인데… 뭔가 좀 어색해."

"웅~ 아니야. 아이들한테 들은 이야기인데, 총각 선생님들 중에 너 좋아하는 사람이 꽤 있대."

"큥큥, 자식들, 보는 눈은 있어가지고."

소청은 긴 생머리를 뒤로 넘기며 도도한 표정을 지어 보였다.

수업을 마치고 친구들과 귀가하던 선영은 길가에 세워진 검은 승용차에서 웬 미남자가 내리는 걸 보았다. 남자는 빠른 걸음으로 다가와 여학생들의 앞길을 막고는 세련된 미소를 띠며 물었다.

"네가 선영이 맞지?"

선영은 말없이 고개를 끄덕거렸고 미지와 지혜는 샘나는 얼굴로 서로에게 속삭였다.

"저 남자 누구길래 선영이한테 접근하지?"

"그러게. 디따 잘생겼다. 왕미남이다."

"뽀대맨이야, 뽀대맨."

"아이 씨~ 선영이 졸라 좋겠다."

남자는 여학생들의 심장을 통째로 녹여 버리는 살인미소를 지었다. 깻잎머리 지혜는 앞머리에 침을 바르며 시선을 유도했지만 그의 눈길은 선영에게 고정되어 있었다.

"난 박영준이라고 너희 담임 선생님하고 친구란다. 나랑 잠깐 이야기 좀 할 수 있을까?"

"아저씨가… 저희 선생님하고 친구라고요? 정말이세요?"

"그래. 추봉근이하고 개봉 고등학교 동창이지. 별로 친하지는 않았지만."

선영은 봉근과 동창이라는 말에 두말없이 영준을 따라나섰다. 그녀는 봉근에 대해 궁금한 점이 너무 많았다. 영준을 통해 봉근의 과거를 알게 된다면 봉근을 볼 때마다 가슴 설레는 이유를 알 수 있을 것 같았다.

미지와 지혜는 나란히 앞서 가는 두 사람을 보며 분통을 터뜨릴 뿐이었다.

"아, 짜증나. 저 기집애 은근히 꼬리친다니까."

"그러게. 남자들 앞에서 괜히 착한 척하고."

"확! 원조 교제한다고 담임한테 꼬발르자."

두 날라리는 한참 동안 그 자리에서 선영이를 씹다가 어느 순간 후
닥닥 사라졌다. 남고 애들이 춤 때리자고 문자 메시지를 보내왔던 것
이다.

건달들 사이에서 플레이보이로 소문난 박영준은 선영을 찬찬히 뜯
어보았다. 아직 앳된 티가 가시지 않았음에도 선영은 영준이 지금까지
만났던 그 어떤 여인들보다 그의 마음을 설레게 했다. 눈처럼 하얀 얼
굴과 선명하게 대비되는 붉은 입술, 순수하면서도 애수가 어린 눈망울,
속 깊은 사연을 간직한 듯한 속눈썹, 작지도 크지도 않은 키와 봉긋한
가슴. 영준은 가슴이 두근두근거리고 얼굴이 화끈 달아올랐다.

'아아… 내가 애 앞에서 왜 이러지? 프로답지 못하게…….'

영준의 타는 가슴을 아는지 모르는지 선영의 머리 속에는 추봉근에
대한 궁금증으로 가득 차 있었다.

"저기… 아저씨, 우리 담임 선생님 있잖아요……."

"응, 그래. 뭐든지 물어봐."

"어떤 분이셨어요?"

"고등학교 때? 뭐 특별한 건 없어. 공부를 지지리도 못했다는 걸 빼
면."

"공부를 못했다구요? 그래도 뭔가 잘하셨던 게 있을 거예요."

"싸움은 잘했지. 힘도 세고 머리도 컸어."

"네, 어릴 때부터 착하고 순수한 분이셨을 거예요."

"순수하다고? 멍청하고 다혈질에다 툭하면 사고나 치고… 한마디로
학교 신생들이 골머리를 앓던 사고뭉치였어."

"……."

순간 선영은 겁먹은 얼굴로 전방을 응시했다.

선영의 옆모습을 탐미하던 영준은 그녀의 표정에서 심상치 않은 사태를 읽어내고 고개를 돌렸다.

검은 양복을 걸친 거구의 사내들이 앞길을 막고 서 있었다. 그들 뒤에는 복고풍 세미 정장을 차려입은 고수머리의 사내가 음흉한 웃음을 흘리고 있었다.

"박영준이, 고삐리 데리고 연애하나?"

"경주의 구마적… 업소들 다 넘기랬더니 지금 뭐 하는 거야?"

"쿡쿡쿡, 네가 서울에서 좀 논다고 간뎅이가 부었구나. 여기는 경주야, 경주! 우리 조직 안마당이라고!"

경주 구마적이 소리치는 순간 윽! 하는 신음 소리가 들려왔다. 영준이 데려왔던 부하들이 경주 구마적 일당에게 구타당하는 소리였다. 영준은 입술을 깨물며 분해했지만 혼자 몸으로 십여 명의 적들을 상대하기에는 역부족이었다. 게다가 싸움이 벌어지면 선영이 다칠 수도 있었다.

"박영준이, 같이 좀 가줘야겠어. 내가 서울의 오야붕한테 전할 메시지가 있어서 말이야."

"이 아이는 보내주자. 나랑 관계없는 아이다."

"고삐리를 놓아주라고? 싫다. 네가 우리들 요구를 들어주지 않으면 이 아이를 우리 업소 종업원으로 만들어 버릴 거야."

"큭! 이 치사한 자식……."

영준은 주먹을 가슴께로 들어 올리다가 이내 손을 떨어뜨렸다. 목 아래로 서늘한 회칼이 들어왔기 때문이다.

"박영준이, 차에 타라."

덩치가 산만한 조폭들이 영준과 선영을 둘러쌌다.

탁! 하고 차 문 닫히는 소리가 나더니 검은 양복의 사내들은 우르르 흩어지며 주위에 정차해 있던 승용차들에 서너 명씩 나누어 탔다. 조폭들의 검은 세단이 줄줄이 좁은 골목을 빠져나가고 있었다.

이사장실에서 진진과 차를 마시던 봉근은 주근깨 종아와 뚱땡이 은영의 말을 듣고 화들짝 놀라며 자리에서 일어섰다. 강인한 턱은 더욱 굳게 다물어지고 솥뚜껑 같은 손은 바위처럼 뭉쳐졌다. 진진은 걱정스런 얼굴로 어린 두 학생에게 되물었다.

"선영이가 납치되다니, 그게 정말이냐?"

"흑… 네, 웬 꽃미남 아저씨랑 같이 납치됐어요. 아, 재수없는 년… 꼭 티를 내요."

봉근이 소리를 버럭 질렀다.

"도대체 누가 납치해 간 거냐!"

뚱땡이 은영이는 잔뜩 주눅 들어 기어들어 가는 목소리로 대답했다.

"고수머리 구마적 아저씨요… '신라의 달거리' 룸살롱 사장 있잖아요."

"고수머리 구마적! 그놈이라면 내가 좀 알지!"

봉근은 콧구멍에서 뜨거운 김을 뿜어내며 씩씩거렸다. 진진이 봉근의 팔뚝을 붙잡고 하소연했다.

"선영이는 반드시 네 손으로 구해내야 한다. 이유는 나중에 설명해줄게."

"이유? 우리 반 학생이야! 더 이상 무슨 이유가 필요해! 아우~ 열

받아!"

봉근은 이사장 명패를 각목 대신 집어 들고 뛰쳐나갔다. 폭주 기관차처럼 운동장을 가로질러 뛰어가는 열혈 체육 교사 추봉근. 여학생들은 모두 창문으로 고개를 내밀고 구경했다.

"체육 샘 또 열받았다. 오늘은 또 누굴 패러 가는 거지?"

"3반 애들이 그러는데 구마적이랑 맞장 뜬대."

"정말? 와아~ 멋진걸."

"역시 개나리 여고의 폭력 교사!"

"젊었을 때 조폭이었다던대?"

경주 시내 유흥가까지 단숨에 달려온 봉근은 숨을 헐떡거리며 '신라의 달거리'로 한 발 한 발 다가섰다. 입구를 지키던 기도 두 명은 봉근을 알아보고 잔뜩 겁을 집어먹었다.

"저 인간… 지난번에 찾아온 학교 선생 아이가?"

"차, 참말로 그렇네."

기도 하나가 결연한 얼굴을 하고는 동료의 손을 잡았다.

"친구야, 내 부탁 하나만 하자."

"머꼬?"

"나중에 후배들한테 말이다, 내가 학교 선생한테 맞았다꼬 하지 마라."

"알아따. 문디자슥… 큭……."

짧고도 비장한 대화를 나눈 두 사람은 봉근이 휘두른 명패를 맞고 쓰러진 뒤에 잠시 저항하다 봉근의 운동화 발에 짓밟히고 튼튼한 화강암 바위 같은 머리에 박치기당하고 정신을 잃었다.

"아우~ 열받아! 다 덤벼! 쓸어버리겠어!"

봉근의 고함 소리에 놀란 조폭들이 슬금슬금 기어나오더니 스크럼을 짜고 봉근의 앞길을 막았다. 봉근은 머리를 앞으로 숙이고 어깨들 사이로 돌진했다. 봉근의 묵직한 대두(大頭)에 속도가 붙으면 항우장사라도 당해낼 수 없다. 우르르 속절없이 무너지고 마는 조폭들. 봉근은 한 놈을 잡아 박치기로 기절시키고, 두 놈의 멱살을 잡고 빙빙 돌린 뒤 벽에 패대기치고, 이놈저놈 손에 잡히는 대로 흠씬 두들겨 주고, 가구나 집기를 닥치는 대로 파손하고, 굴러다니는 맥주나 양주를 공짜로 마셔 버렸다.

참다못한 조폭 하나가 봉근에게 다가오더니 건달들이 가장 불명에스럽게 여기는 호칭을 봉근에게 붙여주었다.

"에라이~ 쌩양아치야!"

봉근은 박치기로 놈을 날려 버린 뒤 곧바로 고수머리 구마적의 사무실로 쳐들어갔다. 잠겨 있는 방문을 맨손으로 뜯어내자 겁에 질린 표정의 소녀가 눈물을 글썽이며 봉근을 올려다보았다.

"선생님… 흑……."

"서, 선영아! 조금만 참아! 선생님이 구해줄게!"

부두목 급 건달이 봉근에게 달려들었으나 가랑이를 걷어차고 박치기를 먹이자 그 자리에서 뻗어버렸다. 고수머리 구마적은 떨리는 손으로 담배를 비벼 껐다.

"저 인간은… 선생질하면서 싸움만 배웠는가?"

약간 기가 죽기는 했으나 오야붕은 오야붕. 고수머리 구마적은 뽀글거리는 머리를 뒤로 넘기며 주먹을 다잡았다.

"덤비라!"

"아우~ 열받아!"

봉근은 특유의 기합을 내지르고 몸을 공중에 띄웠다. 짧은 두 다리를 모아 회심의 두발차기를 날리는 추봉근. 고수머리 구마적은 방어 자세를 취할 틈도 없이 안면에 두발차기가 작렬하자 연체동물처럼 흐물흐물 무너져 내렸다.

"선영아, 괜찮은 게냐!"

구마적을 꺾은 봉근은 곧바로 제자에게 달려가 다친 곳이 없는지 확인했다.

"네… 선생님……. 흑… 고맙습니다……."

"많이 무서웠지? 이런 천하의 몹쓸 놈들! 연약한 여자애를 나일론 밧줄로 묶어놔?"

봉근은 이빨로 밧줄을 물어뜯어 끊어버렸다. 비에 젖은 새처럼 떨고 있던 선영은 봉근의 품속으로 파고들었다.

"선생님……."

봉근은 왠지 묘한 감정이 일었으나 고개를 절레절레 흔들고 선영을 떼어냈다.

"자, 가자! 너희 어머니가 걱정하고 계실 거야."

"선생님… 저랑 같이 잡혀온 아저씨도 있어요."

"그래? 지금 그 사람 어디 있지?"

"옆방에 있어요. 고문을 당하는 것 같던데……."

봉근은 벽면에 있는 출입문 손잡이를 돌려보았으나 잠겨 있었다.

"으라차차차!"

방문을 뜯어내니 의자에 묶여 있는 박영준이 눈에 들어왔다. 눈이 팅팅 불어 있고 코뼈가 주저앉았다. 그는 부러진 앞니를 내보이며 헤

벌쭉 웃었다.

"에버에버… 봉근아… 나 구해주러 왔냐……?"

"너 구해주러 온 거 아냐, 이 깡패 놈아! 솔직히 말해! 너, 우리 선영이 꼬여내려고 했지! 죽일 놈아!"

봉근은 영준에게 손찌검을 하려다 지켜보는 선영의 눈길을 의식해 그만두었다.

"에잉! 풀어줄 테니 어서 네 갈길 가라!"

"고맙다… 역시 넌 영원한 개봉고 짱이야."

별로 친해 보이지는 않지만 왠지 진한 우정과 의리가 느껴지는 두 사람이었다.

봉근은 선영을 번쩍 안아 들고 난장판이 된 룸살롱을 빠져나왔다. 봉근의 듬직한 품에 안겨 있는 선영은 가슴이 두근거리고 얼굴에 홍조를 띠었다.

"선생님."

"응."

"저 있잖아요……."

"응."

"스승과 제자 사이에도… 사랑이란 게 존재할까요?"

"으흠! 그게 무슨 소리냐?"

"아뇨, 그냥… 물어봤어요, 궁금해서……."

"선영아, 똑바로 들어라."

"네."

"한번 스승은 영원한 스승이고 한번 제자는 영원한 제자다. 사제 관계와 연인 관계를 헷갈리는 자는 교사로서 자격 미달이야. 학생도 마찬가지다. 학생의 본분을 잊어서는 안 돼."

"네… 알고 있어요. 그냥 물어봤어요, 궁금해서……."

선영은 뾰로통한 얼굴로 하늘만 쳐다봤다. 어설픈 프로포즈를 시작
도 하기 전에 꺾어버리니 무안하기도 하고 자신의 마음을 몰라주는 선
생님이 원망스럽기도 했다. 하지만 석양을 받아 붉게 물든 대두를 바
라보자니 또다시 가슴이 설레고 사랑의 감정이 샘물처럼 솟아났다. 선
영은 마음속 깊이 선생님을 꼭 내 남자로 만들겠다는 다짐을 했다.

이틀 동안 계속 장대비가 내려 개나리 여고 전교생이 발을 구르며
걱정했었다. 하지만 가을 운동회 전날부터 얼굴을 내민 해님은 아이들
이 마음껏 뛰놀 수 있도록 운동장을 바싹 말려주었다.

교육을 일종의 서바이벌 게임이라고 생각했던 설립자의 이념에 따
라 가을 운동회는 토너먼트 형식으로 치러졌고, 봉근의 2학년 3반은
결승에 진출하여 우승을 다투게 됐다.

마지막 경기인 천 미터 계주. 이 시합의 승패에 따라 최종 우승이 가
려지게 된다.

2학년 3반의 주자들인 깻잎머리 지혜, 주근깨 종아, 뚱땡이 은영이,
날라리 미지는 머리를 맞대고 결의를 다졌다.

"우리 꼭 이겨야 돼. 왜 그런지 알지?"

날라리 미지는 노란 쪽지를 보여주며 고개를 끄덕였다.

"친구를 위해서."

"응."

네 친구는 하이파이브를 한 뒤에 각자 출발선으로 뛰어갔다. 응원석
에서는 이마에 붉은 띠를 두른 봉근이 격렬하게 몸을 흔들며 치어리딩

을 하고 있었다.

"이겨라! 3반! 이겨라! 3반!"

첫 번째 주자 미지가 날렵하게 달리기 시작했다. 봉근이 목에 핏대를 세우며 고래고래 외쳤다.

"달려라아~ 미지~ 달려라아~ 우리 반 날라리~"

2등을 여유있게 제치고 다음번 주자 지혜에게 바통을 넘기는 미지 양. 지혜의 깻잎머리가 바람에 폴랑거리고 흥분한 봉근은 그 자리에서 펄쩍펄쩍 뛰어올랐다.

"그렇지이! 달려! 달려라아~ 깻잎머리~"

2등과의 격차가 많이 줄어들긴 했지만 날라리 미지가 워낙 많이 벌려놓았던지라 깻잎머리는 선두를 유지하며 들어왔다. 주근깨 종아는 바통을 받아 들자마자 이를 악물고 달렸지만 뒤의 주자에게 조금씩 따라잡혔다. 봉근은 얼굴이 시뻘겋게 달아올랐다.

"힘내라아~ 달려라~ 들장미 소녀야~"

마지막 주자인 은영이가 바통을 넘겨받았을 때는 절망적이었다. 날라리 미지가 빌려놓았던 격차가 거의 사라진 데다 상대편 주자가 육상부원이었다. 축구 선수처럼 튼튼하고 굵은 다리를 가진 그녀를 둥글둥글 평퍼짐한 은영이가 당해낼 수 있을지 의문이었다. 하지만 뚱땡이 은영이는 봉근과 반 아이들의 우려와는 달리 선전했다. 육상부 선수에게 밀리기는커녕 조금씩 거리를 벌리고 있는 은영. 지방질 충만한 몸을 흔들며 폭주 기관차처럼 역주하는 그녀의 모습에 감동한 봉근과 아이들이 환호성을 질렀다.

"그렇지이~ 굴러라~ 굴러라아, 은영이~"

은영은 막판에 발목이 집히면서 보는 이의 가슴을 졸이게 만들었으나 이를 악물고 뛰어 가까스로 선두를 지켰다. 그녀가 테이프를 끊고 들어오는 순간 봉근은 괴성을 지르며 뛰어나갔고 2학년 3반 아이들은 미친 듯이 팔짝팔짝 뛰었다.

은영이와 담임 선생님을 행가래치는 2학년 3반 아이들. 빼순이들의 즐거운 축제였다. 종합 우승을 차지한 봉근의 반은 번쩍거리는 트로피 외에도 특별한 선물을 받게 되었는데, 바로 날라리 미지와 그 친구들이 노렸던 목표였다.

대머리 교장 선생님이 단상에 올라 빙글빙글 웃으며 말했다.

"그럼 우리 학교 전통에 따라 우승반 대표는 학생들의 소원이 적힌 노란 쪽지를 추첨하겠습니다. 당첨된 소원은 학교 측에서 반드시 들어주어야 합니다."

날라리 미지가 얼른 뛰어나가 노란 쪽지가 가득 담긴 바구니에 손을 넣었다. 그녀는 바구니 속을 뒤지는 척하다가 슬쩍 숨겨온 쪽지를 꺼냈다. 마이크 앞에 선 날라리 미지는 선영이를 한번 쳐다보더니 쪽지의 내용을 읽는다.

"추봉근 선생님, 선영이에게 진심을 말하세요."

선영의 심장이 두근거리기 시작했다. 당황한 봉근은 얼굴이 새빨갛게 달아올랐다. 동료 교사들과 전교생의 시선이 두 사람에게 집중되었다. 봉근은 선영이에게 다가가 담담한 목소리로 이야기했다.

"한번 스승은 영원한 스승이고 한번 제자는 영원한 제자다."

날라리 미지가 맥빠진 표정으로 주저앉았다. 깻잎머리 지혜가 앞머리에 침을 바르며 입을 삐죽거렸다. 선영은 고개를 떨구고 말없이 눈물을 떨어뜨렸다. 봉근은 주위의 시선이 부담스러운 듯 조용히 자리를 피했다. 이를 지켜보던 개나리 재단 이사장은 안타까운 표정으로 비서

와 이야기를 나눈다.

"웅~ 저 두 사람… 왜 잘 안 되는 거지?"

"글쎄… 분명 다시 이어져야 할 끈이거늘……."

진진은 소청과 한참 동안 속삭이더니 만족스러운 얼굴로 고개를 끄덕거렸다.

"웅~ 그렇게 해야겠다."

"킁, 그래. 과거를 기억하게 하는 수밖에."

운동회가 파하고 각자 집으로 돌아갔지만 선영과 그 친구들은 썰렁한 운동장에 남아 허탈하게 하늘만 바라보았다. 뚱땡이 은영이는 훌쩍이는 선영이의 등을 토닥여 주다가 배가 고프다며 친구들을 일으켜 세웠다. 분식집에 가서 떡볶이라도 씹으며 기분을 달래보자면서.

뚱땡이 은영이는 떡볶이를 먹느라 정신없었고, 날라리 미지는 남자애들 이야기에 열을 올렸고, 깻잎머리 지혜는 얄미운 애들 험담을 늘어놓았고, 주근깨 종아는 거울 보기에 바빴다.

선영이는 친구들 수다에 묻힌 채 멍하니 생각에 잠겼다. 추봉근… 추봉근… 추봉근… 머리 속을 맴도는 이름 석 자의 수수께끼를 풀고 싶었다.

"얘, 선영아! 너, 어디 가니? 떡볶이 안 먹을 거야?"

"웅… 너희들끼리 많이 먹어. 난 집에 갈래."

선영은 풀 죽은 얼굴로 가게 문을 열고 나갔다. 미지는 걱정스러운 얼굴로 따라나서려는 지혜의 손목을 잡았다.

"놔둬. 나이 많은 사람 좋아하는 거… 다 한때야."

선영은 평범한 소녀였고 그녀의 삶 역시 평범했다. 추봉근이 새로운 담임 교사로 부임할 때까지는 말이다. 그녀는 자신의 마음을 통째로 흔들고 있는 그 남자의 비밀을 알고 싶었다.

"앗!"

그녀는 그 자리에 얼어붙은 듯이 멈춰 섰다. 전봇대에 붙어서 팔랑거리는 한 장의 하얀 포스터. 아무런 사진도 그림도 없이 달랑 문구만 적힌 간단한 포스터.

선영아, 둔갑해.

그녀는 온몸을 꼬기 시작했다.

'아… 둔갑이란 말만 들으면 몸이 꼬이는데……'

그녀는 몸을 비척대며 발걸음을 옮겼다. 다음 전봇대까지 간신히 걸어가 손을 짚은 선영은 눈이 휘둥그레졌다. 똑같은 문구가 적힌 포스터가 붙어 있는 것이 아닌가!

선영아, 둔갑해.

주위를 둘러본 선영은 그 골목에 있는 모든 전봇대와 쓰레기통, 담벼락에 가득 붙어 있는 포스터를 보고 놀라 가슴이 두근거렸다. 선영아, 둔갑해… 선영아, 둔갑해… 선영아, 둔갑해……. 갑자기 현기증을 느낀 그녀는 그 자리에 주저앉았다. '둔갑'이란 단어가 머리 속에서 메아리치고 있었다.

'아… 도대체 뭐야, 이 야릇한 느낌은……'

그녀의 뺨을 타고 굵은 눈물 방울이 흘러내렸다. 한참 동안 꺼이꺼이 울던 선영은 교복 소매로 눈을 훔치고 일어섰다. 눈물 자국 아래로 밝은 미소가 피어올랐다.

"그래, 이제 알았어… 내가 누구인지……."

그녀는 앞으로 달려가며 재주를 넘었다.

팔딱팔딱.

엉덩이에서 하얀 꼬리 같은 게 튀어나왔다.

"난 전생에 여우였던 거야!"

선영은 주먹을 꼬옥 쥐고 담임 선생님이 살고 있는 동네로 뛰어갔다. 입이 여우의 주둥이처럼 뾰족해지고 있었다. 봉근의 자취방이 있는 골목으로 접어들자 훌쩍 재주넘기를 하는 선영. 몸이 엿가래처럼 늘어나더니 늘씬하고 매력적인 처녀로 변신했다. 전생의 모든 기억들이 하나씩 하나씩 돌아왔다. 진진을 통해 알게 된 양기 넘치는 노총각, 봉근이 자신의 연적에게 배신당했던 일, 팬더가 되어버렸던 봉근, 봉근을 구출했던 일, 짧지만 행복했던 결혼 생활.

"오빠! 봉근 오빠! 문 열어줘!"

요란하게 문 두들기는 소리에 투덜거리며 밖으로 나온 봉근은 입을 떠억 벌렸다. 사별한 아내가 이십 년의 세월을 뛰어넘어 자신의 눈앞에 나타난 것이 아닌가.

"미, 밍밍? 밍밍이니?"

"오빠… 봉근이 오빠……. 나 기억났어요… 나의 과거가……."

"밍밍!"

봉근은 그녀의 몸을 으스러지도록 껴안았다. 믿을 수 없는 일이었지만 묻고 싶지 않았다. 자초지종을 따지려 드는 순간 품 안의 그녀가 떠나가 버릴 것 같았기 때문이다. 밍밍 역시 선영이란 여자 아이로 환생했다고 말하고 싶지 않았다. 지금 이 순간만큼은 예전의 밍밍과 봉근으로 존재하고 싶었기 때문에.

〈The End〉

♥그동안 『둔갑 팬더』를 사랑해 주신 여러분 감사합니다.